山水人

王江 著

作家出版社

目　录

散　文

忆刘华清伯伯二三事……3
空降兵浪漫曲……8
蓝天之子……10
生命的延续……12
雪青马……14
回老家……16
搬　家……19
饮　茶……24
我的机械师……29
同行毕棚沟……33
不知疲倦的攀登者……35
花　甲……39
老屋味道……42
筒子楼交情……46
家有小女……50
风　景……52
时　光……54

辞　岁……56
私欲·改革……58
谈谈官不聊生……60
寺庙梵烟……62
海浪花……64
雾霭天的浪漫……67

游　记

海　黄……71
留园时空……73
蠡园秋……76
长广溪桂香……78
春雨沐常州……80
端午南京……82
高淳老街……84
法海古今……86
华东·华西……88
上海气味……91
杭州浮影……93
南浔辑里丝……95
名流凤凰城……97
东湖野雨……100
谷洞探奇幽……102
荆州古风……105
苔·藻……107

阿尔山的雾 ……………………………………………………110
哈拉哈河的迁徙 …………………………………………………112
紫气函谷关 ……………………………………………………114
偃师寻古 ………………………………………………………116
黄河落日 ………………………………………………………118
巩义祭杜甫 ……………………………………………………120
三星堆记忆 ……………………………………………………123
殷墟甲骨 ………………………………………………………125
拜会羑里城 ……………………………………………………127
松与佛 …………………………………………………………130
奢冷清西陵 ……………………………………………………131
赏雨花石 ………………………………………………………133
潭门镇寻砗磲 …………………………………………………136
五彩罐逢双记 …………………………………………………138
珠串魅影 ………………………………………………………142
木渎古韵 ………………………………………………………145
开平碉楼 ………………………………………………………148
南海一号 ………………………………………………………150
香港佳士得春拍侧记 ……………………………………………152
西欧印象 ………………………………………………………154
自由美国行 ……………………………………………………157
凝视俄罗斯女人的高贵 …………………………………………163
伦敦：古堡之都 …………………………………………………169
火辣印度 ………………………………………………………174
寺都一瞥 ………………………………………………………177
晨观喜马拉雅 …………………………………………………182
越南中国风 ……………………………………………………183

马尔代夫的海……186
沙漠王国……190
南非见闻……194
台北小记……200
香港气度……206
澳门赌性……209
冈山·神户·东京……212
美国尔湾纪实……221
外国月亮……233
澳洲的基督……235

小小说

猫耳洞壁上的雕刻……243
平生的杰作……245
狼与人……248
无头案……251
采访世界杯……255
银行招聘……259
意　思……262

散　文>>>>>>

忆刘华清伯伯二三事

我第一次见刘华清伯伯，是1981年5月一个周末，我揣着父亲一封信，忐忑地走进北京翠微路一个院子。

因林彪事件牵连，父亲1972年年底被关押，1978年双开除（党籍、军籍），去山东高密农场劳动。1979年真理大讨论后，境况好转，住武汉军区三所，问题仍挂着，父亲焦虑得睡不着。我走到家门口，秘书领我进书房，刘伯伯穿身绿军装，坐书桌前，正低头看文件。我递上信，他歪头看我，问："你爸爸身体还好吧？"

"嗯。"我应一声，瞅他右肩扛个热水袋。

他掏出信瓤，又带湖北口音问："孩子，你在做什么？"

"当工人。"我声音小得自己都听不清。1973年，我航校毕业后复员，在郑州仪表厂当钳工。

"工人好嘛，邓总长也做过工的。"他说完摊开信，细看起来，只听见翻信的"哗"声。他看完将信搁桌上，圆脸拉长了，拽下热水袋，默默踱步窗前，眼望窗外一排杨树。它们挺着胸，牵着手，筑起道绿色屏障。他沉寂一会儿，说："孩子，没什么事你先回去吧。"

我走在路上，脚沉沉的，怎么跟爸爸说？几天后，胡耀邦批示：王新同志问题，一星期就能解决，由中纪委解决。第二天，河南省委派人坐飞机送材料到中纪委（父亲原任武汉军区副政委，兼河南省军区政委、河南省委书记），1981年9月父亲平反，1983年回武汉军区任顾问。

后来我得知，当时，刘伯伯正犯肩周炎，用热水袋焐着。他了解我父亲。1938年年底，父亲去延安学习，路不通，留冀南军区政治部民运科当干事，宋任穷任司令员。1940年春，父亲任武城县大队政委。

1941年11月，父亲去冀南军区学习，1942年2月学习结束，参加参观团。刘伯伯团长带着100多人，到定县、饶阳、安国等地，听吕正操司令员介绍抗战经验，还参观了地道。当时，日寇在武城一带搞4·29铁壁合围，实行抢、烧、杀三光政策，冀中形势紧张，刘伯伯率大家离开冀中，趁夜幕蹚过河，到冀南衡水。

一路上，刘伯伯像兄长一样照顾大家，父亲从刘伯伯身上，看到老红军的荣光。父亲爱读书，两人常交谈，很合得来，这友情是血凝的，火锻的，也是心交出来的。由于武城县机关在反扫荡中受损，5月，父亲与刘伯伯惜别，就任县委书记。

1945年7月，武城县解放。为夺取全国胜利，组建野战军，刘华清任二纵六旅政委，下组建运河支队，父亲当政委，不久，改编为18团，随中原野战军（二野）逐鹿中原。1947年7月，二纵鏖战羊山集，六旅全歼国民党66师，它与张灵甫的74师齐名，蒋介石嫡系精锐，俘敌师长宋瑞珂，为中野挺进大别山，拔掉颗硬钉子。获党中央通令嘉奖，父亲所带18团记大功。

1949年年初，刘伯伯调11军任政治部主任，跟父亲话别，情深依依，舍不得离开这些生死战友。随后，父亲渡江，挺进大西南，1950年1月，任四川内江军分区副政委。1951年3月，父亲任10军29师（原六旅）政委，归建15军入朝，上甘岭战役，29师涌现出著名战斗英雄邱少云。

那封信上，刘伯伯挥笔写下对我父亲的真实看法，第二天就转给了胡耀邦总书记。

1988年年初，我大专毕业已回部队，陪刘伯伯回老家——湖北大悟县刘家院子村。他下车沿小道上山，边走边看，草如茵，松如盖，牧童牵牛过山岗，嘴吹柳叶，吱呀呀乡曲绕枝头，幼年放牛娃的顽皮，活脱脱蹦回他眼前。他停住脚，眼望对面山，半天没话。孩子问他怎么啦？他指指山上稀拉的杉树，说：“过去那大的树，咋个没得了？”

乡亲解释道：“‘大跃进’炼钢砍光了吵。”

他唏嘘半天，说：“打游击，连个人都藏不住噢。”刘伯伯13岁闹革命，常跑反钻山沟，与敌周旋。这里，有他太多的少时记忆，可历史偏偏抹去了那片葱绿。

他父母亲的坟埋在半山腰，坟上堆满碎石片，没立碑，与徐海东大将的父辈坟头，无言相守。母亲从小最疼刘伯伯，临终也未见一面。他身穿黄呢大衣，双手并拢，默默低下头，山风扬起缕缕白发，哀思淌进那悠悠岁月。

他抬头遥望群山，岚烟腾起山涧，十几个山包化作葱郁的岛屿，屹立海浪中，风推碧浪，滚到脚下，泛起层层涟漪。家谱拴不住的不羁灵魂，终归亘古不变的血脉，他要厮守母亲，报答她赋予的生命。

中午，家人炒菜，热情招呼道：“吃饭啰。”他家三间老屋，沿山边兴建，外墙青砖凹处已成粉末，半片黑瓦挂檐上，梁上织着灰蛛网，砖垫起断腿桌，厨房黑黢黢的。我不太信自己眼睛，军委领导的家，怎么会这么破旧？陪同的人劝他到县里吃，怕不卫生。

“就在家里吃，菜香得很嘛。”他说着坐旧木椅上，拿筷子赶苍蝇，端杯跟亲戚们敬酒，讲起儿时的趣事，欢笑声荡开来。大悟是山区，刘伯伯走时，家穷得几个人一条裤子，谁出门谁穿，吃饱肚子，那是最幸福的事。解放初，他第一次回家，身上没带多少钱，见乡亲生活苦，顺手摘下表送了人。他叮嘱当地政府，要多种些树，搞多种经营，早日摘掉贫穷的帽子，让老百姓生活一天天好起来。

山区人民的贫困，刺得他心隐隐作痛，摆脱不去。后来，他养成个习惯，上衣兜里总装300块钱，家乡来人有困难，他便给钱接济。

1988年秋，我去家里看刘伯伯。晚饭后，我递他一支烟，他坐沙发上很有兴致地抽起来，徐阿姨白我一眼，我知道家里实行灯火管制，每天十根，刘伯伯烟瘾犯了，只得问人要烟抽。之后，我陪他围院子散步，信口讲部队的杂八事，他甩开手走，也不问。

海棠花开了，暗香笼夜，沙沙脚步伴着啁哳的虫鸣。我问："刘伯伯，你和我爸爸为啥感情那么好？"他说："18团能打仗嘛，那个时候，旅机关小得很，才十几个人，我经常待他那个团里。"过了一会儿，我走得有点累了，劝他歇会儿。他说："再走走吧，我们的部队，就靠两条腿走出来的，苦出来的。"我难为情地挺挺胸，收收腆起的肚子。

没多久，他来我所在的空降兵部队，讲艰苦奋斗，从严治军，批评老兵退伍前卖军装换酒喝，欠老乡饭钱等不良现象。会后有人说，刘副秘书长真了解部队，什么都瞒不过他。我暗自吃惊，无意闲聊的话，他居然听了进去，没想到哇没想到，我简直成了奸细。现在想想，刘伯伯心特细，爱护不袒护，细微之处才见精神。

针对局部战争特点，他十分关心空降兵的编制、装备、训练，保证反应快、行进速、打得准。这支黄继光生前所在英雄部队，多次参加多兵种合成演习，蓝天里，伞花朵朵，地面上，杀声阵阵，取得骄人战绩，在湖北抗洪、汶川抗震救灾中，也再展雄姿。

1953年夏，父亲打完上甘岭战役，回国到大连疗养，两人坐在海边沙滩，夕阳跳波尖上，耀金泛银。他拍拍我父亲肩，劝道："老伙计，仗打完了，你也来海军吧。"父亲抓把沙说："老领导，我一个旱鸭子，下不了水，算了，算了。"其实，父亲会游泳，就是晕船吐得厉害。

刘伯伯属于那片蔚蓝。1996年夏，我11岁的女儿王源跟他孙子龙龙，陪刘副主席去北戴河。女儿回家，皮肤晒得黝黑，脸上长些痘痘，身体结实多了。我问她："跟刘爷爷好玩不？"

她甩根马尾巴，说："刘爷爷很忙，天天看文件，晚上吃完饭，就带我们下海。刘爷爷喜欢游泳，夸海里有很多很多宝贝。我说，我知道，有大鱼。爷爷说，还有好多宝贝。我说，水咸得要命，宝贝在哪儿呀？爷爷笑了，抱了抱我，他可喜欢我了。老爸，我的暑假作业都做完了，刘爷爷还夸我用功呢。”

我看看稚气的女儿，蹲下亲亲她，说：“爷爷看到的海跟你看的不一样。”

“为什么呀？”女儿噘起小嘴问。

一个魂系海防，将毕生献给我军建设的高级将领，他的心就是一片海，那宝贝，荡在浩瀚汹涌的波涛上，也深藏他心里。我抚摸女儿的头，说：“你还小，长大后就知道了。”

（原载2011年8月17日《新快报》）

空降兵浪漫曲

领略自然的风光，品尝万物的芬芳，探寻人生的魅力，莫过于空降兵生涯了。

我从大山的上空丢下一条焦灼的视线，隐隐可见一丛一丛的绿荫，一簇一簇的蓊郁，一团一团的炽红，一闪一闪的粼光，田野、房舍、树林轻柔地演奏着生活的协奏曲。我清晰地看见那深赭色的土壤拉起了一条条的褶曲，深深浅浅、曲曲弯弯，像人体上纵横交织的脉管，像攀上智慧老者额头上一道道深深的皱纹，这时我听到了一丝人类的声音：和平、自由。

我落在大山的怀抱里，山朦胧、树朦胧、路更朦胧，绿苔与腐叶组成的地衣呈现出生命衰亡的暗淡画面，坚硬的岩石和广袤的天宇之间阒无声息，呈现着无色、无声的单调和沉闷。我全副武装踏上随山逶迤宛转曲折的野径，一条低吟小唱的小溪在脚边活泼轻快地流淌，鲜艳多情的玫瑰拉住了我的征衣，百灵鸟唱着婉转清脆的歌在前引路，篝火摇晃着，在山峰的阴影里闪耀着金黄色的光芒。这时我感受到山的呼吸，山的生命的脉动，在黑黝黝的山崖下，我领悟了青春的价值和意义。

我落在浩渺无际中的海岛上，海水湛蓝、墨绿、银白。我累了，仰望浩渺的星空，涛声浪语用浑厚富于音韵的嗓声诉说着一个古老的故事；我困了，尽情地趴在大海袒露的胸膛上歇息，海天共一色，物我两融融。我知晓了大海的胸襟、博大、深邃。远方的灯塔把海面映射得光粼粼、亮闪闪，那红色的光每每召唤着我。在寻索大自然无限神秘的同时，我领悟到空降兵生活的韵律和真实的颜色。

（原载1987年3月22日《解放军报》）

蓝天之子

你见过大自然最奇特、最瑰丽的景致吗！色彩绚丽的北极光；气势磅礴的东海旭日；千姿百态的黄山云雾……然而在空降兵的生涯里，这一切淡然了，我感受到一生中最美的瞬间。

当我跃出机门，投身浩瀚，耳边空气在颤抖，眼前天地在晃动，面部水流般冲击，我紧绷的神经麻木了，手背蓝色血管突暴着，“咚、咚”的心跳把耳鼓塞得满满的，“嘭”的一声，我被巨大的气流拉起来，悬吊空中，白色尼龙伞鼓着风，悠悠向前飘去。

这时，眼前一片奇异，一团火球在东方燃烧，云边也烧着了，猩红猩红的，火球中心透明，见金灿灿明晃晃的液体流动，一支支金箭射过来，生命的血光融进了天际，光华飞溅，如火、如丹、如锦，壮美极了。硕大的蓝宝石悬头顶，晶莹剔透，触摸有一种润滑，一股风，深藏一个蓝色诱惑，勾起你对浩瀚天体宇宙的无尽遐想，如波、如潮、如澜，神往极了。乳白色的云雾轻柔缠绕着你，抚摸着你的面颊，熨烫着你的身心，一切尘世俗念荡然无存，心灵清新明澈，如露、如珠，洁净极了。绿盈盈的水波在脚下晃动，秋波荡漾，把人字排得密密匝匝，透出人间最伟大的爱恋，牵动人千种思绪，万般情愫，如醉、如痴、如迷，凝情极了。

当我向四周望去，遨游在蓝天中的战友们频频互相致意，他们披着赤光，裹着彩霞，满脸通红，活脱脱一个红孩儿，这就是蓝天之灵吗？

他们紧锁的眉宇系着沉着，健壮的双腿踏着坚定，鼓胀的肌肉含着威武，宽大的额头藏着睿智，他们吸日月之华、宇宙之精于一身，他们是新时代的蓝天卫士，神奇的天兵！他们生着鹰隼的利翅，时刻准备穿破丛山的雾瘴，刺向那幽深的峡谷。

他们如闪电般快捷，随时将撕破黎明的晨曦，擒捉那遥远的天狼，似刃匕般锋利，要割开那茫茫大漠，刺进侵略者的胸膛。在生与死的搏击中呈现生命的高贵价值，在火与剑的洗礼中奉献出人类最崇高的爱。我愿做一个蓝天的孩子，飞进祖国宽广温暖的怀抱，亮出血与剑的光芒。

（原载 1987 年 7 月 25 日《空军报》）

生命的延续

消毒间里，她半弯着腰，身子优美的曲线，显现女人成熟的美。她用小牙刷细致刷着白白纤细的手，胳膊上粘层稠稠的肥皂泡，刷子在小贝壳般晶亮的指甲上滑动，一丝快意从指尖流向全身，浑身顿时产生一股舒心的颤动。15年前第一次主刀时，也有这种感觉。这是个吉兆，意味着成功。她暗自在心里说。

她用清水冲洗手臂上的泡沫，直起腰来，眼前陡然一黑，数不尽的星辰在眼前闪烁，带着金色的小尾巴，蜂拥着向眼际飞来。昨天深夜，她写完参加全军医疗学术大会的论文《优生学新探》后，踏上阳台，见苍穹中群星灿烂，天宇极透澈、明净，近处中国大酒店亮晃晃的灯火交织在都市繁华的夜空。这静谧、冷寂的夜空让她迷恋，她遥望闪烁着神秘之光的星空，不妨清冷洗繁华，生命仿佛融入永恒。一个女人临产前痛苦的呻吟触动了她。她定了定神，迈步向手术室走去。

手术台上，躺着一位腹部铁镬一般隆起的女人。窗外溜进来的几丝阳光在她散开的秀发上跳跃，女人眼睛晶莹，深含着企盼、希冀。此时此刻，她成了这女人唯一依靠。听诊器在孕妇肚皮游动，传来婴儿怦怦跳动的心音，同样身为军人的妻子，她们的心贴得很近，很紧。想当年自己的丈夫驻守在白雪皑皑的漠河畔，那天也是清晨，她孤单地腆着大肚子走上产床，周主任揩去自己脸上的泪水，在不断宽慰中接下逗人爱的小女儿。那时，她把整个身心全托给了周主任。而今，这位产妇又把她交给自己，她感到这一角色的分量。分娩是每个女人一生中最痛苦的时刻，最需要自己的丈夫。可手术室外不会有她丈夫的身影，执勤的命令唤走他。她骤然感悟到军人们的妻子正是靠她们之间的相互信任和依赖，维系着军人的情感，不断繁衍着军人的子嗣。男人从军，多几分男子汉的刚劲，少几分丈夫的温情。战备、演习、打仗、抢险救灾，军令如山倒。电报、启程、别离，来去匆匆。生当人杰，死亦鬼雄，使军人妻子最为自豪又备受情感折磨。面前的女人，曾为之淌过多少思恋泪，熬过多少难眠夜。明月，哨位，狼嚎，流星，几多担忧！她与产妇相伴，相互宽慰，互诉衷肠。手捧家书，泪水盈盈，共读、欣喜、欢笑。女人最富有情感，可军人妻子的感情又岂在朝朝暮暮！

产妇在呻吟，痛楚尖厉。她把全部情感聚在这锋利的刀尖上。刀尖在柔软的腹部上轻轻滑动，止血钳、剪刀、纱布……一切都十分快捷而富有韵律。她纤巧的双手小心翼翼地托出沉甸甸的婴儿。呵，又是一个血性男儿，哭声嘹亮震耳，小腿有力地蹬踹，不愧军人的后代。她慈爱地凝视着臂弯中的这初到人世间就响当当的人芽儿，一股暖融融的喜悦从手臂向全身蔓延开，她的身心仿佛同这年轻的母亲融为一体。她怀抱婴儿扭过脸来，见产妇疲劳的脸上挂满泪珠，阳光在盈盈的眼泪中闪烁，阳光下，泪光与发丝染得金黄。

她想，远方哨所今天的阳光也这样金黄吗？

（原载 1990 年 5 月 16 日《解放军报》）

雪青马

六十年代中，军大院通讯营养两匹马。枣红马毛油亮，四蹄踏雪，长脸鼻间抹条白，号白鼻洋。放学后，我见它在靶场草地上奔跑，像一团燃烧的炭火，有时，它会高抬前蹄，露块块胸大肌，大腿暴疙瘩腱子肉，嗷，引颈长嘶，震得四周冬青树叶哗哗作响。

我幻想骑它背上，飞驰奔向远方的白云。可每次走近，见马收紧的腰、浑圆的臀、壮健的腿，像上天赐的尤物，肚上油光的毛，掩着弯曲暴起的血管，我摸也没敢摸。

另一匹青白杂毛，矮小，脖上鬃毛软趴趴杂乱着，背上毛有点儿秃，腿骨节粗大，四蹄厚笨，屁股烙 N19，像块黑疤。它低头啃草，尾鬃稀拉，混杂毛脏兮兮的，无力地甩来甩去。它嘴皮转着，嘎吱、嘎吱嚼，噗，打个鼻鼾，喷溅白沫，一股臭气熏来。

一天，饲养员进孝感县城运给养，捎上我这好马之徒，驾辕的就是那匹青白马。啪，鞭一响，胶轮车上路了。颠颠中，我歪脑袋问：怎么不让白鼻洋驾车？饲养员说：它脾气烈不说，还偷奸耍滑。啪，一鞭甩旁边拉车的白鼻洋头顶上，哒哒，它紧跑两步。

我心一揪，说：杂毛马丑，该它干苦力。

饲养员说：你可别小瞧了它，它叫雪青马，是匹名驹儿呢。抗日时，一位营长骑它冲锋，中弹倒地，你说绝不绝，这马扭头跑回来，低头舔他脸。那时，炮弹皮、子弹头乱飞，那马浑身铁青，像披件盔甲，子弹挨上红光直冒，毛都没伤着，参战的人就听见当当当，子弹打钢板的反弹声。天擦黑，它舔醒了负重伤的营长，前腿先跪下，卧他身边，待营长爬上马背，马驮挂背上昏迷的营长跑回部队。营长得救，它荣立一等战功，还带档案呢，走哪儿跟哪儿。要喂精料，干轻活，人再饿，不能吃它的肉，死后埋了要立碑。

可它苦命，别看它老实巴交，脾气倔着呢。临解放，地方剧团来部队慰问，让它拉戏服、演员，不知是女演员太香气，坐车叽叽喳喳，还是前车花戏装晃了它的眼，拉到半路，它一尥蹶子，连人带车翻沟里，差点儿误事，可好，背了个处分，嗨，这匹骒马天生没女人缘。老营长成亲，它尥蹄甩屁股，说啥不让新娘骑，龇牙咧嘴的，恨不得咬人，这牲口的性情，谁也摸不清。

车猛颠了一下，我见雪青马两耳竖起，饲养员拉了拉缰绳，说，这牲口也懂人话呢。其实，它蛮好使唤，就不会享清福，我去弄大车，它跟着就过来了。吁！饲养员收缰绳跳下车，拍拍雪青马屁股，它轻松甩起马尾，饲养员接着说，这马通人性，你待它好，它跟你亲，不像有些家伙，咋喂喂不熟。去！饲养员训斥辕上蹭痒的白鼻洋，别看你长得骏，没出息货，傲了吧唧的，让你驾辕，不把车弄翻才怪呢。

我胆怯伸出手，摸雪青马的脖子，毛有点儿扎，顺毛很滑溜，掌下黏黏的，它流汗了。我手指轻挠，它眼闭着，肉随指尖微颤，很惬意，也很享受。过一会儿，它偏过头看我，长睫毛下，眼神温和，像熟悉的老友。

后来，我看到父亲一张老照片，抗美援朝照的，一匹小个儿雪青马，站坑道口。我问：爸，你都没几张照片，为什么给马照一张？父亲说：这是匹走马，别看个儿小，比跑马走得稳，南下到朝鲜，它一直跟着我。据说，蒙古铁骑每人三匹马，一匹驮辎重行李，一匹平常骑，跑马跟队伍溜达，可奔速快，冲击力强，仅用于作战，马背上的民族得以横扫欧亚。部队南下，父亲很少骑马，让它驮两袋面，山东人吃不惯大米。

说完，父亲眼放亮，我读出军人对马的那份尊重与眷恋。

（原载 2014 年 5 月 15 日《解放军报》）

回老家

一个相伴一生又未去过的地方，我老家——山东武城。

幼时，我听说那儿有运河，春风逐浪杨柳青；大些，我知晓家乡的青纱帐，父亲藏身打游击；后来，三弟回武城辛庄下乡，看果园，摘棉花，贫瘠的沙土岗。我常想回去看看，一直未能成行。

今年7月7日早上，我踏上回辛庄的土路。昨天下过雨，洼处一汪汪黄泥汤，乡亲驾电单车驶过田埂，跟同行侄子打招呼。乡间路，低田一尺，晴为道，雨成溪，易排涝。我站田埂上，棉花长膝盖高了，开淡粉花，有的枝上结了桃。绿棉田淌向远方，风荡碧波，江河般翻滚。

当年这片土地，翻腾着挺拔的玉米高粱。父亲带县大队，蛰伏青纱帐，待日本兵走近，枪响处，青烟袅袅。“冲啊！”屈辱的族类，发出他的吼声。父亲身穿黑布衣，游走乡村，发展队伍，建党的基层政权。

他吃百家饭，替乡亲护粮，扫奸除霸，百姓贴心。一次，父亲被围，鬼子刺刀寒，汉奸来回窜，一位年轻女子低头挪步，手牵父亲衣角，认他丈夫，父亲才逃过一劫。随时光流逝，这羞涩的小脚女人，形象日渐高大，解放后这些日子，你在哪儿呀？生死与共的乡亲，就是八路军的青纱帐，个个能撑起一片天。

我走进辛庄，亲戚围拢来，乡音亲切悦耳，父亲讲话，就这劲儿。1974年，三弟回老家下乡，爷爷已74岁，秃顶亮亮的。多次掩护八路军的他，年纪大了，喉咙也老了，每天一大早，咳，喔——他发出哮喘般的长啸，驼背撂个筐，上路捡粪去了。父亲关狱中，断了老人供给，啃杂面馍就咸菜，爷爷没抱怨；开批斗会，他主动搬个小板凳上台；让他揭发，他嘴里叽里咕噜，说不清。他喜欢给队里看杨树，见孩子逮金龟子压弯树苗，他就轰，听话的，赏糖吃，也许，看孩子们游戏玩耍，守候一片成长的绿荫，他最心安。

父亲任河南省委书记时，爷爷来家里，要为公社买辆拖拉机，父亲担心影响，没同意，气得老爷子直吹白胡子。1978 年，爷爷临终一直想见父亲，也未如愿，带着遗憾去了。

爷爷的坟守望着大片棉田，坟边棉花枝头，竟绽放几朵白花，薄如绢，临风颤，是灵异的花仙子吗？我跪在墓前，轻声说："爷爷，我来晚了，对不住您。爸爸平反了，早来看过您，也去世多年了，您如果有意见，尽管说吧。现在，我们都过得很好，爷爷，您能听见吗？"

阳光下，碑上王立功仨字，温热而坚韧。

中午，我走进侄子王岳峰家，有六间宽敞的新房。他儿子登云个高白净，今年考上军事学院，我搂搂他瘦削的肩，愿他继承前辈的事业。随后，家人坐炕上拉家常，五位叔叔晒得黝黑，还在种地，一年两亩地，棉麦纯收入也就 2500 元，我问为什么不出去？二叔说："人老腿短，还是家里牢靠，今年棉花长势不错。"说完，他眼里透出一丝光亮，这守候的乡土之光，深深扎进我的记忆。炕上的红花褥子，摸着软软的，无疑新弹的花，家乡盛产棉，默默滋润着中国的纺织业。

菜上桌，德州扒鸡，肉片炒蘑菇，糖醋鲤鱼，武城旋饼……家里出了二级厨师，今天他掌勺。我夹起蘑菇，口里溢满鲜、酥、香味。二叔说："这叫双孢菇，麦秸种的，是俺县的知名产品，还出口韩国、日本呢。"我举杯向本家爷爷、叔叔敬酒，二叔脸上笑出得意。

三十年前，我住北京中央党校招待所。徐竹君大妈擀面皮，身子一歪一歪的，摇一头灰白发，对捏饺子的我说："为防鬼子，大冬天，王新带同志们躲坟堆里。过新年，我送去小米馅饺子，他们吃得可香了，那时，肉别提了，连菜也没哇。”说完，她拍拍手上的面，爽朗地笑了。

当年日寇入侵，有她丈夫戚夯的支持，才建立起武城革命武装，可戚夯和儿子戚烽，相继倒在了硝烟的战场。后来，父亲率领武城子弟兵，挥师入朝，上甘岭战役，涌现出著名战斗英雄邱少云。

我走出院子，村里的杨树林，飒飒临风，树干微睁眼，观世间变化：武城，运河明珠，状元之乡，全国玻璃钢第一县，辣椒第一城，中国第一个地毯博物馆……

家家院外一大堆棉秸，风干了，黑紫黑紫的，似血凝结。不远处，油绿的棉花抽条拔节，嘎嘎作响，她召唤一个个赤子，召唤一颗颗不屈的魂。

（原载 2012 年 3 月 27 日《解放军报》）

搬家

谁一辈子没搬过家？乔迁，对孩子是憧憬，对青年是机遇，对中年人是改善，对老人是折腾。装呀、清呀，人累，心累，取舍之间，得到，也遗失。

前几天，母亲从武汉来电话：人老了，不想动，最近广州军区催得紧，搬了算了，你赶紧回来吧。飞机晚点，我到家下午一点半了，八十四岁老母亲，还等着。我说：妈，你们吃，我飞机上吃过了。母亲满头白发，拍拍我，说：吃了就好，就好。才坐下拿筷子。她三年前患脑血栓，走路颤悠悠，一说搬家，母亲吃两片安定睡不着，心里急，胆囊炎犯了，打几天针，脸色卡白。少怕离家，老怕搬家，破家值万贯，那么多东西要惦记、搬迁，老人力不从心，再说，她喜欢熟门熟路，怕陌生带来恍惚。

我想起1967年，父亲从空降十五军平调河南省军区政委。第二年八月，母亲举家从湖北孝感迁郑州。我第一次坐伊尔—14运输机，窗边白云飘浮一个14岁少年的梦。全家暂住省委五所，四弟绿地毯上打滚，饭菜好吃，钱、粮票照交。几天后，搬进原河南省委书记文敏生住的灰楼，两家一栋，比原来住的窄，不过烧蜂窝，比煤球炉火旺，灰少。院内多棵核桃树，掉下的青核桃，砸开吃，皮涩白肉甜，汁溅衣服洗不掉，我贪吃挨母亲一顿训。院外宽阔的金水大道，法国梧桐蓬蓬绿荫，县城窄青石板路哪儿比，省会真牛哇。

八中已复课，我上六九届一一班，每周两节数学，天天读毛选，背老三篇，挺没劲。语文老师上课，官长骑马念成官长骑兵，脸惨白，冒冷汗。学生指着骂，地主的孝子贤孙。我看不惯，明明口误，又不是故意的，何必？老师腮边俩疤瘌，同学说挖酒窝挖的，真有点像，给他起外号疤瘌脸。我穿母亲纳鞋底的带襻鞋，同学脚蹬白边上海布鞋、大回力，大城市人的优越感，滋生隔膜。我怀念军大院，“文革”不上课，天天玩，钓鱼、掏鸟窝、养鸽子、翻图书馆，跟屁股虫一堆，小喽啰称王大人。我光脚丫满院跑，弹弓打麻雀、斑鸠，旋梯连打一百转不晕，那地界，男孩敢冒险是英雄，没那么多讲究。从孩子王到土鳖的落差，同学不熟，孤独伴无聊，隐藏我内心，父亲官职从不显摆。一九六九年年初，我当兵，求摆脱，盼尊重。

父亲任省军区政委兼省委书记，天天忙，县基本跑遍了，解决派别纷争。河南经济恢复发展，物资丰富，廉价蛋、菜供应北京。1972 年 10 月父亲去北京开会，没再回来，被打成“林彪死党”。后来得知，庐山九届二中全会，毛泽东突然反对设国家主席，河南省领导不知怎么回事，让父亲去问问。父亲原任空降兵十五军政委，是空军先进军党委，晚上，去找空军司令吴法宪，当时江西省军区政委江渭清在谈，父亲等了会儿，没见着回来了。后来非说谈成，罪名为路线交底，上贼船。

1973 年年初，我从空十三师复员，父亲倒就倒了，日子还得过。省委南院清静，我在家等分配，看《红楼梦》，林黛玉的孤单，贾府的衰败，我感同身受，心酸溜溜，泪不知怎么流了。没过几天，门口大喇叭响，造反派撵我家。最初搬南院东一套两室，搬容易，家产仅两个樟木箱、两个老皮箱、被褥、书籍等，公家一个轻飘泡桐衣柜，我两架子车拉完了，屋里桌床已配。我拿盏台灯，晚上看书用，又收回去，来人说：领导用的，你不配。

那时，买鸡蛋要票，许多家养鸡，我家养十来只。建鸡窝辛苦，拆后一堆木棍、砖头，用板车拉，砌砖的鸡窝，让鸡下蛋、睡觉，木栏围一圈，主柱深埋土里，腰间扎横木，一根根木棍用电线拧结实，形成鸡圈，好白天放养喂食，安门上锁防盗，我累得腰酸背痛。人好办，住就是，新居两室小房，摆下床，没什么空间，姥姥睡过道。母亲说：挤一挤，会给房的。夜里，我躺床上，感觉鸡比人自由、高贵。

俩月后，造反派说我家是颗定时炸弹，不安全，收走三毛照相的皮手枪套，说：房子太小，给你们找到几间大的。我们挺高兴，三十来岁的人领去看，抬头黑瓦，低头泥巴，玻璃窗烂着，旁边屋放铁锹、锄头，一个工棚，没水没厕所。他说：限你三天搬家。母亲说：我是湖北的干部，让我回湖北吧。母亲给省委第一书记刘建勋写信，安排省委二区六号楼，1958年盖的筒子楼，“大跃进”产物，无厨房，有公厕。给四间，一间当厨房，三间住，三毛下乡，姥姥、母亲、大哥、我、四弟、小妹，六口人住。我搬鸡窝，折腾一阵。铁皮炉不好烧，爱熄火，我买炉胆、炉条，用砖、水泥砌煤炉，下面出炉灰灶口留好尺寸，晚上好封火。我在厂里用铁皮敲个小铲子，大早上去铲煤灰。前脚安顿，后脚大字报贴楼梯间，打倒踩翻林彪死党王新之类，闹心，反正人不在，批斗不了，爱咋打咋打。

大哥、我住楼下北屋，紧挨公共厕所。粪便漫下面，木地板不时烂条缝，北风一刮，满屋臭鸡蛋味儿，浓度超厕所。我锯三合板不停打补丁，木梁糟了，走上颤悠悠，得小心，怕踩断。晚上十点，公安查房，问：怎么有三辆自行车？我说，我们两辆，楼上母亲一辆。不行，非带我去派出所，吵到凌晨两点多才回家。其实，人走霉运胆壮，住茅坑边，一块臭硬石头，有种你毙了我？后来，邻居悄悄告诉我：看你妈是老实人，公安还让我们监视你们呢。父亲杳无音信，不知在哪里，不让见面、通信，只有来家要衣服，方知活着。我说：什么世道？国民党还让探监呢。母亲说：千万别说，快了，明年吧。

院里大男孩儿父母也不让跟我玩，怕学坏。后来，我交刘宏一、吉建、王晨许多朋友，现王晨已成篆刻家。那年月，我分仪表厂干喷漆、钣金、钳工，独立无依赖，一下长大了。搬入痛苦，也植入希望，母亲从省委办事处下放省委图书馆，离家近，走路三分钟。我揩油读不少禁书，父亲卖力干工作，怎么成坏人？看鲁迅、茅盾、巴金、托尔斯泰、契诃夫、莫泊桑等作家著作，还有铁托、第二国际伯恩斯坦，借时几本夹胳肢窝，还书一旅行袋。人掉地上，视角一变，眼亮，用不着睁眼说瞎话。林彪事件，是权威的倒塌，崇拜的湮灭，思想的启蒙，原有思维悄悄迁徙。

1981 年父亲平反，回武汉军区任顾问，住水果湖茶港 31 号，郑州拉来家私，半解放卡车。转眼三十多年过去，铁窗锈迹斑斑，冬天风飕飕，广州军区曾免费维修，母亲说：算了，省点儿吧。说给公家省钱，其实她嫌麻烦，窗边糊封箱胶，就这么住着。1984 年打的家具，水曲柳焦黄，挂口灯泡，一拉开关线断。旁边住李成芳、任荣、韩东山、吴瑞山等家，都是红军时期的大区干部。老干所，城市黄金洼地，一块唐僧肉，谁不眼红？盖公寓为卖地开发。

家自己搬，不请搬家公司。母亲老物件舍不得扔。棕床睡惯了，席梦思坚决不要，不透气，姥姥一床棉垫，灰不溜秋，非铺上，不然睡不着。旧书桌、书柜，都挤进来，一个小沙发，塑料膜灰黄，撕开面还是新的，母亲望着说：多好看。二十多年前款式，谁入眼？樟木箱装多年布头，一块块码好，父亲衣物，叠黄皮箱里，箱皮一抠掉一块，侄子戴父亲皮帽，母亲喂喂两声，立马摘下来。母亲手掸掸灰，端正装盒。

清呀，抬呀，拉呀，兄弟媳妇费劲搬完，钥匙交了。第二天，母亲仍不放心，非去老房看看。屋里气割枪拆暖气，厅乱堆着锈铁管，一地水，乙炔气臭烘烘。她扶栏杆蹒跚上楼，从杂物小盒翻张老照片，小小的已泛黄。她手擦擦，递给我说：你看看，这是我和你爸爸的结婚照，怎么掉了？我一看，土墙前，两人穿军装，一前一后，父亲手插裤兜，身子捩一边，母亲噘着嘴，头歪另一边，挺奇怪。母亲说：你爸离过婚，没告诉我，我生气。她拿过照片，用纸四周包好，轻轻塞进兜。她随手捡几条旧毛巾，夹胳肢窝下，拿来当抹布，嘴里念叨：老房子方便，方便。我送她一对老红皮核桃，值几千，落那儿，我捡大漏般抓手里。

秋夜，月上柳梢，桂香渗入窗，一盆黄菊瓣颤着凉。父亲逝去二十三年，他的书静静排书柜里，我翻看尘封的笔记本，情感穿越时空：母亲搬新居，您的东西都在家，您放心吧！我对着熟悉潦草的字迹说。

写于2014年9月30日

饮 茶

小时候，我玩儿渴了，父亲桌上，摆着“献给最可爱的人”红字白底大搪瓷杯，我捧起浅黄的“蜂蜜水”，咕嘟、咕嘟猛灌，舌尖又苦又涩，跑去嘴对水龙头，一股清流淌下，小肚皮冒凉气，舒服噢，苦黄汤，拜拜吧。

1971 年春，我从航空兵 37 团，去吉林航校学习，路过北京，父亲恰巧在京西宾馆开会。我进房间，见他跟一位魁梧浓眉的人聊天，父亲介绍：我二儿子，这是张体学叔叔。我忙敬个军礼，说：张叔叔好。”

张体学浓眉展开了，起身拍拍我肩膀，说：当兵，好小子。”

我说：张叔叔可是大名鼎鼎。”他任湖北省委书记，满街打倒的口号，谁不知晓?

他说：咳，文化大革命，我犯了不少错误，来，小伙子，喝茶。”他俩呵呵一笑，端起杯茶。我赶紧泡一杯，吹吹，皱眉喝一口。

他咧嘴笑了，说：干革命，要学会喝啊，老王，你说对不对？”父亲笑着点点头。我扫眼桌上文件，会议批判陈伯达。临走时，父亲给我三本旧书，《三国演义》、《水浒》、《红楼梦》，买一斤奶糖，二两茉莉花茶，说：没事看看，学习累了，喝茶提提神。我带的糖与战友分享，茶送人，机场风寒，常吃冷饭，我患慢性胃炎，一喝胃疼，实在无法消受。

1973 年年初，父亲任河南省军区政委，省委书记倒台后，我从部队复员，分到郑州仪表厂当工人，胃病倒吃中药治好了。1975年夏末，我坐卡车去天津办事。那时，厂里研发生产窗式空调器，天津生产零配件。我住澡堂子，洗身臭汗，水涩，越喝越渴。我想，茶能变水味儿吧。我上街买二两茉莉花茶叶末，女服务员说：别看碎，一级品呢。”我闻着倍儿香，兴许还甜呢。路上我想，这儿离北京很近，拐去看看，可父亲关在哪儿？几年没消息，未见一字一信，我望着天边的云，又十分遥远了。我回到澡堂，泡出茶香，喝一口，依然苦涩。那时，海河水枯，海水倒灌，水质差。看来茶不能变水味儿，水倒能变茶味儿，难怪古人乘舟去江心泉取水泡茶。

1976年秋，知青三弟带回信阳毛尖，我沏茶一喝，纯苦，忆起幼时父亲的茶。父亲话少，打过多年仗，从未提过，似杯中的绿叶，漂浮，旋转，渐渐沉入杯底。月洒窗前，杯闪银辉，父亲蒙冤狱中，杳无音信，只有前些天来要衣服，方知活着。中秋月寒宫，千里与人共，谁能阻？我睡不着，靠床头看书，凌晨才迷糊着，清茶提神，够威，够力。

1977年夏，我去北京父亲老战友家。海军吴副参谋长爱人，胖胖的郭阿姨端杯茶，我喉咙干得冒烟，稍凉，几口灌下，满腮帮子苦，不久，一丝甜冒出来，难道放了糖？我搓着手，斗胆问：阿姨，我爸怎么回事？

“咳。我们也不清楚。”郭阿姨掂开水瓶续水，又说，“孩子，打仗我家老头子跟你爸一起，他了解，不管怎样，你爸是个好人。”饭后，我默默出门，心酸一路，泪在眼里打转，好人该倒霉？

1978年真理标准的大讨论，总政对林彪事件牵连的军队干部有意见，父亲问题有所松动，12月住进了济南军区总医院。我得知后，借到北京出差，坐头班公共汽车赶到济南总院六内病房。七年未见父亲，我叫爸爸都生疏了。父亲眼噙泪，摸着我的头，说：江儿子，长大了。”他拿出茶叶罐，说：来，泡龙井茶喝。”我洗杯子，拿开水瓶沏茶。他吹去杯上漂的茶叶，有滋有味喝着。他不抽烟，不喝酒，就喜欢清茶。在河南时，去信阳专门请老师傅炒毛尖茶，手在锅里拨，他要炒嫩点，钱绝不少付，省里开会，回家端一满杯泡过的茶叶。父子俩边喝边聊，说到看中外名著，父亲问：人间喜剧是巴尔扎克的书？我说：巴尔扎克小说都叫人间喜剧，有《高老头》《欧也妮·葛朗台》，好多呢，是资本主义的百科全书。父亲颔首认可，我觉得自己独立了，长大了。我俩又说起鲁迅，父亲说：对，做人得有骨头。

每天早晨六点，父亲都要围金牛公园跑上十几里，我被远远甩后面，累得气喘冒汗。一次进门，他没带五分钱，口袋翻出来，把门的让他进了，他从不带钱。我对父亲是陌生的，自小到大，父亲永远忙碌，对孩子没多余的话。一个神秘的老军人世界，什么建立县武装，四·一二反扫荡，淮海战役，南下入川，上甘岭的战斗经历，从未听他讲过，关押期间的事，他只字未提。十天后，晚上喝完茶散步时，他告诉我：我这腿力，关的时候练的，一次下蹲五十个，看管的小战士也跟我学，累得第二天走不动路。”说完，他爽朗地笑了。

林彪事件，受牵连的军队高级干部，都关押在北京西山亚非拉疗养院，一百多号。有个军队孩子，当兵推荐上北大，父亲被关押后，带同学去监狱闹，被关进去，排108号，都叫他小八号，也关了好些年。每天放两次风，分开放，谁也不打照面，更不能说话。父亲关楼下一间屋，靠厕所，又臭又潮，仍坚持看书，每天下蹲几百个，看守的战士比不过他，守卫几个月一换，怕滋生同情。他出狱后从未埋怨。我妈倒常唠叨他耽误了孩子，我也有怨气。那笑声穿透两代人的隔膜，钻我心里去。这时，我才明白，正因为与生俱来的豪气，父亲才活得那么坦然，那么从容，那么自信。他身上的神秘气息，散发茶的清幽，我看见一个朗朗的人生。

1981年，父亲平反后，回武汉军区任顾问，1989年，我从空降兵调广州军区，很少与父亲相守，刚来广州时工资低，孩子、保姆，工资月月光，广州早茶从没喝过。父亲捎来盒铁观音。我泡好喝几口，满嘴苦，不一会儿，丝丝甜从舌下、牙床、喉咙泉涌，比糖来得清，来得柔，来得纯，行家称回甘，精神一爽。

1991年秋，我回到家，父亲明显老了，背驼，额间皱纹深了，脸晒得黑不溜秋，一副庄稼汉模样。他兴冲冲带我到楼下，我来到院子里，四十来棵树，黄澄澄的橘子缀满枝头，风飘来淡淡清香。他高兴地说：今年能收一千多斤呢！”

我摘了个橘子，放鼻子边闻，信口问：这么多，能吃得完吗？”

他爽快地说：送人，老战友都喜欢，你回来正好，正赶上收橘子。”说完，他叫我搬来梯子，扶住，他攀上去，略变窄的背影在我眼前晃动，他手有些颤，顺橘子把剪下来，递给我。我担心他的身体，不由问道：用手摘不行吗？

他说：这样才放得久，不会坏。”他驼着背把收的橘子用纸包好，排列整齐装进箱子，秃顶缀颗颗汗珠。

我蹲着装橘子，说：爸，你抽空写写自传吧。”我也想借机知道他曲折的人生。他直直腰，擦把汗，端起凳上的紫砂壶，喝几口，眯着眼说：还是茶好喝，自传可没清茶那么清。”父亲1938年参军，抗日打游击，他任山东武城县委书记。一次日军包围，他躲农民家，靠墙高粱垛，一边稀稀拉拉，另一边十分稠密，他钻稀拉这边，鬼子端刺刀，照密集高粱垛戳几十刀，他躲过一劫。他路边见16岁流浪汉可怜，招他入伍，当警卫员。晚上，他枕手枪睡，凌晨，流浪汉偷偷拔出他的手枪，砰砰砰，照头三枪，父亲一骨碌爬起来，子弹打耳朵边，一根头发没伤，算幸运。流浪汉跑了，估计卖枪换钱了，从此，父亲再不招不知根知底的人。父亲从小在油灯下读书，落下六百多度近视，没眼镜看不清路，打仗镜片碎了，没地方配，从伪军官俘虏眼上摘了一副，度数合适，就挂自己耳朵上。

抗美援朝，美机轰炸，别人往树下洼地躲，他往大堤上走，趴下隐蔽，炸弹都投好隐蔽的地方了，敌机飞走，他拍拍身上土，继续指挥部队前进。这些小故事，我是听父亲老战友讲的，作战讲勇敢，也少不了机智，用现在话说，叫逆向思维。军领导疗养，他没去过，闷家看书，做笔记，做报告受欢迎，讲哲理通俗易懂。组织上要求写自传，他主动放弃了，怎么写，说真话，还是灌水？

过几天，我回部队，父亲让警卫员掂箱橘子，放上车后，对我说：让你的战友尝尝，多新鲜啊！”说完，他会心地笑了，眼中流露关爱。还拿几个橘子皮包的茶，塞我挎包里，说：你尝尝，味道怎么样。”

我回广州后，请战友吃，橘子大是大，就是有点儿酸，没潮州柑甜。橘皮茶，我剪断棉绳，掰开黑黄橘皮，茶叶泡水里，品一口，一股橘香打心底冒出来，茶甜口中溢满了，那份甜，也许别人很难品尝到，这是我最后一次喝父亲亲手做的橘茶。1992年8月8日，可贵经历随心梗的他去了。

后来，我参观庐山会址，这里曾召开过党的三次重要会议，对军队不吉利，一次倒彭德怀，一次倒林彪。九届二中全会会场，意外找到父亲当年的座位。座位在左过道后排第三个，与曾山挨着，会议后，不少军队干部身陷囹圄，令人感慨。

也许受橘茶影响，我一直喝熟普洱，鼎湖山水泡，红酒色，醇香不走味儿。夜，我时常梦见父亲捎来的茶，醒来满口甜。茶道与人道，甘苦交错，何其相似？今年清明节，我来父亲墓前，敬罐清茶，让一缕清香带去我的思念。

写于2015年清明节

我的机械师

1969年3月，我入伍到开封，干空军地勤，冬天，一身狗毛领黑帆布衣，人称黑熊。

王惠军，瘦小黝黑东北人，带我上机场。他飞行夹克上长獭毛领飘呀飘，空勤机械师，飘帅劲儿。新兵业务培训，他任教员，讲机身发动机，娓娓道来，跟数自家白菜一样，据说教材他编的，我打心眼儿里羡慕。停机坪一排运输机，高昂头银光闪。走跟前，好家伙，俩前轮齐胸高，比拖拉机轮子还大。他摸机身介绍说：美制C-46，抗日飞越驼峰航线主力机型，开国大典接受毛主席检阅，今天试车，你先感受一下。我推两圈螺旋桨，避免润滑油聚气缸顶，打闷锤，折弯曲轴、连杆。他坐进座舱，发动机排气管“砰”冒团火，螺旋桨噗、噗开始旋转，油门加大，发动机呜呜吼叫，机后尘土飞扬。我站发动机旁，脚底震，压耳朵眼儿疼，我赶紧捂耳朵。

他试完车，见我的样子，说：这哪像个军人，张嘴就行。听他说才知，人平衡器官五官相通，飞机下降，咽唾沫，捏鼻子鼓气，就这道理。登铝梯登机，一边两排简洁座椅，是空降兵坐的，货舱前左边，是一个水箱。他说：这是酒精箱，破冰用。五十年代，老毛子顾问酒瘾大，干完活就放酒精兑水喝，那是植物酒精，喝着没事，现在是矿物酒精，不能喝。进驾驶舱，俩半圆驾驶舵，前面布满仪表，他一一解释，地平仪，高度表，空速表，发动机转速表……头顶一大堆开关，启动开关、着陆灯开关、通信开关等，当间发动机操纵柄，红色起落架操纵柄千万不能动，弄不好飞机趴下去。

随后，他带我擦飞机，排气管后机翼，一片黑乎乎，我拿块抹布，站铝梯上，头顶喷出的黏黏机油，擦着费劲，一会儿胳膊举酸了。他巡查完飞机，到我跟前，问：累了吧？他往抹布倒些洗涤汽油，擦起来。我学着先用汽油抹布擦，再拿干净布抹一遍，果然轻松多了。他边抹边说：1959年西藏平叛，我们运物资飞去，藏兵一见，说，天鹰，天鹰。枪扔一边，跪地膜拜。听他讲，我一点儿不累了，机翼擦得雪亮。

我推来维修梯，他打开发动机盖，一条褐色的管，像条蝮蛇，弯曲盘在那儿，滚烫烫的。他拿长柄小镜，照管子焊缝背后，说：这排气管，承受高温、高压，焊缝是重点，万一断裂，飞机就会失火，摔掉。1959年飞越西藏天堑，飞机爬高有限，钻山沟进去，玩的是技术、胆识，是飞机的良好性能。现在飞机老了，更得细心呵护，不能带一丝故障上天。我肩头一下重了，黑熊竟成了飞机的白衣天使，每天收工，抹布、手套、工具仔细清点，一件不能少。他会干活，钻起落架，爬底舱，拆装零件，泥鳅般蹿上蹿下，身上清清爽爽。我工作服一块块油渍，洗也难洗，难怪人说他小资情调。

春天，刮风沙，天昏昏，地暗暗，两米外不见人。飞机故障不过夜，为更换润滑油调压活门，王机械师带我们守在机旁，吃黄沙拌饭，咬得嘎吱、嘎吱响。风紧，形势也紧，珍宝岛事件，四川、广西武斗，还抢了援越军火专列，广播播着，形势大好，不是小好……七月，我1507机组奉命去四川执行任务。

蜀地大旱，有的公社每人每天一脸盆水，牲口都活不下去。机降成都，后舱右侧挖个洞，安装漏斗，随时准备人工降雨。王惠军最后离机，拍拍机身，说：老伙计，烂天气，你得争气呀。一礼拜后，省气象台通知天气后，飞机载满一袋袋黄色井盐，腾空而起。

我们坐双流机场等候。时间一分分过去，老兵坐那儿打瞌睡，我心揪了，四川山多，万一遇雷雨，老07解放初摔四川，四川省气象台台长同机遇难，年轻妻子哭晕过去，会不会？我坐不住，走出候机楼，乌云低垂，闷得慌，云拉开一条缝，我死死盯着。许久，空中马达响，我叫：回来啦，回来啦！老兵瞪我一眼：叫什么叫，还没落地呢。

王机械师走下飞机，脸卡白，飞行员回去休息了，他还得跟我们搞维护。我稀里哗啦擦地板，他火儿了：盐带腐蚀性，你懂吗？说完，他蹲下拿抹布仔细擦，不时捏鼻子，鼻头摸黑了。我气呼呼擦地板，瞧他那丑样，活该。后来我方知，操作方向、升降舵钢索最怕腐蚀。那天，他感冒，航空性中耳炎犯了，在那儿鼓耳膜。第二天，省气象局通报，成功降雨二十多毫米。没几天，又降雨四十多毫米，大大缓解了绵阳等地灾区旱情。当地农民说，感谢解放军送来及时雨。

正准备打道回府，新任务来了，空投中央7·23布告，八一命令。当时，四川两派武斗，兵工厂一派生产大炮、弹壳，土法造弹头，一炮过去，墙穿个大窟窿。另一派将炮弹头装上引信，埋院子当地雷，防对方进攻。峨眉山，造反派拿枪打猕猴吃，猴群相继逃往深山……

翌日，传单装机。王机械师见一捆捆传单摞舱后，说：通通往前放，飞机拉不起来谁负责？老兵耷拉着脑袋，图好投放，忘了飞机重心，只得重新搬，王机械师拿绳子固定住。第二天，我们一起登机，协助投放。发动机轰鸣，飞机颠簸，传单震得后倾，我们用肩顶住，机尾拉起，我们才松口气。

天蓝得透明，白云掠过颤动的机翼，阳光灿在那儿。我们腰系安全带，搬传单到舱门，抵达达县上空，叮铃铃，叮铃铃，急促铃响。我们推出一捆捆传单，它们在空中翻滚，天女散花般打开，有的一直坠落，小黑点砸入江中，激起高高水柱，有的落土坡上，腾一溜黄烟。王机械师过来看看，咔，剪断一边绳子，再推下，风呼呼，有些刮进来，在机舱旋转，有的贴水平尾翼上，再不见传单直线下坠。飞机在德阳、绵阳等地空投，花花绿绿的传单悠悠地飘，兜着光，舞着风，比礼花还美呢。

返场后，省领导来看望，夸投得好，只是把农民房子砸了个窟窿。我心惊了一下。他又说，农民开始吓一跳，后来到处吹，说老天爷送引火纸来了。嗨，太没觉悟。我与王机械师会心一笑。

之后，军工重地武斗渐入尾声，武器收缴，避免了内战中的杀戮、荼毒。

写于2012年5月20日

同行毕棚沟

从成都开车过山口，天一扫阴雨沉闷，阳光灿，白云山间飘，心陡一阔，完全两个世界。这次老袁陪我来，我俩分手四十年，一见还是老样子，两眼眯条缝。岁月磨真挚，有的人混多久像隔座山，有的人隔多少年如水交融，难分兄弟情。

1969年10月，他由空降兵考上飞行员，来运输航空兵，我俩同在1507机组，干机械维修。他1968年当兵，早我一年，圆圆脸，待人和气，四川话挺温馨，我15军大院长大，有别样的亲近。晚上放电影前拉歌，空降兵来一个！来一个呀来一个！他们声震棚顶，我们扯嗓子喊压不住，那满腔血气劲儿，吼出滔滔黄河水，唤起我心底佩服。他空勤机械，冬天圆毛领飞行皮夹克穿身上，那叫神气，可神气归神气，故障不过夜，飞完和我们一样检修C–46运输机。老掉牙的双发螺旋桨飞机，为我军解放战争缴获或起义的，老美二战造，空中飞白花花的，圆鼓鼓的，外号大肚皮，飞越驼峰航线的就它。1972年冬，我发现润滑油管漏油，等领配件，他机组吃沙拌凉饭，嘴里咬着嘎吱响，让他回去吃空灶，他大口吃完一抹嘴，说：香，好香哦。我俩装完滑油管，我说：今天够倒霉的。

他说：这啷个算倒霉。我去拉练，早上站路边刷牙，农民担挑粪，嘎吱吱过来，到面前，啪，扁担断啰，杯子漂粪花，浑身唠臭，又是冬天，没办法，跳河里洗澡，冻得跳，你说倒不倒霉吗？笑声起了。

中途下车，我们走进羌藏山寨。石梯边竖排彩旗，城堡高处挂满经幡，风吹哗哗响。正逢集市，路边不少背篓装着苹果，老袁说：山里苹果甜哟。我瞧个不大，没富士红，买几个试试，一口咬下去，生生脆甜，藏在深山人未识，多少年没吃到过。他得意道：错不了的嘛。于是，我买一大兜拎上车。

记得当年，老袁飞行灶常发水果罐头，摆床铺下，我俩床挨着，一片片橘瓣跳诱惑。李玉祥，1964 年老兵，麻脸点子多，从他床下拿瓶罐头放屋当间，白粉笔画个大问号，一群人围着。老袁推门见状，说：想吃就撬开吃嘛，客气啥子？哄，满屋热闹。

过汶川，羌寨碉楼，白墙红窗的藏楼，头顶晃悠。车行沟中，零星碎石溅，激流哗哗奔，灰不溜秋大山挤窄天，几朵白云浮山巅，一片蔚蓝诱惑。有时，大山游移扑来，一阵压抑恐惧，一脚油门轰轰，血涌去胆怯，车提速向前，理县该不远了。

1973 年年初，我已航校毕业，父亲倒台，提干改空成泡影，与他开封分手。我复原回家，安排在郑州仪表厂当油漆工，一年后干钣金工。好在母亲贬到省委图书馆，离家近，读书伴寂寞。有次三弟下乡回家没地儿住，我睡图书馆办公桌，偌大书屋独享，那叫阔气。1975 年夏，河南驻马店连下七天暴雨，板桥水库溃堤，京广线铁路拧成麻花，安徽拼命筑堤，水退不下去，老袁执行空投大饼救灾民任务，我家已搬两次，不知怎么找到我，请我到中州宾馆吃饭，他说：恼火得很，老革命，哪个成了反革命？父亲原任武汉军区副政委兼河南省军区政委，打成林彪“死党”，人人避之不及，我感到老战友的一份暖热。1982 年，父亲平反，我回空降兵，他转业到川航搞机务，双方无音信。去年秋，他到上海，从战友那儿得到我手机号码，才通上话，直说：王江，找你好多年啰，可惜，可惜了，半年一定见面喔。

深秋毕棚沟，红叶抖黄绿，高悬陡峭间，夕阳耀斑斓，铺叠叠秋韵，眼迷心醉的，心就托这儿了，说一句都多余。我们终抵达海拔四千米，倒勾冰川峥嵘，雪峰戏白云，海子湛蓝透亮，飕飕冷风吹。老袁站泛黄草甸仰望，身子一动不动，花白发飘，军绿色羽绒服像棵灌木，他的名字叫松柏。

写于 2015 年 11 月 27 日

不知疲倦的攀登者

清晨，他无力地摔倒在家中洗手间地板上，窄窄空间被他赤裸的身躯塞满了。当他平躺在地板上，心里格外惬意，凉滋滋的马赛克地板舔着他滚烫的脊背，水龙头淌出清清的水流从他身边润过，心头燥热一点点吸去，真爽快。他想舒舒服服地歇会儿，生活得太累，太沉重，这下解脱了，他仿佛走进一个无比静谧逍遥的世界。——这天，墙壁上的日历写着：1989 年 9 月 5 日。

他的头脑陡然清醒过来，刚才怎么啦？打开水，登楼梯，腿发颤，冒冷汗，肚子胀，解黑便，冲凉澡，呕鲜血，真活见鬼，我堂堂的七尺汉子竟摔在这儿！他挣扎想站起来，可身子竟成了一团软软的棉花，轻飘飘无一丝气力，他扭脸看见地上一团鲜红的血被水一丝丝化开去，心一惊：难道我就这么死在这里！不，不会的，绝不会的，我的命硬，绝不可能就此终结。但他的眼皮却越发沉重，眼前的金星忽闪忽闪……

傍晚，他坐在摇摇晃晃的公共汽车上，车窗前黄浦江上轮船的灯火时明时暗，闪闪烁烁，江风夹着初春的寒意吹拂着他赤热的脸庞，他感到格外畅快。车窗外是喧嚣的南京路，多么熟悉的街市，可时过境迁，车上的他已不是 17 年前乍到上海操着浓重浙江乡音的农村小伙子。那时，他在第二军医大学就读，穿一身新军装，挺神气。1978 年，他又重回母校，度过四年的研究生生涯。咳，岁月不饶人，老了，他用手摸着下巴下硬扎扎的胡楂，笑了。今天，他由衷地高兴，小女儿马上满两岁，他在街上买了一条小裙子，蛮漂亮，才3块8角5分，物美价廉，挺称心，算送给小女儿的生日礼物。他的右手不由伸进旧军用挎包里，真想把它抖开再看看，他的手却触着件硬东西，是一摞厚厚的病例资料卡片。近三个月，他挤车、跑医院、磨嘴皮、啃馒头、喝白开水、搜集病例、死劲抄写，忙得不亦乐乎，才从十几所医院里6000多份资料中收集到57份宝贵资料，它们将对他撰写《逆行胰胆管造影对阻塞性黄疸的诊断》的毕业论文起到举足轻重的作用，这凝聚着他心血的57份资料，也算是远方的父亲给小女儿生日献上的一份厚礼吧。他又摸到两个圆圆的冷东西，噢，还有两个冷馒头，晚上回寝室搞统计处理还预备着一份晚餐呢。

他晕晕乎乎醒来，一股奇异的臭味钻进他的鼻孔，奇怪，是下水道又不通了，真该死，又忘了打电话。这臭味怎么这么浓，这么腥，顺着鼻孔直冲上他脑门，刺得胃翻江倒海，他止不住呕吐，血顺着嘴角往下淌。肺被臭味挤压着，他用力张大嘴，呼吸愈发急促，四肢渐渐感到麻木，舌尖凝着一股沉沉的苦涩。这臭味在什么地方闻过？

当他同病理科周本成医生一起走进解剖室，就闻到一股浓郁的福尔马林药水同霉味混杂在一起的腐臭气味，他的喉咙顿时像被什么东西捣了一下，胃翻得厉害，直想呕吐，他强压了压，镇静一下，便同周医生一同来到放标本的物架边。边上玻璃缸中的福尔马林溶液中，浸泡着一个暗灰色的肝脏，肝的中间部分已腐烂自融，呈蜂窝状，但边缘部分还比较密实，他不由一阵欣喜。这是一位1985年6月亡故于胆管癌病人的肝脏，一年前他曾为这病人做过诊断，10月初，他刚从西德进修回来，得知此事，马上便来到这里，要进行一次胆管腔、壁改变的专门病理检验。当他打开瓶盖，伸进手去，那一股浓烈的臭味直蹿上来，鼻子被呛得辛辣酸胀，刺得一双眼睛止不住流泪，他的手不觉触电般缩了回来。不行，绝不能放弃，这是一个十分难得的机会，他平静下来，深吸一口气，憋住呼吸，再一次把双手伸进去，肝脏在药液中像一团泡久的肥皂，滑腻腻的，戴塑胶手套的手在窄小的瓶中有些不听使唤，汗珠从他额上一颗颗地渗出来，他终于艰难地把肝脏从瓶底捞了出来，当他双手捧着肝脏时，浑身的衣服竟被汗水全浸湿了。周本成医生熟练地拿起手术刀将肝脏边缘部分切下一小块，病理切片检查的结果表明，胆管扩张的病理表现，完全证实了他的理论预想，从而更增添了他从“软藤征”和“枯树枝征”两个征象中进行深入研究的信心。

“嗒，嗒，嘀嗒……”他听到一声嘹亮的起床号，想撑起双肘坐起来，可身子太沉重，微微抬起的头又重重撞在地上，生生地疼。他想张嘴唤妻子，可怎么也换不出声来，那股气一到嘴边就又回到肺腔，他索性合上嘴，把那声即将发出的呼喊紧含在嘴里。他想，喊不出来也好，这一段也够她辛苦的，买菜、做饭、洗衣服、家务事，里里外外一把手，腾出时间让自己搞科研，再让她睡会儿，再睡会儿吧。耳旁，水声“哗、哗、哗”地响，那肇庆星湖的水也是这样的响，这样的清，这样的靓，他带孩子，拥着碧波，挥着双臂，别是一番情趣。可去年休假，住在肇庆岳父家，他仅带孩子在碧波万顷的星湖中游了半天，其余时间，全关着门整理资料，那时自己把自己逼得太紧，苦得太甚，落一身的埋怨。说实在的，自己的确不是一个合格的丈夫，不是一个好爸爸，也不是个孝顺儿子。一想到这，他的头就裂裂地疼。

“妈妈、妈妈……”他一回到浙江临海县的家中，就跪在母亲病床前，一个劲大声呼唤。他闻到母亲嘴里喘出来的气有股浓浓的烂苹果味儿，他凭着医生的直觉明白母亲的糖尿病已进入酸中毒阶段。可儿子是为了搞科研才拖延至今，母亲，您能原谅儿子吗？他手掌中三封“母亲病危速回”的电报被攥得湿湿的。在他的悲泣中，母亲终于睁开了眼睛，一双粗糙的手轻轻抚摸着儿子的头，他将带来的“消渴丸”的药瓶打开，将药丸放进母亲嘴里，母亲嘴角嚅动着，脸上露出欣慰的笑容。她理解自己的儿子，希望自己的儿子能有出息，干大事。她感到儿子回来，自己就有救了，养了个当医生的儿子是她这一生中最大的福分。他到家的第三天，母亲竟奇迹般坐起来，非要下床到屋外看看阳光，他搀扶着母亲来到屋外树荫下，母亲躺在竹躺椅上，格外兴奋，兴致地与他叙家常，抖搂他儿时的往事，脸上溢着慈祥的微笑。他坐在母亲身边，当他的手触摸着母亲那双水桶般粗的肿腿时，心中不由泛起一阵酸楚，作为一个当医生的儿子，不能为自己的母亲解除病痛，这算得上什么样的儿子，又算得上什么样的医生？一种沉甸甸的负疚感重重地压在他的心头。母亲多想让亲生儿子陪伴她呀，可是科研项目已进入攻关的关键阶段，自己又是课题的负责人，怎么办？他沉思良久，心灵的天平逐渐向事业方向倾斜，无论如何也得走。这时，他只想把幸福的时光拖得长些，更长些。当天晚上，夜已很深了，他不得不告诉母亲自己明天要赶回去，母亲听到后，那双有些光亮的眼睛渐渐黯淡下去，她知道自己无法阻止儿子启程，她的一丝希望随儿子即将离去破灭了。翌日，母亲撒手人寰，溘然长逝。——这是 1986 年 8 月 22 日 8 时 5 分。

在妻子的及时发现和细心照料下，在医院的尽力抢救和精心治疗下，出血 1000 多毫升患严重胃溃疡病的他终于恢复了健康。他苦心钻研历经十年而写就的《“软藤征”与“枯树枝征”在直接胆管造影鉴别诊断中的作用及其病理基础研究》一文荣获 1989 年全军科学技术二等奖，他的胸前挂上了一枚金闪闪的二等功奖章。现在，他正着手从事对早期肺癌、肝癌的诊断研究，不知疲倦的他正向更高的医疗科研高峰攀登。

他就是广州军区广州总医院放射科主治医师罗正益。

（原载 1990 年 11 月 18 日《解放军报》）

花　甲

人逢喜事精神爽。我说这话没那么硬朗，有点儿虚，欠底气。人生甲子，本命年，遇太岁，得穿红裤衩、系红腰带，辟邪还来不及呢。

步入老年，我想悠着点儿，满口牙死乞白赖往里闯，这个酸，那个晃，口腔撑不起饭桌美味，只得捂腮帮子，鼻子过把瘾，应句老话：老掉牙。

早上照镜子，皮松，脸蛋嘟噜，少俊秀，一脸慈祥，如来佛，弥勒佛，比谁像谁。眼光没神，眼泡肿，眼袋掉，挤出眯缝眼，挺聚焦吧，字看不清，只能远观，不能近览，应句老话：老花眼。心安慰：远见卓识。卓识谈不上，远的事，我关注。如马航失联客机，搜索一切信息，眼像巡逻机，观察每片海域，巴不得立马找到飞机残骸，可桌上乱，地上灰，懒得理。

头发也怪，黑变灰，又细又弱，白发倒理直气壮，直愣愣戳那儿，白得跳眼、触目，黑发纤柔围它跳舞。花甲是否指的它，身未捷，鬓已霜？好在染发剂能满足一下年轻的奢望。不知何时，黑斑悄悄爬上脸，赖那儿不走了，死劲搓也没用，真是该白的不白，该黑的不黑。

健康回归，啥长不如命长。我天天举杠铃，想练块，做个肌肉男，肚子无故鼓着，拍得啪啪响，脂肪违意志堆积，不留神中部崛起。练下蹲运动，两腿酸疼，想站如松，坐如钟，行如风，依旧蔫不啦唧，软塌塌。尿尿没一泻千里的冲劲，滴滴答答的。人畏寒怕热的，冬天嫌衣服不够多，夏天嫌衣服不够少。

走路，少大步流星的派头，腿脚慢悠悠，我不服气，围流花湖跑几百米，风箱拉起，呼哧，呼哧，肺泡让烟油挤占地盘，无耻退缩了。晚上，呼噜气势磅礴，惊醒曰：打雷了？音域高亢，说它交响曲都不为过，我常听见拐弯的尾音，那么悠扬，又那么憋气，断断续续的。日子过颠倒了，人跟猫头鹰似的，天黑眼圆，晚上不想睡，早上不想起。

人到六十，啥都看淡了。说半截入土都扯，算算也埋胸口。孩子大了，没拖累，赶去照顾孙子，那叫老妈子情结，甘愿把自己拍沙滩上。为活出精彩，我支招：去云游四海吧。国内国外转转，开开眼，新疆喀纳斯湖，西藏布达拉宫，美国自由女神，法国卢浮宫，伦敦大本钟，比萨斜塔，眼过把瘾，心惦记家了。旅游十天八天，我开门进屋，箱一放，甩甩胳膊，大舒几口气，人一下松弛了。这狗窝情结，怎么趴自己身上啦？

嗨，人老恋旧。衣服逮舒服的穿，过时不过时，平展不平展，无所谓，任你嚼舌头，照旧我行我素。有的放衣柜七八年，白中泛黄，舍不得扔，发散气味，嗅出盛年豪气，不要行吗？出门，提溜双鞋，皮皱巴巴，还踢掉两块。女儿说：老爸，这太难看了，不才买了新鞋吗？我脚蹬旧鞋，说，这双合脚，好走路。老友聚，开聊，大都小时军大院调皮捣蛋的糗事，连文静秀气男生，也吹上树掏鸟窝，弹弓打人，那迷你弹弓藏手心，纸子弹打人生疼。还有气哭女老师，夹女生辫子，偷萝卜吃之类，偷青葡萄最惨，被抓罚吃，吃一颗掉滴泪，回家腮帮子酸歪了。我曾从屋顶跳下，拼胆；打旋梯一百多转，图威；翻窗进仓库盗书，臭鸽子蛋砸人脑袋，寻乐子……回忆一幕幕比电影清晰。

人老耐性差。遇事一根筋，想吃桂鱼，那得买回来，就图这一口，要没吃上，那得急。天热，沙发弄个竹垫，得马上买，要不，烧屁股。阿姨爱收拾，书找不着，火烧火燎的，嘴上骂骂咧咧，非找到不可。搬几瓶桶装水累得腰酸背痛，想着睡一觉就好，两三天还那德行，浑身不自在，看啥啥不顺眼，见谁都想出口气，一句话：老倔头。

我坐着看电视，头挨沙发，眼就合上了。晚上躺床上，一堆心思，翻来覆去睡不着。书翻哪页看哪页，跳读法，没看十几页，眼晕，一眨巴眼角淌泪，真遇伤心事，倒没泪了。看报看标题，没劲一扫而过，雅称：浏览。有微信，报纸有点儿“炒剩饭”。写东西，累了扔下，有兴致再来，我总结，文章不是写的，是淌，是改，对吗？

人老定力足。退休后，时间大把，什么事都不急。饭厅天花板掉一大块，今推明儿，明儿推后，半年多，饭锅大的疤半天悬着，龇牙咧嘴的。我说，你牛什么牛？有种砸我头上。我巴不得它早掉，要补也得补一大块，不然不值。过马路慢悠悠，车快到跟前，也不紧跑两步，瞧司机一脸惊讶，有种你撞我？摆老资格，老脸皮够厚。

阅历广，经历多，高兴事反少了。看电视、报纸，我念叨可笑，一脸蔑视。看小品，女儿快笑岔气，我最多呵呵两声，表示支持，心想，有什么可笑的？傻。幸福感大滑坡。

孔夫子曰，六十耳顺。人老耳根子硬。听什么消息，无喜无悲，六十轮回，没经过的见过，没见过的听过。抓贪官，我说该。地震了，我说倒霉。钱该捐捐，分内的事，不用说。至于家长里短，小道消息，耳旁风刮走了，不闻不问。添外孙女，觉得没啥，瓜熟蒂落，有什么张扬的？该帮帮，该抱抱。教育交给她父母，不瞎掺和。耳顺就是不管闲事，图清净。

想想老将黄忠、廉颇，不服老的精神头，曹操老骥伏枥，志在千里，我不免羞愧。时代不同，地位不同，追求也不同，没法攀比。闲来泡壶茶，静心饮，身坐直，禅定一会儿，心思满脑门转，又应句老话：人老心不死。一辈子快耗尽，得发点儿余热，闪点儿光，干点儿想干的事，实现年轻的梦想，我该干什么呢，总不能瞎混跶吧？

我扭脸望窗外，人流如鲫，脑筋飞转，来一堆事，转眼，啥事都没了。

写于 2014 年 3 月 24 日

老屋味道

房子住十来年，墙面蛇纹攀爬，没事转悠，啪，掉块墙皮，心惊，一地惨白。广州天气易返潮墙滴水，门锁锈，一次如厕，关卫生间出不来，只能呼叫救援。没两天，咣，石膏线砸下，幸好没掉头顶，结实一闷棍，喊救命都没声，小时候有它，就不用捡粉笔头画石板了。记得1966年，孝感三附小杜老师买尊毛主席石膏像，不小心摔坏，悄悄埋教室边，同学们捡来画，水泥地上一幅幅稚嫩幻想。“文革”批他老右派，对领袖咬牙切齿，一榔头一个恨，剃阴阳头，斯文扫地。最近，我旅游回家，地脚线生蘑菇，几朵灰白，不会是松茸吧，地板翘，散霉味儿，哪儿漏水啦？

想当年，屋顶按全国获奖式样设计，配中式假山、英国古堡墙，品位一流。此一时，彼一时，像老人有病熬，哪天扛不住，得住院打点滴，动刀子，美人难经岁月，一脸萎靡憔悴。重装吧？这么多年老鼠搬家只进不出的，清理难，人念旧，东西摆放熟，拿起来顺手，夜静时，能听见它们呼吸，生命伴随者，每个都有意义，舍不得。翻开尘封，抽屉里掉张老照片，一身军装，英武帅气，几十年悄悄从指缝溜走，人老，不惦记死，早蹦跶过，倒惦记好好活。晚上睡不着，思忖着，患得者郁闷，患失者老态，失，得之始，得，终将失，何必呢？早上心横一跺脚，扔！旧杂志、床、柜、雀斑镜，走起，窗帘铺地，尽最后职责，我抱摞书扔门口，啪，尘埃腾起。屋中东西搬走，宽敞明亮。

卫生间漏水，工人开砸，咣咣声中，我担心劣质品混入，自任采购。瓷砖、油漆、灯饰，耗子般满街转悠，看款式，谈价格。有网络方便，手机随时查，省工夫，商业服务包送包安装，省气力。市面名牌多，选择难。开关西蒙、西门子、TCL，灯饰欧普、雷士、松下，内墙乳胶漆立邦、多乐士、纽艾尔、都芳，不停找店铺，权衡性价比，人有点儿剩女心态，盯高档，挑着挑着眼先花，新开关型号与老屋不匹配，得多找几家，对号入座。

我到南岸路广东装饰材料市场，买开关插座。道窄，车、材料堆着，又没停车场标志，只得听穿迷彩中年人指挥，跟一溜车停路边。找到二楼西蒙专卖店，铁将军把门，只好溜达看灯具。转个把钟头，门开了，我选好开关插座，跟老板娘砍完价，她打电话问公司，眯眼随口问：拿还是邮寄？我说：有车。她瞪大眼说：快！阿 sir 要罚的。我赶紧往楼下跑，路边无禁停标志，会不会？遥看车窗上白纸片飞，认罚吧，遇这么称职的好警察，有什么说的？回店，老板娘笑着告诉我五折。我苦笑笑，优惠赶不上罚款。我提货上车，见迷彩中年人，叼根烟悠闲坐小板凳上，注目来往车辆，他似手拿鱼竿，凝神钓鱼。

我回老屋，无意中翻开泛黄日记：

一九八四年十二月六日，星期四，阴

师唐政委来教导队检查，对我说：1962 年，我当新兵，冬天湖北下大雪，雪很厚特别冷。军政委下部队蹲点，见站岗战士长冻疮。那时还没配发大衣，马上通知军后勤，打开仓库，将旧大衣发下来，一个班两件，这有违军规，是你父亲干的，我感到部队的温暖，下决心在部队干一辈子。你当文化教员，一定好好爱护每个学员，他们是干部，都为空降兵做过贡献。他说完，将几本急需的辅导教材递我手上……

我眼湿润了，窗外流花湖绿色朦胧，人影恍惚，手上新开关摁得啪啪响。我抽根烟，夹杂油漆、墙粉味儿，我又怀念老屋那纯纯的烟香了。

距黄岐装饰材料城门口不远，奥特朗灯饰，LED冷光源，省电，25瓦变3瓦，亮还不发热，价上去了，每盏千把块，只能狠狠心，每次科技进步，都掏百姓荷包。也许是爱国情结吧，家家省电，少烧煤，去雾霾，空气优质，为子孙后代造福。装修旧屋两大难题，一有没有过渡房，我顺利解决。二钱能否撑住。装修步步高，这不般配，那不入流，手难收，票子淌，最后大换血，荷包咋也捂不住。听说新婚夫妻买二手房，本来简单装装，地下管线不行，砸开重装，又改房屋间隔，资金噌噌上涨，翻番顶不住，只能四处借，闹许多麻烦。

两口子闹矛盾，一为情人，二为孩子，三为装修，审美、资金、地盘。有的黏糊，再看看、再看看，拿不定主意，时间荒过去。要不执拗，一人一主意，谁也不让谁，有小两口为装修闹掰，未免太小肚鸡肠。好在我说了算，不扯皮拉筋。人讲气质屋见品位，为老屋第二春，只得咬牙，加油。说钱为人服务，男人对自己狠点儿，最狠莫过房子，一辈子的积蓄，一辈子的窝，要尽心打造。厕所吊顶泛黄，换；纱门拉不动，来新的；橱柜洗手池漏水，消毒碗柜坏了，换欧派、老板，超支终难免。

老房装好，粉粉墙面，有点惨白，如老妇打粉底，招摇着。水晶闪亮晃眼，华丽灯影浮游窗帘，似乎荡去了什么。今天，施工队长问：老板，就这家具旧了，要不要重油一下？

我看着翻漆皮的木书柜，发无名火：不漆，没钱了。

不会吧？怎么也不差这么点。他眼生疑惑说。

没钱就没钱！我撂句狠话。他悻悻走了。

家里乱糟糟，只得来次大扫除。请家政公司来人，擦玻璃找专业公司。擦玻璃的带台方方小扁机器，一放就趴玻璃上，年轻男人遥控操作，上下灵活爬动，倒安全，边角擦不到，嗯嗯嗯哼唧像乌龟爬，效率低。年轻人抱怨，玻璃太脏。不脏擦什么劲儿？又嫌玻璃太小。他站窗台用抹布擦边角。我琢磨，擦玻璃机器人有很大发展空间。请的俩阿姨很勤快，拖把、抹布，方法传统高效。她们像大家大户出来的，一不留神，刮胡刀、毛巾、肥皂盒，沐浴间装配螺丝，统统扔垃圾箱，灰去了，东西也跟着去了。屋亮堂了，用的东西找不着，似乎阐明一个道理：扫帚不到，灰尘不会自动跑掉，扫帚一到，啥东西都会长腿跑掉。

晚上，我坐书房，望着雪白的墙，亮灿的灯。瞧满鞋白灰，浑身杂巴味儿，手搁桌上，书找不着，没电脑，笔围手心转，心怎么也静不下来，寻思着：那老屋味道去哪儿啦？

写于 2016 年 1 月 22 日

筒子楼交情

前几天，刘宏一来广州，住家里，鬼子进村般扫荡。赶巧旧房装修，已坚壁清野，送他只晚清口残青花凤纹瓶，洋蓝发色，画功一流，十几年前收的，不贵。

老友就这劲，不分你我。我俩一块儿上郑州八中，不认识，都当兵，我空军，他铁道兵，他 1979 年复员，我早几年，同住省委二区六号楼，无厨和公厕，算筒子楼交情。他留着招牌小胡子，我打招呼，他算了算，十三个字，就仨管用，一堆国骂。我当工人粗痞，骂是亲，光客套，见外了不是？过节我请朋友聚餐，一人带一个菜，会厨艺的掌勺，晚上，喷香的鸡鱼肉蛋，填进咕咕肠胃，对酌林河大曲，那滋味沉入久远，他没能耐，包洗碗盘，干得晚，叫尽其能。一块儿骑车去西流湖，见满树柿子，我喊：谁穿秋裤了？他扒下裤子，个个猴爬树见身手，车后架挂沉甸甸的带腿布袋，收获大大的，这叫物其用。回家放簸箕上，变盏盏红灯笼，捏软的，一吸一个。

他没那么软，乒乓球打得好。21 分一局，我们得 5 分算赢，大院好像没谁赢过他，他获过铁道兵、郑州市单打亚军，中国女队教练施之皓是他徒弟，谁玩得过他？他复员分到机关，有点儿本事，拉小提琴，弹吉他，简谱两遍记熟，一身浪漫，挺吸引女孩子，他非情种，对胃切除手术妻子呵护有加。又有点儿小资，偏分头，亮皮鞋，地板擦锃亮，一口普通腔，一般人不入眼。我嘛，老爷子倒台，工人窝里混，拳头加无赖的时代，朋友多，遇事不怕。宏一不干这事，跟我们偷听澳洲音乐台，中国民乐演奏得微妙，四个喇叭放邓丽君的歌，他感慨：有这么好听的歌？喇叭裤他不穿，周末戴个蛤蟆镜，显帅。

生活虽单调，也常寻精彩。军区礼堂放内部电影，散场后我们捡废票，回来把票、副券剪齐，胶水粘准黑线，买个时间转轮章盖上，得盖准老时间戳，检票老头眼昏，翻来覆去看不出假。宏一跟我一块儿混，看日本电影《军阀》《山本五十六》，苏联巨片《解放》，外国战争片有气势、真实、血腥，惊心痛快。国产电影太假，封闭文化像捆人跳舞，一群政治木偶瞎蹦跶。

秋天傍晚，派人侦察，关虎屯打谷场路边梧桐树上，麻雀叽叽喳喳。晚上，我们打三节手电端气枪打，麻雀远的站树尖，二三十米，近的挨头顶，子弹没了，小树枝塞枪膛，枪口贴白肚皮，一抠扳机，“噗！”鸟落地了，心里爽啊。到燕庄机场门口打，一枪一只，当兵的佩服道：好枪法！老兵新传，懂吗？回家一算平均三枪两只，最多一晚战果320只，与灭四害无关，只为寻刺激，解馋。上街买肉馅拌好，塞麻雀肚，红烧炖，肉香入鸟身，那滋味儿，啧啧。三十年后，他去了趟欧洲，写篇忏悔，平时撒米喂麻雀，表达对幼小生命的歉意与尊重。如果让他去朝鲜待着，给杆枪，保不准又狩猎了，这叫肚皮上的救赎。

他陪父亲看电影《1942》，八十多岁老人哭得稀里哗啦，喃喃地说：这不是写我家吗？那年他哥卖媳妇，他16岁求活路，把自己卖给国民党军队，换八百大钱家用，又逃走参加革命，解放后家人才团聚。饥饿融入生命记忆，天灾人祸叠加，生命脆弱强韧，日本战俘比灾民好过得多，这是侵略者与被奴役者的差别。他父亲一辈子有两件光荣事，参加开国大典，当过焦裕禄的辅导员。退休后副处不发优诊证，他说：我早正处了。一查档案，1964年的处长，恢复待遇。过去干部能上能下，不计较，不像现在钻营往上爬，踩破几个脑袋无所谓。

1982年，我俩考入河南电大中文系，我厂领导不批，工会主席网开一面，考试学习算请事假，扣工资奖金。优秀老师上课，窗台坐满学生，讲得不好的，剩几个女生听。奔三的人，“文革”误学业，渴求知识，都当过红卫兵，学校难管，我俩属游击队的，爱听谁听谁。上大课，早占座位，省图书馆研究员讲古代历史，挥洒史迹，活泛千年。我俩一起复习期终考试，历史大题押秦唐，我得92分，党史96分，他也获高分。考场严得像高考，流行句诗：电大老师真长策，赚得学生尽白头。他最不服我的作文，我写两篇散文作业交上去，85分以上，他混个及格，气呼呼说：你就会把活人写死了，纯属瞎编。我把省委澡堂锅炉工老杨头写得鞠躬尽瘁，挺那个的，不由辩道：任何可能都会发生，这叫想象力，你懂吗？我俩文人相轻算不上，文友相争倒有点儿。

1989年6月4日前，水利厅设计院几个新来大学生，到他办公室写标语，党委书记让他办，他照办了，上街游行，他担心年轻人安全，怕惹事，跟随30米。北京平暴后，追查黑后台，他任团委书记，一股脑儿推他身上，15年控制监听，惨淡岁月扛过来了。回头想想，那时整肃党纪，完善民众监督，官场不会出这么多贪腐，倒下一批能人。他深秋肃杀时写篇《等待戈多》：

我在夜车的终点站等待戈多
想着戈多会在潮泄的人群中
响亮地叫出我的名字
并与我相拥
可是当人群散尽
我感觉一轮秋月
一阵寒风……

他网名叫红衣主教，威风着孤单。在海边、窗前、落叶树下等，谁也没来，也许来了不知道，寂寥心迹肆意流淌。表达现代人隔膜，无目标期盼的幻灭。

在广州我俩同住801小屋，晚上喝茶聊会儿天，他晚8点眼眯犯困，倒床上呼噜声起，这次见识了，音能破壁，跟他唱美声《我的太阳》有一比。他凌晨4点起了，倒美国旅游时差，他去美国自助游，钓鱼，看NBA，打高尔夫，潇洒走一回。这屋他熟，2002年，他来广州，俩韩国姑娘，在京读大学回国，赶上礼拜，卡换不出钱，又遇火车晚点，非跟着他，就住这儿了。她们说中文磕巴，我说她们听不懂，他说能听懂，我琢磨是语速，他放慢了说话节奏。第二天，我请她俩喝完早茶，他送她们去火车站，买了两张去深圳的票。路见外国学女，倾心相助，也就他了。他50岁戒烟，患皮肤病瘙痒，后来泡温泉，烟叼嘴上，病奇迹般好了。他老挂嘴边一句话：人生无意义。我后来看书得知，他的人生感悟源于德国哲学家叔本华，叔本华曾写《人生的智慧》，他一直独立行走，感同身受。他刚退休，说无事活着，不难，活出点味儿，不易。他曾写《看雪的女人》：

看雪的女人从不
在雪的世界里叹息
只是捧起雪花
轻轻碰一下鼻尖
看雪的女人只是
把秘密埋进雪里
然后悄悄地走开
等待春天。
你会感触另一个灵魂絮语。

今天，他开车去海南，戴海黄手串显摆，说五指山黎族朋友送的，我和梁先生都看不真。在他人生就那么回事的感慨中，也许，人生真有那么回事。

写于2015年元月8日

家有小女

今年元月 21 日 8 点，女儿进产房，不久传来尖细鸟鸣，是外孙女第一声啼哭。春节，她刚满月，我抱她，软塌塌、热乎乎一坨肉，倒挺暖和。她下巴上四层小鲜肉堆堆着，胳膊腿像白嫩小藕节，喜欢看灯，亮处，待久了，眉心一揪，烦，得换地方，要不，就看你。你说小乖乖。她小嘴一张一合，想说没音，真说起来，不含糊，拼命高声叫，像跟你吵架。有时，她身子缩成团，头往怀里拱，抱也抱不住。抱久不乐意，要自己躺着玩，头来回转，不停蹬腿，小手也不闲，一会儿握烧麦拳，一会儿抓呀抓。

她常打哈欠，小鼻子一皱，眼眨巴眨巴，睡了。醒来玩着玩着，身子硬撑，满脸通红，细眉拧着，再不理，张嘴哭：哇哇，哇哇。她肚子又饿了，一旦吃饱，拍拍背，她打个奶嗝，伸伸小舌头，舌苔白白的，冲你笑，乖乖的小样儿。她吃了睡睡了吃，小考拉似的，要睡十八个小时呢。她白天眼眯眯，晚上俩黑葡萄圆丢丢，属夜猫子，四岁颖颖姐姐给她起个外号：猫头鹰。

她饱额圆脸，小嘴大耳垂，头顶两个旋，牛变的？她头发油黑，脖上发际线上移俩指头，白光光，我戏称博士脑袋，她咯咯咯笑。她穿件红裙，小姐姐给她戴发卡，贴耳坠，越打扮越怪异。她生来虎头虎脑，皮实，脖子戴救生圈放水里，双手不停扒，俩脚一起蹬，像只青蛙，有模有样的，不管怎么看，她都像臭小子，最多一村妮儿，不过女大十八变，也许出落个大美人呢。女儿说她像仓鼠，吃饱那种，她上唇噘，咬下唇，她嘴唇放个南瓜子，嘟噜的脸蛋，真像腮边藏食物的硕鼠。我看她久了，有点儿面熟，想起画家程十发。女婿上网查，八九分像画中女孩，额头鼓，眼角吊，瓜子脸倒着，脸蛋红扑扑，没想到，五十多年前她就当了模特，程十发用婴儿脸，独创可爱的少女形象。他绘牧羊女，小辫子一甩一甩，活泼天真，让人喜爱。她跟羊有关系，属马尾巴，牵羊年来世间。

她浑身奶香味儿，情绪起伏大，静斯文，狠纠眉，哭带嚷，笑无牙，叫你烦，也逗你乐。带婴儿，无疑一件苦差事，又哭又闹又吃又拉，见她一天天长大，惊喜也多，高了，重了，吐舌头，怪笑，心底甜咕咕冒，丝丝舒服，一点儿不觉累。她能唤醒你的记忆，女儿的童真、童趣、顽皮，又浮眼前，回忆是道美味儿，上年纪才能体会。

她，一件小棉袄，父母的乖乖宝，开心果，谁不夸她好？女儿老抱她，一天晚上抱颖颖，小姐姐说：妈妈，我好幸福哦。谁都夸妹妹漂亮，有福气。洗澡后小家伙穿衣服、换尿不湿。小姐姐说：我也要新的。我说：妹妹拣你的旧衣服穿，你成天穿新的。颖颖不吭声了。她的到来，挤占了小姐姐的独享空间，爱与被爱的角色转换，姐姐只能渐渐适应，亲情多元，遏止了独生子女的娇宠。

婴儿肥挺招人。她不会说，可见了谁都嘴不停，个个话痨；她不懂事，谁都夸她聪明；她不争，却集万千宠爱。她人小占便宜吗？也不见得。她的喜怒哀乐，流淌真性情；她手脚乱动，四射初始活力；她不认生，谁都让抱，笑纳天下人。她点燃生命之火，延续希望，血缘，割不断的根。她别无选择地来，偶然决定必然的人生，戏剧刚拉开序幕，演绎精彩得靠自己，她叫杜昱瑶，摇啊摇，摇到外婆桥。

一个新生命诞生，活泼泼的，她才过百天，像东方喷薄的旭阳，照亮全家，谁不暖洋洋？她，一只雏鸟，等待离巢，等待飞翔，愿她飞得更高、更远吧。

写于 2015 年 4 月 26 日

风　景

古来高士，喜隐居山野，任风灌茅庐，雨侵陋室，悠然采菊东篱。可游山玩水的李白却独闯长安，盼才大为用，舒展人生另一道风景。

乡间小道，黑瓦老屋炊烟袅，绿水山边绕，遍地油菜花，闷闷的香。城里人蜂拥而至，媚眼弄姿，相机闪不停。村民说：庄稼地，啥看头？农民进城，见高楼鳞次，玻璃光耀眼，眼晕赞：老美，城里人会享福。新鲜刺激视网膜神经，地域境遇分割了审美。

画家登山，这画画，那描描，遍山都是画。樵夫进山，左一斧，右一砍，满眼全是柴。男人攀岩，肌肉鼓胀，博征服峭壁的潇洒，绝版美景眼底收。女子走山道，腿酸乏味，阶梯无尽头，诉不完高跟鞋的苦。皇帝上泰山，雄观天下，御笔挥就唯我独尊。诗人登顶，豪情勃发，一览众山小。隐士寄山林，枫染夕阳，醉卧云落。山形依旧枕寒流，不为风中景，却因景里人。女生牵雨中朦胧的浪漫，男人醉大漠苍凉的雄浑，老人享夕染枫叶之慰藉，人享受不一样的审美情调。

烟花三月，梨白桃醉，丽人画中行，春风得意须尽欢，怎知晓女人独守空楼，愁肠婉转，窗溅相思泪。雨注瓢泼，有清流洗繁华，冲去楼宇污垢的靓丽，也偶遇水没车顶，落汤鸡般内衣模特的窘态。朝阳初升，点燃新希望，无改穷途潦倒，求助无门的悲切。荷塘月色，朱自清独处的雅兴，岂知逃亡者跌入荷塘，躲过追兵的惊恐。

人处境不同，眼中风景大打折扣。

阳光灿烂，景色绚丽少含蓄。云遮山峦，雾迷河川，缺乏明确表达。霞光万丈，铺满天际，难免日落惆怅。月色皎洁，勾万千思念，哪知离情入梦夜惊心？春生花，也葬花；夏赤热，也水漫；秋高爽，也萧瑟；冬雪白，也料峭。海水戏浪漫，也涛声依旧，波澜壮阔，又暗藏杀机。景色幻变，人世无常，凭一颗心领略罢了。

洛阳牡丹，有人看花美斗艳，有人见朵大奇葩，有人说富贵荣华，也有人嫌无香味乏。羞花女林黛玉，宝玉爱她聪慧，曹雪芹塑造的艺术距离，反紧揪你的心。可燕窝泡出的病美人，又爱使性子，娶媳妇过日子，能天天当景看？反正焦大不喜欢。横看成岭侧成峰，远近高低各不同。一人一角度，一人一爱好，图个心悦，齐白石画中，萝卜白菜也成道奇异景致呢。还道是美丑无界，山水无涯，悟道无尽。

风随心动，景为情生。人人活在自己的风景里，那感觉，独到而有趣味儿，不思量，自难忘。

写于2015年5月6日

时　光

时光如水，无休无止。有时似小河流淌，舒缓平静，悠悠观岸边风景。或若冰河凝寒酷，一棵棵雾凇守卫，默然冷寂，冰凌下涌动川激，吐口哈气潜行，不露一丝容颜。时而叮咚前去，喧闹幽山，山间欢快跳跃，缕缕银丝挂崖上，轰鸣直下，珍珠溅彩虹，碧玉遗山涧，滑贯飞流而去。它也会黄河般怒吼咆哮，万马奔腾，气势磅礴，发出激越、亢奋的民族呐喊。它沉默着，堆积着，瞬间爆发，洪水、海啸像墙陡立，呼啸而至，一副魔鬼面容，扫荡吞噬人类，几声狂笑，不含丁点怜悯。

时光如梭，编织现实未来。时光，绽放孩子的笑脸，青年的书写，中年匆忙的背影，老年的蹒跚。它自来水般淌过指尖，唾沫星中喷溅，麻将桌上哗啦，都市滚滚车流间红艳闪烁，拾荒者身边灰暗徘徊。它游荡贵贱、昂颓间，平等安抚每个人，毫不偏颇歧视。

星光疏远，霓虹迷离，时光嘘声，攒动荒废的脑袋，珍惜的身影。时光中凸显贫困的焦虑，富足的无聊。有时，时光漫长，一袭厌倦，熬得难受。有时，它楚楚动人，时间如女人的乳沟，挤挤总会有的，留下清寂夜雪亮，照耀思维前行。寂寞时光这道苦菜，喜爱者筷子不停，品尝个中滋味，背后旁观者晃着红酒杯，醉意蒙眬道：傻×。

时光投射男女不同心影。女人恋青春，对镜寻往日时光，抹平岁月焦虑。男人则抛青涩，黑胡青楂，盼老到成熟。女人拉住时光，男人却挤兑出门；女人卖萌，男人弄沧桑；女人孩子般撒娇，男人威摆大叔范儿。眷顾引叛离，时光毫不留情勾画人眼角鱼尾，脸上黑斑，催生根根白发，臃肿腰围，拉扯低垂的乳房，哼一曲夕阳挽歌。时光也有淡漠阴影，孩子欢快的七彩光，被学习重负压得灰蒙，老人坐观沙漠孤烟，盼暖湿扑面杨柳风。

时光，有时悄悄依偎我们怀中，无声无息。它奏一首月光曲，飘逸间停滞，蹑手蹑脚走过，不愿一丝惊扰，逃去踪影，又狠心将时间带走。皎洁中，留下短暂的珍贵，饱含时与光的和美，时与光慷慨地赐予。

时光永远波澜不惊，默默镌刻每个人心上。

写于2016年3月12日

辞　岁

岁，悄然流逝，红火热闹。过年，孩子欢娱，家人团聚，老人皱溢笑。穿新衣，吃好的，玩雪放鞭，都沉入久远，年没了新奇，盼望少了光亮。人鸽子般飞，短微信问候，人远了，近了？

寒凝草，阳艳梅，鸟飞鸣，情深非朝暮，心映岁月清。马羊握手，兄弟情长，岁除人添寿，万般滋味。踏花甲的我，老念刚启程，有的风景看，姜子牙七十为相，路还长着呢。

说实在，谁服老？年年岁岁花相似，岁岁年年人不同，夕阳枫林，霜叶红于二月花，追忆，慰藉？花季少女，几个想添岁，妙龄难寻。奔三奔四奔五的，谁不想缓缓，岁来一闷杠，长，那叫晕。过节喜团圆，新衣美食，张灯结彩，火树银花，其实，为赶丑陋的岁。它青面獠牙，食人不吐骨，比豺狼恶多了，老人过年，就是跟它较劲，活一年赚一岁。

岁，称谓也一时一时。过去尊称老师傅，悦耳，孩子充老子，占大便宜，笑得稀里哗啦，现在装嫩，满脸褶子也叫帅哥、靓女。岁为资本，老夫娶少妻，得乖乖拿钱，女人凭年轻，可享一辈子清福。惧岁莫官，干好好的，逢提拔，超龄刷下，岂不痛心？好在岁死人活，改呗，一位女干部，档案中14岁大学毕业，不小心改过头，要不出经济问题，谁知？官员往往越活越年轻，临退休，去年59，今年58，满脑门光亮。岁也霸道，一位同事，孩子爱打篮球，参加省青年队，四处托人改小岁数，留岁不留人。

岁生利，我刚过六十，朋友立马来电，赶紧办老年证，广州坐公交免费，社会福利，不享白不享。逛风景名胜、香港看芭蕾，六十岁五折。去年，我昆明打的。司机说：我当过兵，打越南，林场下岗后，每月补五百，那些年纪大的，赖着不走，几百人闹事，后来跟公安商量好，都改大 20 岁，可以拿社保，每月一两千，我们先走的亏了。看来对岁最喜欢最尊重最痛心最受用的，莫过这帮下岗职工，我不知道他们坐飞机，安检会不会怀疑身份证假？

如梭的岁，碾过人生，岁月无情，忽悠人老。夫子川上曰：逝者如斯夫。岁月时光，不知不觉来，飘飘忽忽去，无痕无迹，留下粉红、苍白、苦痛的回忆。岁踏自然，新老更替，土掩过去，云浮未来。岁开新春，梅故尘香，百花竞放。岁开来日，茫茫疑无路，探寻始向前。

写于 2015 年春节

私欲·改革

当前，反腐如火如荼。小苍蝇嗡嗡叫，官不大，贪不少，苍蝇拍打不及，大老虎冒出丛林，纷纷中枪倒下。反腐彰显社会公正，可哪来这么多贪官?

回顾改革开放，打破一大二公，释放私欲，财富滚滚而来，八十年代初，农村土地承包责任制，分田到户，农民交完公粮，自己种粮自己吃，积极性高涨，农产品丰富，让一部分人先富起来，万元户人人羡慕。这时，权力与金钱疏离，保持较清明的政治。

城市从国家资本主义形态，向自由经济形态转变，权力与金钱日渐紧密。改革初，为提高生产力，满足社会需求，计划与市场经济并行，商品双轨制，钢材等批文是香饽饽，出口批文更抢手，倒手赚大钱。金钱侵蚀权力，权力运转商品。

九十年代，国企改制，掀起城市私有化浪潮，制造财富神话，私营业主从小作坊踏入现代企业，富豪打着滚往外冒。政府甩掉包袱，经济迅猛发展，同时，工人下岗、企业破产，党注重化解社会矛盾，忽略其自身的监督、建设。国资每次贱卖，权力寻租价值凸显，可享受超额利润。

近些年，官员掌握土地、矿产等资源，是资金的最爱，权力为GDP得联姻，为财政收入得联姻，为谋求个人利益更得联姻，土地财政应运而生。金钱与权力连体婴儿般紧密，谁也离不开谁，畸形生长，是房地产绑架了政府，还是政府捆绑了房地产？山西煤炭，黑金当道，官场倒戈。官员发现，提拔也是资源，还来得快，于是，卖官风起，这清末回光，浸淫官场，舍不得买官成了不识时务。

以私有化为动力的经济改革，经济领域放开一次，人解放一次，市场蓬勃一次，活力远胜于计划垄断经济。私有经济领域拓展，是对大一统的反叛，打破封建等级观，城乡壁垒，空洞的口号与革命，人摆脱政治依附，有了相对尊严，释放能量，人口负担变人口红利。私欲也膨胀为贪婪，三聚氰胺、地沟油、毒胶囊、楼脆脆，溢出血腥。人迅速商品化，学历、才干、职务，凸显其价值，权力市场化，不能不对官场影响深远，国家机器上的人也不例外。制度设计、监督，首先考虑部门及个人利益，有利抢，没利躲，权力垄断经济，审批笔下生黄金，使改革畸形、变味儿，国家发改委成重灾区，药品、政府采购居高不下。城市道路、公共设施投标，招呼不断，表面投标热闹，项目私下分割，掩黑金输送。形象工程，楼堂馆所，一言巨资，耗民帑，浪费猛于虎。私欲含政治欲望，金钱欲望，生理欲望等，权力、金钱二轮驱动改革，有权便有钱，有钱好办事，贪婪驾驭其上，欲望号街车轰隆辗轧向前，二奶、小三登车演艺，招摇过市，腐败渐渐侵入我党骨髓。

世风日下，拜金盛行，是经济领域信号的放大，也是政治无力的悲哀。西方有宗教信仰，我们呢，靠国学，行得通吗？历朝历代，兴也国学，亡也国学，佛、道庙观严重世俗化、实用化了，黄金衫的影子在信徒头顶徘徊。以灭私欲阻止腐败，是天方夜谭，只会让经济改革停滞，道德高尚的憧憬，软弱无力，“文革”斗私批修，越斗私心越重。以法律、党纪阻吓，干部有福不知享，甘坐冷板凳？侥幸心理多多。那些清流派，嘴上一套套，一旦权在手，定将分化，遇上真金白银，两眼亮得像灯泡。

因此，反腐固然重要，如何根治腐败，防其卷土重来，是更大命题。要以宪为纲，依法治国，权力约束在宪法框架内，除政府预算、官员财产公开外，对易侵蚀的权力必须分割，形成制约。同时，确立知情权边界，放开舆论、党派监督，疏通管道，严肃党纪。只有敢于政体改革，才会长效，这条青天蜀道，难也得闯。

写于2014年6月17日

谈谈官不聊生

你幸福吗？央视这话得问官员。当领导面，他一定说：幸福，幸福。扭头私下说：幸福个鬼。

大学生考公务员费牛劲，进去腿脚得勤快，打扫卫生，端茶倒水，一脸恭敬，落个好印象。待久了，一杯茶，上上网，上班闲多忙少，骨头懒散，开些犯困的会，写些无聊报告、总结，说些自己也不信的话。忙得人跑跑颠颠，复印人生，单调乏味。一遇调职，个个挤破头，告状信纷纷，真真假假，能干的心里委屈，恨得牙痒，还得充大度，某某有能力，有水平，他干合适。闲狼们饥不择食，龇牙咧嘴冲在前，平常养精蓄锐，现在得利不让人，无能者无功也无过，更有人贪功而掩过。

官大了威，车来车去有派，点头哈腰多，羡慕眼神多，好话耳畔闹。可面对案头文件，眼珠扫不停，批呀批，每天一大摞，没尽头，孤独感倍增。亲朋老友找上门，这事那事，不办，面子磨不开，背后人戳脊梁骨，办，违规，几支笔批条子，说不定铅笔字最管用。朋友难交，跟上级走近乎，有溜须拍马之嫌。跟同级交往，都是竞争对手，一个延迟炸弹，遇提拔说爆就爆，告状信一堆。与下级亲近，又成拉帮结派，也不放心，不知谁是卧底，神经绷紧，好端端一个人，天天狗似的竖耳朵，难得交心。许多话对上级不敢说，对同级不愿说，对下级不能说，对老婆不想说，道貌岸然的。日子过得，啧啧，压抑。

管座城市，这边淹水起火，那边塌陷断电，领导必到场，调动资源救灾。春天百花开，他下基层蹲点，秋好月圆时，又待宾客，忙碌中爱已疏远，家庭危机四伏。官员事忙应酬多，按点儿回家少，吃顿家饭成奢侈，酒话多，回家没话，久而久之，公粮懒得交，老婆起疑心，电话出女人声，准为情妇，瞪起乌鸡眼，骂骂咧咧，憋出独夫，一个人遛公园，钓钓鱼，要不就是赴老板邀请，茅台酒下肚，消愁解闷。于是乎，醉眼蒙眬中，情人补位，宣泄一下，找回自我，英雄爱江山也爱美人。她房子、车子，名牌衣包一堆，有老板埋单，倒无所谓，可肚皮一鼓，麻烦来了，会缠一辈子，想方设法送出国，千万别自毁前程。和珅贪，但对女人好，倒台后，俩女人为他自杀。现在官员多杀情妇，又炸又掐，没花边新闻的，又易抑郁。前些日子，湖北几个厅官自杀，受不住憋屈，觉得生不如死，就慷慨了，也许舍命保家吧？命不足惜，钱来之不易，是要珍惜的。

一般官员工资不高，日子紧，眼巴巴盼权力到手，可反腐一来，权不好使，吃喝受限制，公车办不了私事，卖官、吃回扣、弄黑钱怕丢乌纱帽，吃牢饭。于是，家庭地位下降，凡事得瞧女人脸，软饭硌牙，用武汉话说：当官背时。官不聊生之风起，要胜利大逃亡，扭头看看，见几人能逃离？金饭碗自有含金量。大多等等看，待风头过，再显身手。

官场有王道、鬼道，也有民道。抖威风也罢，弄钱财也罢，可贪官没法安全着陆了，外逃路窄窄，高压依旧，终日心焦焦。不如走民道，真心为民，甘当公仆，幸福感随之跟来了，官不聊生变成官有聊生，日后无愧对后人说硬话：我这辈子，为百姓办成几件事，值！苏东坡杭州西湖清淤，就有苏堤纪念。

官员多为子女开道，美英读书，回国高就，家族兴旺，很讲传承。曾国藩说过：儿女有出息，要钱干什么？儿女没出息，要钱干什么？说得辩证，想想也对。父辈正直，能熨进后代骨子，激励后人修养奋斗。他的学识、才干、人民口碑，才是子女最大财富。

写于 2014 年 9 月 28 日

寺庙梵烟

宗教信仰，国人说信也不全信，遇事抱佛脚，佛前烧香膜拜，求子祛病避灾，图佛祖保佑，落个心理安慰。庙建山林，景丰色丽，植物茂密的天然氧吧，近年辟旅游景点，修身养性之地，平添诸多烦扰。

佛讲慈，关爱众生。高价门票一挂，成摇钱树，政府收，庙里分。穷人佛缘到此，佛祖众生平等教诲，成往日云烟。进寺庙，敬香点烛得花碎银，如果抽签解签，和尚侃侃而谈，点拨入心，待你心花怒放，兜里人民币怒了，给少不吉利，说不定遇难折寿，只能忍痛割爱。现在进庙怕，弄不好掉进坑，为难自己。

佛讲悲，悲悯困苦。前些年遇天灾，哪见佛家身影，红十字会捐款，有多少捐庙里？如今人途中遭变故，没人想去庙中求救，过去穷人遇难躲庙，书本上有。舞台灯下，一群小和尚舞棍弄棒，翻跟斗一路拳脚，吸眼球又吸金银。

佛讲静，闭关修行。香火盛，游客多，菜市场般热闹，念经成奢侈，难寻僻静，日日观照自身，还是观照现实、物质？僧侣奔西天，大彻大悟的灵魂，不断塞进杂物，大空世界没了，纯净小宇宙污染了。

佛讲信，信达天下。唐僧辩经、讲经，启发觉悟，信众蔚为大观。一个信仰，理论服众，得身体力行。过去捐赠的银两除修庙外，僧人宁过苦日子，也拿来资助穷人，或赈济灾民，绝不贪腐。现在庙里捐款，从未公示，大多进住持口袋。据说，有位农民工月挣两千，嫌少，剃头入小庙，两年混个住持，年收入过百万，不由感慨：还是当和尚富得快。

佛教自从东汉传进中国，不断世俗化，步入庸俗，令人困惑。从“文革”毁佛，到寺庙蓬勃，几十年巨变，谁料到？1975年，我去少林寺，建筑仅主殿、塔林，共仨和尚，小黑屋炒辣椒，呛人。我问：你们为什么这样过？中年和尚端大粗碗扒辣椒饭，说：公社不要俺，说俺是剥削阶级。唉，叹口气，继续大口扒饭，辣得满脸通红。一和尚雨中舞剑，身上干干的，见真功夫。我拿伞甩他背上，他憨憨一笑，不言语。他就图健身，传承功夫，毫不张扬。

当今寺庙建筑，聚佛文化。政府退出门票收益，完善财务监督。方丈和尚要严守教规，传播教义，打开人民心中的真，触摸柔软的空灵，公开善款，救灾济民，获信众爱戴。让多欲之躯走进信仰，走入寂、悟、慧、空的心灵救赎，使浮躁的精神皈依宁静，梵烟缥缈山峦，晨钟暮鼓化静谧。

写于2016年5月10日

海浪花

2016年年底，我去三亚，天涯海角随意走走。沿路椰树婆娑，一棵大榕树抱巨石，老根盘错石壁，似几条螭龙攀岩。礁石偎海浪，细密珠玉飞。园子比过去大了，我绕一大圈才见天涯、南天一柱石刻，一群人热闹围着拍照，图留个见证。林边小道，棕榈叶摇海风，三叶梅红艳，绢花瓣透蓝光，不知是海还是天？

我回哈曼酒店，窗帘拉开，见一溜海景。人逃离大都市，追逐回归，蔚蓝托礁石、楼宇，洗去繁华，片片景逼来，目光反没了着落。阳光暖暖的，呼气顺顺的，天透透的，人爽爽的，松散懒洋洋的骨节。独坐阳台椅上，品口茶，抽支烟，恍惚与海天对话，却没一丝声音。悠悠海风吹，静得心绪躲了，没什么想的，海远心阔，舒展着豁达。目击天际，一条隐隐直直的线，近处，摩托艇“突突”划着弯曲的白弧，似青花瓷上的牡丹花瓣。

下午，我靸拖鞋去海边溜达。一把把遮阳伞蘑菇般生长，孩子们挖堆黄沙，呈一个久远真实的童话。不少俄罗斯人趴沙滩上晒，像浮着一条条白花花的鱼。金发比基尼女郎鱼游海波，靓丽大东海。黝黑的中国姑娘，身体柔韧海边冲浪，是浪花簇拥她，还是她抱浪花？挽手散步的老人，身上花裙衫飘逸，蛮有异国情调，脚踏久违的浪漫。沙软软的，我一步一陷，身子倒一路轻松，阳光、大海、树影，养眼也养心。小贝壳白得耀眼，吐出死亡气味，它随波浮动，翻滚生的韵律。

北方雾霾迷离，笼身子罩情感的，人候鸟般向南、向南。天涯海角爱的誓言，鹿回头的爱情神话，湿热的海风，我嗅一嗅，腥腥的，润润的，满鼻子爱意。凤凰岭白云朵朵，怎么落了？近瞧是新娘提婚纱走上层层台阶，曳地长裙，裙裾已泛黄，站定纤手一松，打理几下，又似百合花那么纯粹。我见八对新人摆姿势，对视眼波脉脉，新婚的甜蜜瞬间，绵延爱的岁月，新娘嘴角微笑定格了，又飘散开去……

黄昏，老何约我吃晚饭。坐沙滩边，灯火星光点点，海闷闷的单调。他刚游海回来，穿件短袖衬衫，黑不溜秋的，成地道海南人。他个儿不高，身子结实，顶谢了，油亮亮的，六十多岁退休的人，身不歇，忙乎基金会的事。三年前，他联络数家企业老板，成立智善公益基金会，实施中国梦·脊梁工程。救助脊柱畸形的青少年，为贫困残疾孩子，打开一扇门，三年集资 3066.1 万元，救助 1007 人，让梦不再遥远，青春摆脱病痛，直起腰杆行走。

无影灯下，白衣天使手中灵巧的手术刀，让佝偻猥琐，走向英俊靓丽。成都第三人民医院骨科主任梁益建，各医院拒收的重度脊柱侧弯患者，他欣然接纳，为绝望点亮一盏希望的灯。18 岁的王颖龙，出生在四川简阳小山村，生下后右下肢骨折，脊柱严重畸形。长大后靠拐杖艰难走路，侧弯脊柱挤压心肺，坐教室久了呼呼喘气，同学劝他回家休息。他细脖子一拧，说："我就是只蜗牛，也要咬牙往前爬，哪个追不上你们啰。"同学们感动了，简阳中学自发组织"拐杖队"，背他上楼，帮他打饭，洗衣服，扶他上厕所，凌晨帮他翻身。智善基金会得知后，捐赠 10 万元，术后，他仍学习不殆。至今，梁益建主任治愈 219 位重症患者，前天，他以 1080 万票荣获"感动中国 2016 年度人物"称号。

有的大学生，硕士，博士，康复后，傲然挺胸走出校门。25 岁的孟晓露，就读名牌医科大学，因成绩优异被保送国内顶尖医学院硕博连读。她自幼患脊柱侧弯，家贫无力医治，大学快毕业时病情加重，2013 年 11 月，住进解放军 306 医院。她父母是农民，奶奶瘫痪，家庭收入微薄。智善基金捐赠5万元，基金会理事姜亚维前去，见到躺病床读书的她，一缕黑发贴苍白小脸上，感动得自掏1万元。目前，孟晓露已回校读研，马尾辫甩着青春。她露出小虎牙笑得灿烂，报恩心已化入血液，定会去体贴帮助更多的病人。我握着北京、上海、成都医学博士的软手，透来温热，湿润南国的海。

资金如流水，能滋润，也会溃坝。基金会有三原则，不介入药品医疗器械采购，不干涉医生治疗方案，不给患者指定医院，自选省会三甲医院治疗。谁也不动基金会的钱，办事自己掏腰包，支撑贫穷无助的人生拐点。对患者也要求孝顺，病例不虚假，更不能向基金会的人送钱。双向选择让水润沃土，病禾苗壮成长。

老何不哼不哈办事，收获一个个感动。他写过一本书《君子乾坤》，我细读过。他从周易论君子，为古来君子溯源，穿越两千年古风，从容谈论淡于水、浓似酒的侠骨柔情，宽容豁达的贵族气质。当今趋利忘义世风下，他力倡君子风。道德治国诟病已久，君子多伪善称谓，怀揣君子心，默默做善事，我看见了，身边活生生的老者，并不高大魁梧。他老来腰板硬朗，见不得青少年腰弯，挺不直，他说：中国人得腰杆硬，卑躬者易屈膝。他向往君子，自嘲自己常当小人，好话一箩筐，磨破嘴皮子，跑腿当差，有时会"嗷嗷"叫几声，让他们听听病人怪异的呻吟，有股精气神从他身上发散开，感染他人，传递厚彼薄己，财富回馈社会理念。他认为，人有人性与兽性，也是君子小人的同一载体。做君子去小人，靠教育，修养，善意的熏染。暖热的爱，能愈合身体的伤，抚慰心灵的痛，黏合人与人的距离。君不见，南海之水天上来，一汪清流，荡涤污泥浊浪。

饭桌上，大家谈术后愈者欢愉，新年救助计划，基金年会结束，明天，人人揣着希望各奔岗位。祝福声中，老何身陷阑珊，头顶微光，无语眯眼凝望海，赏黑黝黝的博大无垠。

我扭脸见一束灯光下，一朵朵海浪花晶莹透亮。

（原载2017年1月16日《慈善公益报》）

雾霭天的浪漫

小蛮腰凌空曼舞，北海白塔像胖乎乎的婴儿，外滩灯火礼花般灿烂。雾遮眼，啥也看不清，这就对了，爱的情怀天生朦胧。

大眼睛女孩无论多热的天，一定戴口罩，美丽痘、塌鼻大嘴不见了，魅力剧增，牵手靠运气，起码赚个回头率。

女孩长相弱点儿，没关系，有老天帮忙，你会乐器吧？那就拉支曲，勾鸾引凤的，隔窗有耳，人眼不行时，耳朵特灵，不定什么白马就傻乎乎跑窗前了。不会乐器也没事，来段清唱，那声音飘飘忽忽，穿透雾障，曲终细听，没准青蛙王子跳门口蹦跶呢。要不，索性大胆约会，学口绵绵台语，铁石硬汉也蜡软了，不愁不拜石榴裙下。齐天大剩们，大胆网约、手机约，抹点儿兰蔻、香奈儿，腾云驾雾时，香味儿有第一杀伤力，加上白嫩肌肤，不算杨贵妃，也是赵飞燕，嘴再甜点儿，男人脑子准成糨糊，乖乖跟你屁股后。

胆怯男可拿激光笔，对心怡的女子，在空中画个硕大的心，或档口买束花，亲手送给她，她真不乐意，就说没看清脸，雾里看花与瞅绿叶感觉一样，兴许她就收了呢？

刚跳爱河的男人，得开车接女生，脚下常带点儿刹车，拿柏油路当土路开，咯噔、咯噔的，车慢话长，没准芳心就摇了。

嫌女人对不起观众？没关系，上街走一趟，人个个灰头土脸的，还就身边人靓丽呢。当然，两人牵手千万别分开，悠着点，遇树绕，上海小情侣过树拉错手，闹得不愉快，怨谁呢？只怪老天没长眼。

小夫妻吵架，老公只当对着墙说，不见乌嘟脸，什么话不好说？什么心结解不开？

一辈子怨老伴没本事，街边走走，心情陡一松，宝马、奔驰没人走得快，由衷感叹：你也有今天，老天爷真公平。

当然，两人聚餐误了点儿，约会摸错地儿、看电影开了场，都不能怪你，有老天爷顶着。

爱在缠绵，这么绵的天，不缠死你才怪。

写于 2014 年 4 月 5 日

游　记>>>>>>

海 黄

海南黄花梨，一缕清香，色美纹靓，明清皇家爱物。前天去海南博物馆，一套晚清黄花梨家具，桌面焦黄，布细密木纹鬼脸，煞是好看。解放前农民做房梁、木犁，“文革”时期用它做算盘，当今人追逐海黄手串，审美价值游移，复苏，还是毁灭？

因资源枯竭，五指山树根都挖完了，造不凡身价，拍件海黄古家具，得几百万，老粗木达万元一斤。前年，我去海南植物园逛，剩两株，树干围四米高铁丝网，一棵粗斜枝还遭砍去，惨淡摇曳。听当地车总说，宝亭农场大面积种植，与他相约前往。

途经花海，今年寒流，大片薰衣草冻死，游人稀，老天爷败雅兴，有啥法子？车行小路，大片橡胶林，香蕉林，香蕉已摘，宽叶摇绿。车走斜坡上山，停房前，蓝屋顶下门窗锈蚀，墙面是粗糙水泥。车总解释：这里本想搞旅游的，没弄起来。他指房边的树，又说，这都是黄花梨树。我心一震，一棵棵歪七八扭的树，树干茶杯粗，皮白绿斑驳，叶片椭圆油绿，有枯黄叶挂枝上，无精打采。我问车总：这些树死了？

车总说：没有，天冷冻的，过俩月就缓过来了。

长这么小？

都种十几年了，长得慢。黄花梨长在热带与亚热带交界，海拔三百到五百米山坡，太高太低都不行，地里要有黑芝麻花岗岩，含铁，能促进黄花梨生长。

哦。我应一声，见树边一块块突兀黑岩石，没想到一堆乱石，竟是黄花梨的生长剂。

他说：这二百多亩山地，种了14800棵黄花梨。他的话点燃了我，黄花梨总算又回海南怀抱。它珍稀，高贵，高价带来毁灭，背离人性，又顺应人的高端需求，而延续一个优秀物种，恰似人的生命，我问：这树是农场的？

哪里，天津李总承包的。

黄花梨要百年成材，老板岂不亏了？

哪里，许多房地产开发商为绿化园林，来这买，一棵卖上十万呢。

这倒不错，能维持经营，将来又有大钱赚，造福子孙后代。对急功近利的国人，李老板是个叛逆，一个眼光远大的叛逆。他继续说，管理难哪，看园子员工一万一棵悄悄卖，东挖一棵，西挖一棵，谁也不知道。工人每月挣三千，买十棵挣十万，查又没证据，炒掉他也不怕，反正钱挣兜里，一点儿脾气没有，咳，当老板难。我心里塞块冰，吱吱冒凉气。农林挣钱不易，用人像养白眼狼，半路劫财越货，对稀缺资源，国家应予扶持、保护。

他嗓门高了些：你们知道不？黄花梨柔性好，喜欢台风，大风一吹树来回摇，像拉筋，它才长大，吹断树枝，它才生油，去弥合伤口，树芯才长呢，才有好看的鬼脸。这两年没刮台风，树长得慢。他说完指指不远的树，断茬处冒黑亮的油。我知晓，黄花梨只有树芯成材，外皮酥松无用。没料到令人恐惧的台风，还有如此铁杆粉丝。后来，李总来了，敦实小个儿，肤色黝黑，矫健步履，脸颊坚毅泛光，似海黄黑亮。

李总说：沉香与黄花梨接近，没伤不结香，杧果树不伤果不甜，很奇怪，是不是？我心一动，伤与美的妙接，多南方物种，海黄富贵，安身贫贱，暴风雨中成长，柔韧不屈，狂风摇枝舞，伤残增丽色。如果说海燕是一道黑色闪电，黄花梨则像绿色的群舞，它们齐声呐喊：让暴风雨来得更猛烈些吧！

写于2016年春节

留园时空

北京颐和园，承德避暑山庄，苏州拙政园、留园，为我国四大名园。小小留园，堪与皇家园林比肩？

入园一溜拐弯，凉风滑过幽暗长廊，远处虚幻光影，诱人前行。待我闯入光亮，坦坦一小院，石奇树异，阳光抚石润如玉，风戏枝叶一汪绿。黑瓦斜下，聚雨水为财，滋养植物。天井裁方蔚蓝，舒卷几朵白云，风云雨露与园中人就这么交流着。

进客厅，窗含秋意。推门涌石山、亭阁、苍树，两百岁的白果树，三百多年的南紫薇，冠茂携清风。亭兀立山石，危踞沟壑，祖主人凌云心。亭间游人歇脚、喝水，十几棵桂树依伴，亭上挂对联“奇石尽含千古秀，桂花香动万山秋”，桂香闻不着，草芳弥曲径。小路碎石拼铜钱、牡丹，导游教人先走钱，后走花，叫有钱花，走反了光花钱，民间话糙理不糙，图个吉利。水上九曲廊桥，天上掉片蓝，抛水面荡漾，遗波的梦。我漫步岸边，池塘映荷绿，悠青水草上，几尾红鲤悬在那儿，不一会儿，它们摆尾无波，悠悠游去蓬莱岛。抬眼入辽阔，山树剪裁了天，残缺凸凹有致，边角抑扬顿挫着，便有了韵，有了歌。

院边长廊曲拐婉转，壁上明嘉靖董汉策刻二王贴，二十五年金石功，行云流水洒古风。廊内透窗如画，一柱石，几片蕉叶，一团黄杨，映山野灵气。路尽头僻静，牌匾“还我读书处”是间书屋，门口几株梅，窗棂下，桌椅书柜静静守望，待霜雪凝梅，寒香沁书斋。

东院堂堂楠木厅，梁柱榫卯构高阔。墙边鱼化石屏，卷云飞月，映群山绝壁，悬瀑飞流，叹自然神工。门前矗冠云、瑞云、岫云三峰，冠云峰扑来天然山水，似大师画作，相传为宋代花石纲遗存，《水浒》晁盖劫生辰纲就这玩意儿。院内专建冠云楼、亭、台赏石，一抹阳光，石、藤、楼阁又入了画，人游画中，建筑糅时空，滋润赏自然。

我进一院落，疏密树木，点缀七八块剔透太湖石，属太湖石十二峰么？如仕女立石旁，婀娜伴玲珑，像幅古画，闲适凝胶时光。遇群学建筑设计大学生，中年老师讲：这院是家眷散步休息的，那时女人不让出门，只能待里面，所以强调空间感，让人舒适。园林活教材，视觉感观胜过书，设计苏州博物馆的贝聿铭，爽爽中国风，该没少看园子。

这座明嘉靖徐泰时兴建的园林，清初废为踹布坊，满园“沓沓”踏布声。清嘉庆时刘恕重修，他嗜石如命，庭院深深，佳丽倚石，“留园”取“刘园”谐音，他爱石也爱女人。

日军占领后，这儿成了马厩，战马仰天嘶鸣，低头啃楠木柱，蹄踏奇石咚咚响。

铲去了，一堆马粪与日军马靴。消失了，一堆腐木，几堵残垣。运道沉浮，没有纠缠，只有复苏的遗存。

北边竹林深处几间茅屋，一片青草地，无鸡鸣犬吠，能闻其声。土墙青瓦村舍，没炊烟、水牛、牧童，也出了影，拓落无尽恬逸田野。园里松、柏、榆、榕盆景，异态风骨，石卧躬身，朗朗谦和，几盆细叶兰，清新淡雅，倏地抖离乡村，唤来竹林贤士，大隐隐于市，是寄托，也是追求。

西部假山，石土天成，山路蜿蜒。我坐观枫林夕照，叶透绿，也透红，一阵风袭过，林深饮秋醉。一对白发夫妇搀扶上山，登顶吁吁喘气，弯腰咳嗽两声，转身挺胸拍照，欣喜泛脸颊，皱纹也醉。游龙云墙活泛着，一条小溪哼唱流淌，至乐亭也咧嘴笑，情绪染秋光，铺向鱼鳞状丹红彩霞。

苏州这座园林，美国人曾出价二十亿美元。舍不得，真舍不得，太沉，沉甸甸的奇石，沉甸甸的心情，还有檐角沉甸甸挑起的时空。

写于2015年8月9日

蠡园秋

园子竹摇翠影，曲径树筛斑斓，风凉气燥天高阔，怎一个爽秋？

小路绕假山，瘦皱漏透太湖石，杂乱堆砌，曲径幽深，仰望白云，团云、穿云、盘云，飞云落，恍惚了天地，人误入云深处，秋高难寻归路。蠡湖荷花瘦，莲蓬肥，粒粒珠光滚荷叶，染绿那份秋润。登山顶，垂柳映波绿，亭角挑水阔，各式亭阁缀湖畔，溢红、滴翠、醉黄、吟白四亭越四季，时光谁共？放眼去，太湖浩瀚，天照水来水映天，哗啦啦扑打秋蓝，倾来色即是空，空即是色的禅语，荡去也荡来晃悠的记忆。

西施，一个浣纱女，蹙眉越千年。她与范蠡的爱情，飘进园子，便有了味儿，有了香，有了无边遐想。园中茅顶月老亭，孤男剩女该来拜拜，男盼沉鱼落雁，女思富可敌国，都有归宿。范蠡与西施缠绵背后，藏着国家兴亡。西施迷人木屐舞，夫差眼晕头昏，忘了枕边睡一女奸细，越王勾践卧薪尝胆，得以复仇。夫差对西施爱到有钱花，随便花的境界。修馆娃宫为吃鱼鲜，香水溪清泉供沐浴，响屐廊任跳舞，还有玩月池、采香径，多了去，终国息人亡。西施跟范蠡一见钟情，后携手到老，不知她吴宫日子怎么熬的，她算忠贞女子，还是红颜祸水？

范蠡——越国军事将领，灭吴功高，位高权重时说：明知进退，蜚鸟已散，良弓将藏；狡兔已亡，良犬就烹。他急流勇退，谢封赏，辞官下海经商成巨贾，又三次慷慨散尽千金，从不把钱当回事，摘得儒商鼻祖桂冠。千金散尽还复来，李白豪气的理想，范蠡牛气的实践，两千年前就实现了，范蠡掐住运气的脖子，李白充其量摸到运气尾巴，豪言将五花马、千金裘换酒销愁，从不把钱当回事的诗仙，倒符合“花的钱才是自己的”时代口味。两人都大方，像李白慷他人之慨的有的是，范蠡慷己之慨济人的凤毛麟角。范蠡运气摊谁头上，甭说三次，一次足矣，商圣非他莫属。他去宜兴鼎山村教人制陶，因红色陶土，尊陶朱公。陶器新石器时代就有，啥稀罕？难在烧出精陶，畅销，卖得上价。我想他烧陶，下力劈柴、搬柴，窑口观火，日夜辛苦劳作，有不出精品不罢休的劲儿，攻难关精窑技创造型，跟当今梦想一夜暴富的人，视如天壤。他智高财巨，任性搂西施腰肢泛舟湖上，烟波浩渺漾浪漫，引无数帅哥靓女羡慕嫉妒恨。

中午吃饭，上沙蛤汤，白肉入口嫩滑。服务员说：这西施舌，味道怎样？我慢慢搁下筷子。西施吴宫潇洒花钱，穿绫罗绸缎，嫁个烧陶的，居蛮荒之地，受得了苦吗？老公又爱捐钱，范蠡富商再牛，牛得过皇上？美人不会脑子进水了吧？史上有另一说法，越王将西施捆石沉湖亡，范蠡另有其妻，西施肉体化为蛤。美女成口中食，有点儿悲惨，也成就男人与美女的舌尖纠缠，是仕人淫思，古老广告，或为忘却的记忆？

我眼望窗外粼粼碧波，太湖舟影点点，《太湖美》婉转唤秋色。远山凄迷空灵秀，增一分太艳，少一分太淡。

写于 2015 年 9 月 10 日

长广溪桂香

无锡长广溪湿地，蔓延太湖岸，走过两里长的石塘廊桥，可通蠡湖。

进园子桂花香，人走林子里，围裹馨香，挥不去，散不开的浓郁，桂花树有上千棵吧？桂花小，前些天还不见朵，说开就开了，它来得急，开得从容，齐刷刷冒出来，金桂簇金黄，沉甸甸坠枝头，阳光耀繁星。风袭来，小黄花细碎缤纷，抛芬芳满路，熏了芦苇香了荷，惹小鱼蹿出水，追逐浓郁。不远处大朵粉红月季，如少女婷婷风舞，伴浅吟低回香魂曲。光洒溪流，粼粼菲波，不看柳醉，看了心醉，醉入太湖秋，醉入花丛，遗失了奢望。

古来水便与农耕相连。三国时，孙权派典农校尉陈勋屯兵3万，开挖疏浚长广溪，贯穿大浮、雪浪、东泽、南泉四乡河流，屯田屯兵。无阻魏国挥兵东进，溪水漫过东吴国号，潺潺千年细流，水汽盎然，润物无声。解放后，历次围湖造田，农耕与水较劲，江南水乡溪流、渠道，一改往日密布，局促水凝眉，土掩波泛愁。后市政发展，太湖不堪承受，蓝藻大暴发，回敬国民，军嶂山冷眼相望一汪油绿。山不挺拔不叫山，水不柔情难为水，无见湖水绿如蓝，怎忆江南？2002年，长广溪两岸辟为湿地生态公园。JICA中日合作太湖水生态修复工程，引进加拿大水质净化系统，水质逐渐恢复。古代五里湖与贡湖通过长广溪进行水体交换，太湖水质优良，可见古人智慧，现溪宽若河，少闻哗哗水流，长广溪继续古老传承，优化水源。

当政拓湿地，绿荫浓，白鹭飞，余香韵。不收门票，风景回归市民，没了雕琢，田土重返自然，葱茏溢清香，铜臭散如烟。水润景来景润人，一把花伞，几分纤细，江南女子袅袅漫步，溪流倒影漾柔情。白发老人打太极拳，一路行云流水，移步仙人骨，翻身凌空鹤。

有一种风景叫名胜，泰山、黄山。有一种风景叫古迹，故宫、长城。还有一种风景叫生态，湿地、森林。它无声无色无名，点滴滋万物，平淡笼人生，缕缕花香沁入骨，涓涓淌入中华血脉。

写于2015年10月15日

春雨沐常州

五一，我到常州，晴了几日，前天下雨了。

江南雨洒平川，说无声，林子细声细语，像苏州女子说话，幽幽发嗲。细细春雨飘洒，千万条雨丝，编织天地间的帘，遮去明丽风景，透来一幢幢淡雅黑屋脊。一阵风掠过，雨丝柔柔扭身子，空中曼舞，婀娜多姿，风情万种大概源于此吧。人说天上一丝雨，人间一段情。多情的雨，牵出万般情缘，绵绵细雨，摇摆捉摸不定的心，飘忽多变的情绪。漫步雨中，她淋你脸上，凉凉的，不一会儿，就与你交融了，她润了你，你暖了她，她黏着你，你拥着她，谁也说不清，倒不离不弃的。

一声响雷，空中放肆吼叫。炸裂新石器古村落，距今6000年，属马家浜文化，常州人繁衍、关爱的源头。也轰开种子坚硬外壳，生出青苗，也敲开人心扉，生出青春相思的嫩芽，古称怀春。春雨多芒，刺破云雾，针针扎进爱的城堡，拨开爱的芽，挑起情的叶，穿过思恋枝蔓，天空撒张白皙爱网，何等美妙啊。一道明晃晃闪电跳跃，雪亮亮的，女人胆小躲入怀。电击身子酥酥的，指尖麻麻的，两手相碰瞬间，两唇相接刹那，似电传全身，舌尖泛甜丝的滋味。

春雨无声，情系绵长。3000年前，西周灭商奄国，奄君逃亡至此建古城，三水环绕，扬西太湖波，国破让人泪满襟。雨遮云山，青石板映白光，窗上的雨，似点点离人泪，湿漉浸泡惆怅，钻进黏稠空气，一下没了方向。丁香幽怨女甩长发的背影，拉长忧郁，淅淅沥沥的思念，点点滴滴的回忆，这时，一个久违的电话，一声迟来的问候，都让人兴奋心跳，面泛潮红。故国情念故人，指尖又触摸暖热的肌肤，回味曾经的浪漫，思念后相聚，沉浸爱河，情绵绵，雨绵绵，缠绵销魂的陶醉。

细雨顺青石板路，越石拱桥，走进池塘。荷沐一团绿，像女人脖颈的翠，白皙衬一汪春水，荡漾心声。叶上滚水珠，晶莹如钻，两人心心相印时，都那么透亮。雨帐黛瓦，浸淫白墙，木窗前，一张少女侧脸，依窗凝望，乌篷船漾河水，船头健壮男子摇橹，渐渐划出她视线。她看他，我望她，一次微妙的心理阅读，一幅静谧的画卷。年轻男人，打黑伞给白裙女子遮雨，两人依偎登上石桥，伞下私语播爱意。白发老妇拎篮西红柿、黄瓜，慢悠悠拐进小巷，老人多爱孙，童稚若雨丝纯净。江南水墨就这么洇染着，影绰缠绵的爱意。

天宁寺大雄宝殿，一炉香梵烟缭绕，探入雨雾，旋黄琉璃屋顶，笼在那儿。唐代高塔迷蒙身影，黝黑守望，似老者絮叨陈年往事：一个战国时期美丽公主的爱情悲剧。不远处，九曲回桥穿行荷叶间，花蕾亭亭，不停晃脑袋。路边，大朵粉月季花淌珠泪，紫色藤蔓忧郁地探望。

庭间，竹叶滑落的雨滴，轻轻坠下，晶莹散落兰花瓣，跌入花蕊，吸清雅馨香，竹与兰就这么传递——美妙心声。情脉脉，惹人妒，是雨中情，还是情中雨？

写于 2014 年 4 月 14 日

端午南京

到南京过端午节，别是一番滋味。

六朝古都明城墙，一块块大青砖上，有烧造产地姓名，屠刀高举，谁敢马虎？砖足足码三十米高，上面可并排跑三辆轿车，够威，够震撼。冷兵器时代，想攻陷它，难。城下禁卫军拱卫，老朱家嫡系精兵强将，曾杀败彪悍的蒙古铁骑，没那么好惹。老朱费这么大劲儿建家业，一换当家人，小朱要迁都，又费大劲儿，永乐就是永乐，这事可让官员乐不起来，小脚家眷望苍凉北路哭天抢地。

北京得益于永乐大帝，北方战事困扰明王朝，京都北上捍霸业。南京王朝多短命，南唐后主李煜，诗词一流，无奈悲歌一曲：一江春水向东流。太平天国，洪秀全搅乱天下，均田地、等富贵的理想，远不如帝王寝宫，只能命归天国。高墙壁垒，挡不住历史车轮滚滚辗过。也许秦淮河的艳波，后庭花的软曲，销蚀了男人硬骨？可青楼李香君的骨头，硬过许多男人。

想当年，曾国荃兵陷南京，大赦三日，湘军骁勇屠城，妇人命运多舛。后日本鬼子攻克南京，荼毒民众，强奸妇女，三十万同胞遇难，血染长江溅残阳。如果说珍珠港是美军对日作战的转折点，南京保卫战则是中国人民对日作战的转折点，它坚定了中国举国抗日信念，施暴者终将葬于暴力。中缅反击战，孙立人将军曾下令：凡攻入南京的日军，格杀勿论。美军投在日本广岛、长崎的蘑菇云，将复仇硝烟燃到极致。相比之下，孙将军仇怨分明，更具军人魅力和人道情怀。

借此端午节，祭奠屈原，也祭奠南京史上那些无辜的人们。

写于2015年端午节

高淳老街

南京高淳区有条著名老街，长八百米，宋代有街市，建于明朝，号金陵第一古街。门口竖大牌坊写高淳老街，我去时赶巧过端午节，人们脚跟脚、肩擦肩，挺聚人气。踏上石板路，雨中清亮光滑，不知多少双鞋打磨过，街边黑瓦、青砖，红门铺子里纳底布鞋、咸鸭蛋、云锦、泥娃娃，扑面中国风，润润的。我忆起儿时，孝感留的青石板路，两道深深车辙印，担挑敲麦芽糖，卖馄饨，米酒油条铺，饭铺，香淌街道，惹小肚子咕咕。

二层小楼错落，挑檐明清建筑，精美石雕、砖雕，诉说古老故事，门楣挂古朴典雅牌匾。褐色木门老宅，院中亭下有乾隆古井，几株桂花飘香。相传乾隆下江南巡游老街，掘井供御用，乾隆饮得清凉、甘甜，赞不绝口。道光十四年疫疠大作，河水污染，老百姓争饮井水避难。街上关王庙，对联写：赤面凛赤心，乘赤兔追月，守关中不忘赤帝；青巾对青史，仗青龙偃月，隐微处无愧青天。完美的色彩对仗，赞誉关公仗义。不远处 1932 年建的耶稣小教堂，中西信仰在此合璧。城市变迁，断了古风气韵，古旧气息单薄，文化能书写，也会凝固，失去便珍贵。飘斜雨，檐下挂颗颗亮珠，如欲滴的泪，溅落幸运。

我走进一家扇子店，见一排白鹅毛扇，想起诸葛亮，摇着鹅毛扇，谈笑风声间，曹军樯橹灰飞烟灭。猫头鹰扇花纹亮丽，这扑鼠枭雄，愿它没受伤害，宫殿房脊两端的鸱吻，以它为原型，威驱鼠患。胖女店主和气，聊天得知，她原是国营工艺美术厂职工，下岗得吃饭，便开了店，传承手艺。来客 15 元买两把鹅毛扇，她点头卖了，估摸不够工钱，好在她自己扎的，不计较。一把猫头鹰扇她卖 100 元，不还价。她开网店，可邮购，算个商场潮人。人生堵扇门，也许敞条路，生活捉弄人，人也捉弄生活，屈原身后有项刘，理想不灭，勤劳踏希望。电扇空调的今天，摇头晃脑的扇子成异类，少女团扇扑萤的天真，男人“哗”甩开折扇的潇洒，见不着了，小时候度夏坐竹床上，母亲摇蒲扇拍打，扇凉驱蚊。

人老，对旧物眷念。一路几个古董店，门脸不大，多唐代老窑陶罐，黑黢黢不起眼，泛幽幽的光。西汉青釉陶壶，釉已蚀，造型仍端庄大气。南京，明朝古都，明代瓷片，人物绘画洒脱，窑工随意挥笔，粗犷着趣味。它坦荡走入历史，又霍然蹦我面前，述说唐朝的兴盛、明代的繁荣。从陶到瓷，古人摸索上千年，那熊熊窑火，烧出国人的骄傲，永宣瓷器，历来受国内外收藏家追捧。当今，拍卖会如日中天的古瓷，市场上鱼目混珠，没几件真，日渐衰落。风掠过货架，哼一曲悲凉挽歌。

路过幽深的窄巷，一个穿黑裙女子，打黑伞，长发飘逸走进去，背影迷茫雨雾中，飘零幽怨的调子。树冠绿荫出墙来，我闻到淡淡花香，在雨中，檐下，巷口旋着。

写于 2015 年 10 月 12 日

法海古今

登金山寺顶，摸康熙帝手书“江天一览”碑，石凉风爽。宋朝，苏轼曾携友从杭州赶来，“潮随暗浪雪山倾，远浦渔舟约月明”，他观江景发诗情，挥就“但愿人长久，千里共婵娟”的名篇。大江浩瀚，千年过去，长江滚滚几十里，遗下江中泉，离寺不远，沏茶清甜。

我乘凉时，一年轻男子问：白娘子呢？

友答：压塔下面了，有种你钻进去？

我要是法海，一定不干那事。

又做美梦了，邪吧，你。呵呵，两人笑着。

法海什么东东？父为唐代名相裴休，官廉善治。法海禅师，名裴文德，游僧到此，燃一节指，誓重修东晋道场。他挖地基掘出不少黄金镒，交镇江太守，太守李琦奉奏皇上。唐宣宗敕令将黄金拨发寺院，做朝廷供养，并敕名金山禅寺。他一辈子兴建佛寺，静守佛规，金山寺香火兴旺。

明朝冯梦龙写《警世恒言》，将法海曾驱走蟒蛇、为民除害的事拟人化，提醒人不要被白蛇美色迷惑，法海是正面人物。民国反包办婚姻，歌颂白素贞追求恋爱自由，颠覆史说，法海破坏白娘子许仙自由恋情，导致水漫金山，成封建代言人。今江水已流远，法海也该赦免了吧。

《白蛇传》本为传奇。白娘子与许仙断桥相会，断桥残雪，杭州西湖名景，雷峰塔也建在西湖边夕照山。法海比跑北京抓记者的警察还忙乎，日行千里，镇江杭州两地流窜，像跳大神的巫婆。文学本来假，就怕编得真，《白蛇传》流行一时，估计还得流传下去。现在可以编《青蛇传》，许仙高中状元，荣居江苏巡抚，买官卖官成巨贪，为保官，常去金山寺拜佛捐款。青蛇小妾急于扶正，白娘子心忧郁，去寺中许愿，她风韵犹存，法海心动。法海暗查证据，上告朝廷，许仙锒铛入狱判死。他借机占有白娘子，污染佛家净土。青蛇剑杀秃驴淫妇，随泛滥江水飘零而去……

毕竟历史不是文学，没法改变，文学不是历史，却改变人心，笔颂人，也杀人。本来好方丈，弄个棒打鸳鸯，千年遗恨。死人无法申诉，你说咋地就咋地，他幸好无后，要不，准是中国第一大名誉诉讼。法海默默躺那儿，任你戳无数窟窿，牺牲我一个，幸福千万家，名声反弄大了。像炒作的凤姐，不怕不是东东，就怕是个东东，谁也记不起来。

写于2015年7月8日

华东·华西

去华西村那天，江南雪纷纷，柔情漫，落路面就化，树冠屋顶一片白，大地洁净迷茫。我曾抽过华西烟，味儿柔和，金色烟盒印着 1961，想着三年自然灾害建烟厂的村子，好生了得，背后定有陈嘉庚之类一掷千金的豪商。

从常州出发不到一小时，路边一栋栋四层别墅，庭院绿树掩映，像高档社区。身边老何说：到了。

这是华西？我有点惊讶。

对，刚路过中国第一村的牌坊。

噢，敢这么牛？那别墅是村干部住的？

哪里，全是村民。

不会吧？我心里嘀咕，什么年月，有这好事？ 1994 年，我跟广州三元里村打过交道，靠卖地赚得不清不楚，村民几套房出租，加年底十来万分红，天天泡酒楼，赌钱，日子过得富足空虚。人没钱想钱，钱多了，又不知日子该怎么过了。听老何说，华西不沾城市边，也没外商投资，怎么富起来？

走进老支书吴仁宝展览室，一切明白了。一个让村民住别墅，自己居陋室，全家 38 人挤三间房，最终也没搬家的人，一个有福民先享，有难官先当，领大家共同富裕的共产党人。1961 年建村，为填饱肚子，他带社员拼命干农活，喜获丰收，公平分配，先社员，后自己。1969 年，南京军区许世友司令下乡见泥腿子支书，树为典型。改革开放，老支书筹办乡镇企业，利用上海经济圈辐射，办五金厂、纺织厂，年收入当年过百万。安徽小岗村第一个分产到户，是农村改革第一步，华西第一个走工业化道路，农村改革迈出第二步。他提出：村民要有房子、妻子、票子、车子、面子。面子就得有农民的尊严，不能像余华小说《活着》中的福贵。

为面子，华西踏上拼搏路，脑力赛体力，打造华西品牌。三十层高档酒店，天安门、长城景点落户，旅游业兴起。他们与江苏淮阴烟厂洽谈，撬动濒临破产烟厂复苏，烟销全省。五粮液酒厂尖庄滞销，华西酒借机铺向长江三角洲，触角入商品。九十年代末，借国企改制，去上海做股票上市，给优质企业参股，涉足金融，这几年，170人团队连续三年净利润超5亿元，服务业产值超工业。他们又到非洲、南美收购资源产业，一步步扎实走向世界，他们说：眼光有多远，脚步就能走多远，甘做第一个吃螃蟹的人。

新支书当过兵，善思考，继续华西的辉煌。华西村扩大了，帮贫致富，无偿投资公共设施。邻村开山炸石卖，华西补偿卖石收入，保护山林，利用山水兴建豪华村落，一栋栋楼洋溢家庭欢笑，建旅游度假酒店，迎八方来客。去宁夏、黑龙江扶贫，借机互补市场，1995年，第一个搞5公斤、10公斤小包装大米，华西村大米流入人们口中。村民教育费全免，读博士也一样，培养聚集人才，已成华西发展新锐。

中午请吃饭，新支书自掏腰包。饭桌上，华西村经理跟曾总谈厂房顶太阳能发电，租金每月一平方米一元，或每度电一毛给厂方。中国那么多屋顶都发电，无污染，省地盘，能节约多少能源，提供多少电力？新支书强调：不能让别人吃亏。双赢思维持续恒动。

新支书个不高，圆圆脸，一团和气，心装华西，他叫吴协恩。他是报老支书的恩，村民的恩，或恩泽百姓，我不知道，村民清楚，他自己也清楚。村民心里有杆秤，眼光雪亮，最近精简机构，村干部通通民选，票高者任，十几个副职下。民重官轻，没利益冲突，最多面子磨不开，下来的照投新支书的票，延安碗里投豆子选村长的情景再现了。民主让村民人格独立，人生平等，不用依附谁，巴结谁，民主检验干部的良心、胸怀、魄力，村干部年年有任务，奉公上，谋私下；能者上，混者下，能上能下成常态。农民简单也不简单，新书记偏居华东一隅，漫观天下，狡黠驾船绕过暗礁，畅行商海。当今，村财务公开，村干资产公开，空气透明，消散雾霾笼罩的暗利，村民参股，享受股东权益，成真正主人，遇人敢拍胸脯，说：我是华西人。傲慢的上海人也不敢小觑。

临行，雪依然飘洒，每片雪花不同，方见精彩。雪花纯净无息，铺就苍茫冷寂，滋润那片热土。

写于 2016 年 1 月 12 日

上海气味

五月夜，我走进外滩，各地方言耳边闹，香水混杂汗臭。陆家嘴大厦，高耸璀璨，炫耀金融的牛气。江南矮墩墩的欧式建筑，底座一块块大青石，瞥对岸一老眼，说：侬扯烂污，阿拉粉丝数弗清爽咯。东方明珠“调调”着，洒下幽灵般绿光，黄浦江荡奇异气息。

南京东路步行街，错落的中西合璧楼宇，琴键般奏着华尔兹。娇小姑娘们，扭动腰肢，细碎步踩海范儿，她们弃高跟，一路麻雀叽喳，在我眼前跳跃。街边铺亮堂，老牌子高悬，老凤祥、亨达利、张小泉、朵云轩。吃货有泰康饼干、高云楼片皮鸭、真大房熏鱼、沈大成的糕，一九三几年的靓丽旗袍女，安坐点心盒托腮弄姿。当年十里洋场，领衔中国服装、发型、皮鞋、文学、电影。茅盾、张爱玲、胡蝶、赵丹应运而生，家喻户晓。小家子气江南一隅，果真如此气度？

这曾是英租界，洋人占的地盘，谁敢惹？老蒋弃苏俄，打仗要银两，得巴结欧美，借财力统一中国，1927年四·一二反共大屠杀，这是主要动因。1845年，英在洋泾浜北设租界。1848年后，英洋行大班霍克在卑湿之地，两建跑马场，煤屑铺路。1865年，英命名南京路。为躲小刀会、太平天国，保命求财，各地土豪纷纷迁入，带动商业、房地产兴旺。20世纪30年代南京路空前繁荣，金马、国际、沙逊、哈同等数间一流商厦、洋行林立，商号贸易扇形铺向世界，号“世界商业巨擘”。洋装绅士戴金丝眼镜，拄根文明棍，进出洋行，或去交易所炒股票、蚕丝、黄金，大亨、买办、黑帮、名妓、舞女，混迹繁华，罩洋枪保护下，谁敢龇牙？甭担心兵荒马乱。八路来风，西洋景盛，冒险家乐园，洋人大把捞银子，也带来贵族风。街上依稀见白发一丝不苟的老人，仍保留当时风范。

租界开明，言论、出版自由，新思潮涌动。国人寻中华复兴，各界门派，众说纷纭，三民、马列、科技、实业救国。文坛热闹，眼毒的鲁迅、忧郁的郁达夫、哼唧的丁玲、专学的胡适，忙活中西文化的嫁接，解剖专制下的国民性，愚昧、冷漠、卑怯、阴毒、嗜血。白话文流行，文字走向通俗，加速了信息传播，书局、报刊、广播，重塑跃升商埠形象。剪除裹脚恶习，女子学堂，自由恋爱，锅灶女人玩时髦，上海成时尚之都。百乐门，金嗓子周旋，选美大赛，摩登远播。传统世俗奋起抗争，流言四起：照相吸人血；金发女子穿高跟鞋，是从小割了踝骨，没脚后跟；汽车牛头怪，专轧上海人。刘海粟引入裸体模特，竟闹一场风波。世事沧桑，城市记忆曾砸碎，碎片有碎片的执着，为遗忘的记忆，瞬间拼合，清晰。

我眼前，环卫工人掂带轮撮箕清扫，洁净让老城的脸生动，小伙子坐石凳上歇脚玩手机。这儿，亚信峰会正开，马上中俄海上军演。黄发高鼻的外国人徜徉街头，有商人、外企高管、旅游者，眼光触摸似曾相识的市貌，几十年轮回，没了租界、治外法权，他们和善点头打招呼：哈罗。

一个烟囱竖起的温度计，红色标36度。街边新建楼黝黑，洋房光鲜。霓虹灯闪烁，七彩悠悠坠下，漫延光华。浮光掠影商厦间，依稀见陈逸飞的画，抱琵琶旗袍女，幽怨望着中介所咋舌房价，十万一平方米，豪宅、别墅与亭子间、蜗居文化，谁强弱？一曲《何日君再来》，荡来夜上海味道。

酒店门口水管冲地，射来阴湿的冷光。我嗅嗅，市面飘浮着香奈儿香水味儿、脂粉味儿、糕点味儿、汗酸味儿，待我细闻，兀地没了。风一吹，我又闻见鱼腥味儿了。

写于2015年6月11日

杭州浮影

杭州西溪湿地，因冯小刚拍《非诚勿扰》扬名，得去逛逛。

沿路树挤天，窄窄的。走着走着，眼一阔，路边小河缀池塘，岸摇芦苇，池羞残荷，碧水弄风清。走进深处，竹筛阳光，洒高庄门前石狮，不那么朗，斑驳着威严，这是康熙老师高士其宅院。园子池塘，亭阁，树木，三两游人，孤石嶙峋空旷，太静了，偶尔有声鸟鸣，难惊黝青大宅威耸。高老师退休还乡住这儿，子孙满堂，一准儿热闹。那么大园子，圈地建房花钱不说，每天清扫、吃喝拉撒，仆役、用人、丫环，得使多少银子？康熙下江南来过，正堂两尊蜡像，康熙坐椅上，和气问话，高士其恭敬一边，低头应允，亲近的疏离，君臣礼节得顾，师道，御道？凭三进深院落，全家老小好日子，多站站吧，老腰，不站都弯。夕阳笼照“师道尊严”牌匾，金辉黯然。师解惑也困惑，端着皇恩浩荡金饭碗，不禁手抖，生怕砸了。

翌日到西湖，一地湿漉，伸手攥出水。雾笼山峦矮，烟柳扁舟蒙，像幅水墨，西子淡抹的妆，飘柔轻纱曼舞，古楼台浸雾中，偶见黑屋脊，檐角挑缥缈。走进湖边省博物馆，书画厅墙挂黄宾虹像，脸颊清瘦，翘白山羊胡挺洒脱，曾创办中国文艺学校任校长，活到九十岁。他眯眼前望，淡漠人生，眼疾白内障？他老年眼盲，弃柔和色调，绘焦墨山水，老枯透纸背，冷峻得背寒。从湿笔淡墨，疏朗清逸，草木华滋的“白宾虹”，到八十岁干笔浓墨，苍浑奇峭，黑、密、重的“黑宾虹”，画风巨变。功成名就之人，备感人间温情、冷酷，他活入黑暗，心游移处，由不得已。山水万物积心中喷涌，肆意旷达，挥洒积墨、泼墨、破墨、宿墨，一派老辣，毫尖触自然，意境邃山壑，寄托孤傲。白墙几幅焦墨图，性情山水活泛，人孤独中寻觅、跋涉，沉沦忧郁，又峥嵘桀骜，述说黑暗之人的光明之躯。画界称“南黄北齐”，齐白石衰年变法添红增热，黄宾虹耄耋焦墨清冷，另番人生领悟。

古漆器展厅的明初漆盒，圆溜溜造型，遍布卷云纹，黑宝光幽幽，看着眼馋，港商曹其镛捐献复旦大学，来此巡展。他喜欢古老漆器，每一件漆器，精雕细琢，王谢堂前燕，落入百姓家，皇家器物，依然贵气凌人。他是宁波人，打小耳濡目染养成爱好，漆器难保存，怕水怕干的，几百年流传多少故事，拍卖会竞价，回家的欣喜，抹去灰尘，遗留平民珍爱。他自己赚钱自己花，想买啥买啥，没顾虑，尊严藏其中，用不着啥事瞧人脸子。藏品，俗称中老年人的玩具，欣赏把玩，人与物默契情感交流，心情好多了，能抚平忧伤，驱赶痛苦，感受穿越时空的美。他任复旦校董，天天睹物思情，一下捐出去，断了念想，像抚养的孩子让人抱走，难分难舍。再说，上百件精品，估价起码上亿，他老婆孩子同意吗？曹其镛从不宣传，身影阑珊，默默如西湖清浪，飘然似湖边柳絮，却凸显人格人品，活出熙人名利。

出门见藤缠苍柏，百年树冠枯萎，藤粗叶茂成硕大绿柱，丫叶撩雾气，青葱浮光袭。惜岁月无情，该死的活着，该活的死了。

写于 2014 年春

南浔辑里丝

天飘细雨，岸柳青丝，石板路亮净，清流古桥下，乡韵老屋中。商业有而不旺，贵人多而不名。浙江南浔古镇，始建于南宋。宋、明、清进士41名，官员56位，张静江、刘墉等。专家学者80多人，张石铭是西泠印社发起人，徐迟是著名散文家，刘承干是清末民初四大藏书家之一。这里多收藏家，古籍善本，钱币，字画，展出的东北解放区纸币，印有毛泽东像，当今流通的百元大钞也就复旧罢了。街边小铺，条条丝巾披肩亮人眼，墨洇枝斜，点染几朵红梅，雪霜吐芳沁，梅香，丝香？

新修的天工桑园，一棵棵桑树浓绿，可体验非物质文化遗产“辑里湖丝”手工制作，白茧缫丝，绸缎手感润滑，透光凉爽，曾为中国人的骄傲。

迈入丝业公会拱门，大厅左边橱柜一团丝带，黑不溜秋，旁边躺青幽石斧，与其墓中相伴，石扛岁月，可蛋白质活到今天，算命大。高悬绸缎瀑布淌，缤纷久远的艳丽，它生于织女纤指，闪入皇帝贵妃身，飘忽贵族富人家，晃悠驼峰，昂首入大漠，硬蹚出条丝路，入波斯，进罗马，高贵得让洋人眼晕，这滑溜溜衣饰，哪儿来的？

1958年，浙江湖州钱山漾，古村落遗址出土丝绸织物碎片，距今4700年，属良渚文化，是世界上最早的桑蚕丝。相传远古一姑娘，为赡养病中二老，去采野果，玉帝怜赐桑葚。姑娘摘桑果见天虫，捉回饲养，养蚕缫丝织绸，并教芳邻名声远，西陵王收她为女，赐名“嫘祖”，黄帝轩辕选她为元妃，诏令天下普及种桑养蚕织锦，人们告别羽衣兽服，迈入文明。

南宋嘉泰“湖丝遍天下”。明朝，朱国祯、温体仁相国将家乡七里丝推荐给皇上，产自浙江南浔镇郊七里村，到康熙时，觉得名字土，改湖丝为辑里丝，辑，缫织之意。苕、霅两溪水入荡漾河，清如镜，流经辑里村，当地土黏韧，易育桑养蚕缫丝。辑里丝，细、坚、白、净、柔、韧，坠八个铜钱不断，丝中极品。康熙帝赞：天下丝缕之供，皆在东南，而湖丝之盛，唯此一区。清王朝内府规定，皇帝后妃的龙袍凤衣，必须用辑里丝。康熙九件皇袍，选辑里丝做经线织成。还规定，优质头蚕辑里丝禁止出口，出口三千斤二蚕湖丝搭配五千斤土丝。真够牛，好的自个儿用，卖二等肉搭一堆猪下水。

清朝上海开埠，辑里丝又随水上丝绸之路，漂洋过海到欧美。1851 年英国伦敦第一届世博会，南浔“荣记湖丝”获金奖，1911 年意大利工业展览会获一等奖，1926 年费城世博会南浔生丝得特等奖。盛名之下，辑里丝还引发一场金融风暴。1882 年 5 月，风传欧洲蚕丝收成不行，8 月，红顶商人胡雪岩等丝商预测丝价上涨，放手大量囤丝，反抗外资盘剥，愿桑农得点儿实惠。后报意大利蚕丝丰收，欧洲拼命压低丝价，胡雪岩嫌亏不卖，结果生丝砸手上。第二年，意大利蚕丝又遇好收成，外国银行收回贷款，逼钱庄收紧银根，又借机抬高汇率，生丝放久品质变差，胡雪岩等丝商掉入外资局中，难善退被迫斩仓，丝价崩溃破产。国际金融寡头凭控制信息打败国内商家，这算一例。这位曾为左宗棠筹军饷的大亨，堂堂中国首富，嫁女只掏得出一千两银子。

洁白的蚕宝宝，纯真结茧，怎敌外国银元亮黑？作茧自缚者，也能破茧化蝶，振翼自由，一根悠悠长丝拉扯昨日懦弱，也牵系今天强悍，新丝绸之路又将拓展，中国辑里丝再续辉煌，丝绸有女子的飘柔，男人的洒脱，活脱脱东方典雅，待明年重阳，再把酒话桑麻吧。

写于 2015 年 11 月 5 日

名流凤凰城

秋天，去贵州铜仁办事，离湘西凤凰古城很近，顺道去看看。

凤凰城，始建于康熙四十三年，新西兰作家称其为中国最美丽的小城。门票148元，康熙帝没料到，随便建巴建巴，后人有大把银子收。我们去时下雨，山风犀利，穿外套仍凉。沱江清流拨水草，虹桥亭阁卧波上，江边高大城楼，木门包铁皮锈斑斑，个个圆铆钉突兀。临江楼白墙黑瓦，顺山坡建筑错落，江边吊脚楼，深褐色木柱不见，多水泥支撑。街道褐条石，新崭崭没了沧桑，与周庄、同里、乌镇相似，小商店沿街铺陈，没老居民，没三八市集，没汉苗争拗，没叫卖，没更夫，剩几间旧宅，已无往日气息。只有挂“天下无双”的草鞋铺，蹲卖小绣品的大嫂，挑红心猕猴桃的农民，十几个拿虎皮背心、圆墨镜、掂假枪招徕照土匪相的黑衣男人，刮点儿古镇风。晚上，屋灯点点，弥漫山坳，星光璀璨，城墙垛盏盏灯亮，一汪秀水映波光。

这里有沈从文故居，黄永玉的家，陈师曾出生地，名城牵名人，增知名度。我走进凤凰博物馆，看湖南巡抚陈宝箴的老屋，照片，一个被慈禧“即行革职，永不叙用”的改革者，官场失意，儿孙大名鼎鼎。儿子陈三立，光绪十二年进士，与谭嗣同、徐仁寿、陈菊存并称“维新四君子”，自成诗体“生奥衍”派。大孙陈师曾，京华画坛领袖，齐白石赴京两元卖不出画，58岁结识陈师曾，陈师曾劝他自创风格，不必求俗媚世。齐白石衰年变法，创红花墨叶派。他说：我那时学的是八大山人冷逸的一路，除陈师曾外，懂得我画的人简直绝无仅有，结交陈师曾做朋友，也是我一生可纪念的。陈师曾带齐白石画去日本，二尺山水卖250元，并四处推荐齐白石画作，可以说无陈师曾就没有齐白石，起码得熬一阵子。

二孙陈寅恪，学贯中西，对魏晋、隋唐、明清的历史考证，对蒙史、敦煌学、突厥学、藏学、宗教学深入研究，他讲课，朱自清、冯友兰、吴宓教授都来听，誉为教授的教授。他出大学国文考题，考虚词的运用，对对子，上联：孙行者，不少学生交白卷，应对祖冲之。大学校长评价他：全中国最博学的人，中国文化史上的丰碑。他倡独立之精神，自由之思想。为学子奉。五十年代初，毛泽东去苏联，斯大林问起陈寅恪，才知此学者，因斯大林著作多引用陈的文章。他的诗，受父亲影响，桀骜多典难懂。三孙陈封怀，参与武汉、南京、庐山植物园建设，曾任华南植物研究所所长。

游古城，我才知沈从文小时爱逃学，黄永玉五次留级，并不妨碍他们成为文化大家。靠升学率的当今教育，不妨添点儿陈旧思维，与其全面发展，不如多几个有创意的偏才，鬼才。黄永玉版画起家，他的画高兴时便宜，不顺心卖得贵，承继边民率性。沈从文活着闷，死了火，源于郭沫若1948年评价他：特别是沈从文，他一直有意识地作为反对派而活动着……导致他1950年自杀，获救后神经兮兮。成人难，毁人易，杀人于无形，我不知郭沫若依据在哪儿？

他之后没写什么，一心钻研古代纺织服饰，考证出公元前十六世纪中国女人卷发，3300年前的铜镜，精美的古代服饰。政治压力的偏执，他只余文化的偏爱，犯病时常念叨：回湘西去，我要回湘西去。他抛弃零下28度穿单衣馒头手写作的痛苦，远离一生挚爱，清新文字随沱江水去了，他说：值得回忆的哀乐人事常是湿的。干巴巴的年代，更怀念湿漉漉的情感。这水性人14岁入伍扛枪，一改他过去的文弱印象，他去贺龙支队谋过差事，没成。他校花老婆张兆和生孩子，求婚甘愿做奴隶的他，又爱上文坛新秀高青子，还写篇作家夜访情人的小说《看虹录》。他为将门之后，身上流淌苗、汉、土家族血液，骨子里野性说冒就冒了，这私密，他只给林徽因倾诉。

沈从文去世后，妻子评价他：他不是完人，却是个稀有的善良的人。他的老宅小，一张小床，靠窗简易木桌，写下著名长篇小说《边城》。他从小逃课、玩耍、看戏，书篮藏土地庙神龛下，高举老师朱笔写个大字的手游水，回家怕挨揍，他喜欢打赤脚，捉蟋蟀、蚱蜢，赌骰子，一个野孩子"学会用自己的眼睛看世界"，为老师忌恨，反成就他的文学梦。1987、1988年曾两次获得诺贝尔文学奖提名，胡适夸他天才。他笔下飘忽的湘西印象，匪气幻灵韵，朴野洗清纯，他"只想建一座小庙，这庙供奉的是'人性'"。他的墓坐落"听涛"山下，正面碑文为他的文字：照我思索，能理解我；照我思索，可认识人。

天空满布愁云，冷风吹皱江水，暮色锁青山，涛溅文声寂，也道天凉好个秋吧。

写于2015年11月7日

东湖野雨

春节，武汉连下几天雨，下午，我打把伞去野梅苑溜达。

霏雨透寒凉，无声润菜田。茫茫丘山，水杉枯槁肃立，栗树藤蔓缠绕，穆穆行冬祭礼。古植物化石对节，白皮滑溜，枝干轻灵，无叶无花，老到苍凉。梅十来棵，错落生茶园，姿态怪异。它枝拐盘错，水印皮黑，凝铁力上攀。一株梅，惨遭腰斩，落拳头大的疤，恰斜发三枝，朵朵梅花入辽阔。腊梅缀小烛，密匝匝，风拂过，一盏盏亮。绿梅纤细秀，花瓣透哀怨。红梅洗去脂粉，娇滴噙泪惹人怜。雨浸花瓣，吻秀芳，星星般眨眼。

春姑娘抖去料峭，湿漉漉走来。小草浅黄，头尖丁点儿绿，小眼忽闪忽闪。路边香樟树干，褐皮莹苔，青铜般红斑绿锈，冠落水洼一汪翠。树下垄垄茶，翻排排绿浪，淹过膝，雨过叶青，呼唤清明时光。大雨点啪啪，梅朵悠荡，嗦颤枝头，无奈几瓣红染茶冠。谢花不沾泥污，宁附苦枝，身为冷傲女，岂当俏娇娃？

踏湖边田埂，湖水涨了，轻柔浪圈圈迭。簇簇芦苇，歪斜枯黄，绒毛罩雾水，束束摇朦胧。残荷焦皮寡瘦，卷叶尖折入水，一只小鸟，缩脖蹲其上，冷眼观天。三只小野鸭浮游，一头扎进水，一会儿，远处晃溜光脑袋，湿漉漉抖瘦弱身体。扑啦啦，五六只大野鸭草丛惊飞，展翅拨雨，盘桓湖面。岸边垂柳，细丝甩几道弧，嫩芽含珠。几畦菜地，菜薹已割，叶张喇叭，水击音哀，无力吹奏安魂曲。

一株玉兰，挂饱满的花，一朵朵皎洁，映亮清寂，逢知己，她会不会悄吐心迹，轻解罗衫下阑珊？我踱步其间，暗香盈润，闷发清苦，细品品，人间滋味盎然。寒舍飘古筝曲，高山流水，与雨滴共鸣，叶颤余韵，珠和声光，天籁渺渺。

初春生发，也消亡，乍暖还寒的雨，牵天地银丝，拨万物生死界。芦黄竹翠，梅传暗香，那凄美，总萦绕心间。

写于2015年2月20日

谷洞探奇幽

鄂西大峡谷，山地裂条天龙地缝。阳光炫峭壁，铁索桥高悬，脚下清流奔腾，人心惊腿颤，身悬半空，头不晕也晕。沿梯到半山腰，崖垂珠帘，滴答璀璨的晶莹，头顶幽窄，风润远古。下谷底，峭壁挂飞瀑溅洒，川流涌去清江，珠玉化霓虹，抚大地之伤。

乘缆车上山，丛林云雾飘浮，丝缕扯奇幻。遥望清江大断裂，七星寨巨岩兀然直立，秀林高耸，百里黄色绝壁环丛峰，云海浮生若龙腾，人说与美国科罗拉多大峡谷有一拼。过小门楼，步入土司堡，圆馒头石后，无数怪石狰狞指向天，刀丛剑刃亮土司威风。这又称石简长卷，古汉人用竹简记录文字，土家族则把文字刻石上，石花像翻卷的书，黑斑点像密集的文字，其实，它是两亿年前大海杰作，水中钙物质沉淀，说不定有海洋化石呢。

我翻一座山，走了弯路，腿酸疼，遇背背篓山民，问：请问近路怎么走？

三十岁黝黑男人说：这边近，没得啥风景看。

我问：你从哪儿过来？

他说：背娃儿看看父母亲，你好不容易来一趟，就要看风景嘛，来，我给你领路，那边风景好。孩子站背篓里，小脸红扑扑，一双小眼睛看着我。一路他介绍自己是土家族，当导游，有牌子的，这里风景美，上过中央电视台。他领我到路口，说声慢慢走，好好看，没留啥子遗憾。扭身走了，背篓孩子摇睡了。

翻两架山后，我腿疼走不动，坐上滑竿。四十多岁土家中年人轻松抬起，黑细小腿肚，一棱棱肌肉，一溜小步跑，走山若平地，到风景处，他停下让你照相。三山一路旋，迎客松斜绝壁，风摇枝叶，招手示意。山间一炷香岩底径6米，最小直径4米，细溜溜傲立群峰中，高150米，不惧风雨，千年不倒，也算奇特。相传，这是天神送给老百姓的，遇灾难点燃，天神见袅袅青烟，必下凡救百姓苦难，当地叫"难香"。我望去，细长山顶坠夕阳，几丝云雾环绕，梵烟缥缈天地，膜拜尽禅意。

这里是土家族的发祥地。夏商之间，土家先民迁徙清江两岸，奉白虎为图腾，落户恩施，是否感激大自然的恩泽？一个民族，为抗争，居山间，山上可见零星楼房，原来的树皮屋顶看不到了。他们种玉米、花生，过去喜狩猎，体格彪悍。年轻人隔山放歌，情爱回荡山间，男女自主择偶，誉"东方情人节"。土家女子哭嫁的风俗，把舍不得、离不开父母家园的情感，肆意在情泪中飘洒。土家姑娘出嫁，自己织美丽的"西兰卡普"土花铺盖，作为陪嫁，强烈的色彩对比，朴素夸张的图案，满怀对婚姻的祝福与期待。

山奇，奇在男人伟岸；水媚，媚在女子眉间。土家人的心，峡谷深，山林秀。

第二天，抵不远腾龙洞。溶洞不稀罕，喀斯特地貌特征。桂林芦笛岩钟乳石精美，滴水琢晶莹。辽宁本溪水洞长，一路船行2800米，盛夏寒气逼人。恩施腾龙洞大，可十几辆卡车并排驶入，获誉亚洲之冠。大水哗哗冲岩塌，造就壮阔、莽苍岩壁，够威，够硬，水清悠不争，从容销蚀岩石，洞穿大山，远胜铁与火。

洞穴最高处235米，高凹处似塔顶。我心生膜拜，宝塔沉甸甸，脚倒轻了。造化钟神秀，人敬畏，生救赎，步步丈量心与佛的距离。丝丝凉风袭来，掠去神散的浮躁。

洞口开放，风顺畅灌入，岩面灰不溜秋，雄浑单调。低头一汪水，清澈漫白梯田，涓涓细流无声息。它不作声，谁都驻步观望，寻找那久违的纯，那纷扰的静，那我思故我在的心境。

曲径通幽处，乱石林立，透过孔洞，世间物纷至。现实的，象、狮、狗，缥缈的，龙、云、雾，龙腾虎啸，鸡鸣犬吠，每人奇思妙想，都有创意，有归宿。艺术天然，人心独创，旅游者都是心灵艺术家。

坐洞中面壁，四周幽暗。黑色眼睛寻觅，微光浮影，情绪淌壁上，看尽人生风景，每天壁画都不同。闻冷岩气味儿，悟生命静寂，观内心律动，渐渐步入空灵。

水雕千钟秀，神凝万物空。

写于 2015 年 8 月 10 日

荆州古风

十月又来荆州，因古城楼水中迤逦倒影，斑驳明城墙，城中张居正故居的独特魅力？远些，关公大意失荆州，幽魂飘浮荆楚上空。再远些，楚国国都，《楚辞》的浪漫悲伤，忧国情怀。再远些吧，湖北郧县人头盖骨，距今80万—100万年，我国第一个发现南猿人，早期智人用石锤击食物，并发现9万年前晚期猿人牙，骨的进化，颠覆人类非洲起源说。

博物馆中，有幸结识王先生，同年同姓，都当过兵，为我指点迷津。我见一青铜浴器，椭圆造型，纹饰精美，他说：古楚人采桂花、菊花、兰花放里面，热水浸泡40分钟，然后沐浴，那时人洗澡讲究，现在桑拿差远了。他拿手电筒照五件镇馆之宝。两把越王剑，剑首错金银篆字铭文，细如发丝，手艺已失传。一对青铜粉盒，细腻装饰如雕刻，失蜡法浇铸，工艺精湛。一件马车配件，错金手法，两千多年前的饰物，依然新如故，令人惊叹。国富与国破只在瞬间，醒者屈原只能投汨罗江，留下《离骚》一堆牢骚忠言，楚国文字记载随亡国之火灰飞烟灭。我想起“楚余三户，灭秦必楚”的老话，楚人聪慧，埋于悠悠黄土地下，散发宝贵的遗存中，沉默得让人敬畏。

古城里关公庙多，我踏上残破砖石台阶，黝黑关公像前，点燃三支香，淡淡青烟缭绕，崇拜、敬畏他的诚信。关羽失荆州，败走麦城，上了司马懿贼子的当，为孙权大将吕蒙所害，他阴魂不散，大叫：还我头来！飘至湖北当阳，玉泉山普净和尚说：算了吧，文丑，颜良，五关六将的头，又向谁索取呢？赤兔马奋蹄刨土水涌，关羽泪下，名珍珠泉，现在位于玉泉山下，他魂归玉泉寺。1969年冬，我当兵在当阳上教导队，去玉泉寺拜关公，端脸盆到张飞大吼一声水倒流的当阳河洗衣服，冻得手通红，那河水清，河底鹅卵石清晰见纹路，水真向西流，与地势有关。县城有赵子龙大战的长坂坡，我跟战友在“长坂雄峰”石碑前照相，不过一个土丘而已，雄峰不见，说坡合适。

美髯公最终是战场失败者，他对刘备兄嫂照顾有加，对曹操送的银两不感兴趣，华荣道又放走了曹操，仗义疏财，民间奉为财神，是个精神胜利者。香港餐馆门口，多摆关公像，开当代商业崇拜先河，是对唯利是图、坑蒙拐骗的一种反动，是对诚信缺失的补钙。最近，老城内又修关公义园，耗资15亿元，1200吨关公铜像，高58米，韩美林的封山之作，是对古城景观添色，还是破坏？真爱关公在心，官员爱民细微处，别弄什么最大的像，把关公异化，沦为烧钱、收钱工具。古城应保留原风貌，少些土木建设，钱多没地方使，就扩大博物馆，多展藏品，对后人才有教育意义。我去新修古玩城转悠，房子古香古色，游人稀少，店铺开得不多，生意清淡。

晚上，我坐张居正故居园中品茶。一片蔚蓝天，几盏红灯笼，桂花才谢，余香渺渺。园里亭中竖石碑，刻张居正一封信，他家翻修，多人捐助，省府出资，他致信巡抚婉拒，怕扰民，怕耗资，为官廉，名声存。屈原、张居正，两位世道醒者，也是悲者，难道好人无好报？想来人世轮回，悲喜相间，也许喜剧是道快餐，悲剧才令人不朽，警醒世间匆匆过客。

写于2015年9月15日

苔·藻

今天，我登昆明西山，走林间小路，斑斑绿苔呈石上，脚下一滑，差点摔倒，不由骂一句：他妈的。苔藓，喜阴湿，广东常见，这儿风挟秋凉，游人如织，怎么也长？

我穿岩洞，登龙门，西山如青龙探首，吞纳气象，搅呼呼来风。俯秋水漫漫，滇池浩瀚，快艇逐浪，犁顷顷白波，红嘴鸥展翅，逐哗哗涛声。水汽升腾，林密阴生苔，绿莹莹良性生态，也算道亮丽风景。

有这么美吗？那楼房才漂亮，啧啧，多气派！

我细听，不知何处来音？我俯望水边绿荫下，屋顶隐隐可见，一栋栋别墅，人居好环境，谁不想住？只是价太高，买不起罢了。

几十亿灌滇池，那全是矿泉水呢，嘻嘻。这人不见，话倒清，带点儿讥讽。我顺着说：那是昆明人的福分。

话说为虚，眼见为实，你赶紧去看看吧，那叫震撼！他话落一阵风。我刚上山，腰酸腿疼，累得够呛，景没看够，又骗我下去，你，什么玩意？

我四处瞅瞅，没人影儿。鬼东西，滚远点儿。我壮胆骂一句，腿却颤了。日撞鬼，颠覆浪漫，游山玩水，谁不图诗情画意？山顶雄阔，眼望云低处，邈邈水连天。我待了会儿，信步走下山，翠绿山林，樟香暗吐，几片枫叶不知趣红了，日光疏影斜滇池，我想到李白，来段气势震慑他，边走边咏：君不见，滇池之水天上来，奔流到此不复回；君不见，高山林秀悲秋风，朝来青翠暮染霜……

山腰古孝牛井，小牛心疼妈妈，滴泪成泉，造福山民。方井口黝黑，水清鱼悬。我累了，坐茶亭歇歇，高山茶苦，泉水泡，回甘转舌尖。昆明湖粼粼波光，漾绿枝条间，恬静如斯，我陶然其中，饮口茶，感慨道：好山才有好泉水呀。

沏茶的傣族姑娘盈盈一笑，说：泡茶的是自来水。

什么？我以为耳朵没听清。

这几年干，泉水早没了。她洗着杯子说。我耳朵嗡一声，撂下茶杯走人。路上想想，少数民族实在，有一说一。

我下山溜达走向滇池。水拍石岸，柳摆清风，伸几支鱼竿，漂戏浪尖，远方浩渺缥缈，连天雪涌，我遥想，飞将腾碧波，倚天缚苍龙……

这水可好？谁耳语，败我雅兴？我听出刚才的声音，不由说：废话，当然好啦。

有种你喝口尝尝。我站滇池边低头看，绿油油的水，泛白色泡沫，一浪浪拍上岸，留下条条绿丝——蓝藻，一股腥味儿荡来，我自言自语道：这水？

够绿？

够绿。

够味儿？

够味儿。

能喝？

哦，不！

你明白就行，拜拜。

他逃了，一个难缠的鬼魅。我细看，水中蓝藻与山上苔藓，长得相似，绿丝长点儿罢了，忆起远古大禹治水，路见人吃青苔，问：这也能吃？那面带菜色的人随口道：吃吃就习惯了。

我见丝丝绿蠕动，蚯蚓般爬来，释出阴臊腥气，抬眼望，人人青色，像活动的植物。

秋风起萧瑟，尽绿西南岸？

写于2014年10月20日

阿尔山的雾

晚饭后，我沿小河边散步，今年雨少，溪流扭身逛河道。饭前下了雨，湿地粉红柳兰花，东一溜、西一溜，映夕阳灿灿的艳。

太阳坠远山，吸纳金辉，清凉回山野。几丝白雾游山脚，顺坡伸双翼，像群白天鹅呼扇翅膀，遮掩青幽。团团雾浮游草坪，膨胀生长，挤淤空间，不一会儿，柳兰、草丛陷入一片白茫，灌木笼岚烟。白色精灵跃上大树丫，塑个巨大蘑菇，守望一个夏天的童话。雾霭漫路面，瀑布般泻进河。两边雾气对流，填平沟壑，伸展广阔无垠的路，条条大道通罗马，谁踏云飞？我陷入广袤的困惑，一步不敢走，别人看迷离的我，准神仙般美妙。

路灯亮了，光芒刺向雾，没多久，灯蒙蒙围个光圈，惨淡着。楼窗腾白烟，稀薄奶浆糊楼顶，灯火稀疏，昏庸凄迷。山野沉闷呼吸，吐初始混沌，如少年的痴、中年的惑、老年的困，人生自懵懂，死于无奈。漫天雾气，冷丝丝挤进衣，渗入肌肤，我感受它凉凉的快意与朦胧，没月，多了思念，不见天，多了向往。恍惚间，我见一片碧蓝，是海，是天？蓦然回首，我却在，孤独迷离处。

雾遮人眼目，心易生障。当年孔明草船借箭，利用早晨大雾，锣鼓咣咣响，引曹军玩命射箭，借来十万箭镞。生活里，一叶障目，不见泰山，是眼障。鸡犬之声相闻，老死不相往来，是乡障。人心隔肚皮，对人只说三分话，未可全抛一片心，是心障。性情多疑，害人无形，是魔障。人积累知识阅历，为人正直，能破障而行。人为躲障，揣着明白装糊涂，日子过得滋润？憋屈？

不远的山，几朵生根的雾团，顺山坡上行，身子扁横，悠荡扫去半腰青草地。随后，它渐渐变圆，一根扭动粗柱立坡上。待它攀山顶，触地摸天，悄然一跃，离大地腾山间，朵朵白云逸湛蓝。有团雾，爬坡时拉长弯曲，位居巅峰，它摆头，拧身，甩尾，傲然腾越，一头扎云端，昂首驭天地，遒劲潇洒。6000年前，红山文化C形龙，来自内蒙古赤峰，离这儿不远，难道中华龙图腾，来自缥缈的雾？图腾自有它的意味。远古崇上天，多祭祀，求通灵佑族群。极权者喜驾驭，讲天诞龙子，天赋神权，神圣不可侵。寻道者探哲化，人终极平等，悟虚无人生。也听到“我是龙王，喝令三山五岭开道”的吆喝，那饥饿的牛气。

天很低，灰白的调子，沉甸甸压着，手指戳去，它躲开了，没一丝重量。雾无声潜入夜，东遛西逛，神仙般游荡，困了，随意打个盹，醒来揉揉眼，张开柔软翅膀，说去就去了。它生命之轻，超羽毛，看得见，摸不着，轻盈生命状态，可聚，可散，游荡自由时空，来无踪，去无影，留下朦胧的记忆。如年轻人的爱，轻飘飘，神秘秘，勾着，牵着，心魂无定，魂不守舍。古人向往海市蜃楼蓬莱仙境，羡驾雾成仙，庄子梦中化蝶，缥缈而多情。朦胧的美，掩去丑陋，多了浮游，也多了想象，看来生命轻重，存乎一心，用不着非重于泰山。

雨聚湿地，生成雾，雾化云，云降雨，一个良性循环，一个悄无声息的生态轮回，是自然对人类的馈赠。循环是物质的，水分子躲我身边，自由飘浮，湿重蝶难飞，云高接地气。精神同样，老子讲和谐，天地人化一统，孔子说仁山智水，佛家的生死轮回，是否受它启迪？水无论沾黑泥，还是舔花蕾，终化成雾，复归单一的纯净，大自然平等对待每个子民。

我回头望望，大雾悄遁，一路坦荡，走水泥道上，脚轻飘飘的，难道也雾化了？

写于2015年8月20日

哈拉哈河的迁徙

九曲十八弯的哈拉哈河，绵延中蒙边境。透亮的水，阳光织彩带，缠绕座座山间，它起源阿尔山。登边界山顶哨所，对面蒙古山绿没树，我们这儿郁郁葱葱，林木茂密，是风水偏爱，还是人工造林？河水悄悄迁徙，二战结束后，这条内河成为界河。

1939年诺门罕战役，这里是战争发源地，朱可夫率苏军反击，关东军惨败，哈拉哈河声名鹊起。日本岛国，忧患生野心，妄图先占满蒙，再侵中华，以满蒙为日本附属国，迁徙人口，曾落脚的日本垦荒团，随二战硝烟消散，大批移民遁去。

大片油菜花开，湿地柳兰花粉粉摇曳，橘红的金莲点缀其中，蓝天跌入水洼，片片湛蓝，吸引不少摄友。一束阳光射河水，抖几片猩红，河水清悠悠流淌，无意翻滚久远的迁徙。

界河大桥静谧，没一辆商贸车辆，我心中犯疑，问当地赵金霞：这里怎么这么冷清？

她说：蒙古人自给自足，来这边很少，好多朝鲜人往这边跑，回去可得一笔遣返费。

我问：那，谁给？

她说：不知道，反正对朝鲜人查得严。

我内心不由升起对蒙古人的敬畏，一个人，一个民族，自信活着，贫困并不代表一无所有。蒙古人曾占有广袤土地，俄罗斯贵族有百分之十五的蒙古人血统，印度人也有蒙古人基因，与成吉思汗有关，汉族自然少不了。人类有一种迁徙叫占领，真成了统治者，必临通婚同化，清军入关，为保护血统纯正，城中圈满族城。另一种迁徙叫无奈。二战时，希特勒屠犹，大批犹太人迁美。史上中原人多次逃往广东，夺权伴杀戮，灾难多死神。守土与迁徙，人生一次重要选择，战争、天灾、苛政，人避难趋吉，为活着，要肚子，还死要面子？

二战中，德国纳粹屠杀几百万犹太人，战后，苏联等国排犹，以色列在中东得以复国。犹太人大移民，巴勒斯坦不干，占了他家地盘，造成中东乱局。几次战争，以色列获胜后落住脚，当然少不了美国援助，美国大亨多犹太人。看来民族兴亡，少不了国家护卫。

走出山峦簇拥，眼前霍然一亮，大草原苍茫、顿阔，远处镜片耀天光。路前七八匹枣红马，不住温顺点头，谦卑礼让，也许驱赶蚊蝇？今年天旱，水域小，几匹马站水中纹丝不动，静享清凉。湖边草翠绿、黄绿、微黄，层层递向远方。一大群绵羊缓缓地走，有的静卧，有的懒洋洋，慢吞吞走，牧羊人骑摩托驱赶。几朵白云挂那儿歇息，弥漫慵懒，难寻蒙古族的彪悍。

蒙古族是逐水草而居的游牧民族，13 世纪，成吉思汗凭强弓硬弩一跃成蒙古王，连续 13 年草原大旱，逼迫蒙古军团扩张迁徙。他们骑马挥刀，横扫西亚，攻克伊拉克巴格达，哈里发穆斯塔辛被蒙军处决，500 年的阿拉伯富庶帝国灭亡，蒙军大掠七日，掠夺金银珠钻不计其数。西北征服莫斯科、基辅，打到匈牙利。铁蹄越西夏、金国、高丽、南宋，直击日本。蒙军以屠城制造恐惧，以饥饿放纵掠夺，以狡诈寻找战机，以抛石机、火箭等先进武器，攻城略地，建立庞大帝国。他们信奉天神，对自然膜拜，敬畏腾格里（长生天），复仇是他们的游戏规则，杀神职人员，烧书籍、城市，是他们成功的手段，也是覆没的开始。野蛮战胜文明，屠杀淹没博爱，人类陷入黑暗。

天空跌入七仙湖，湛蓝碎片散落。当今，科尔沁草原 108 座水库已干涸，一汪水不算什么，一旦威胁生存，能改变人的性格、国家版图，甚至世界规则。

写于 2015 年夏

紫气函谷关

秋抵关隘，桂花吻阳光，山中浮岚烟，一路淡香。导游说：这儿叫王垛村，四面山，三条水，黄河像条护城河，兵家要地，易守难攻呀。我站关隘远看，山谷陡立夹道，春秋时，秦穆公夺晋肴函，建函谷关，因关陷深谷，形如函得名。我下城楼，走上古道，绝壁林密，途险森然。战国时最多过两匹马，一辆车，大雨瓢泼，几个月干不了，队伍走泥泞没小腿，慢悠悠拉条长龙，首尾不相顾，安宁、恐惧？飞石就得倒几个，更别说射来密集箭雨。

两千年来，要塞函谷关，见证多少战役。赵楚韩等五国合纵抗秦，秦出关灭韩军8万。灭秦时，项羽说：谁入关中，得为关中王。亦为函谷关，刘邦得张良计，绕过函谷关，避秦军精锐入关中。楚汉战争，刘邦守关阻项羽攻击。唐安史之乱，官军与叛军大战桃林，紫血染山隘。1944年日军为打通平汉线西犯，汤恩伯重兵防守，中日函谷关大战，淤血涂沟壑，确保陕川门户。

想当年老子李耳抵关，前无鸣锣，后无护卫，坐骑青牛不时啃路边草，悠哉闲哉，一团紫气升腾。守卫官尹喜见状，极力挽留，让他住太初宫，埋头写《道德经》，不经意的五千字书写，盖过多少帝王名号，彰显思想力量。宫房小屋，唐代莲花柱础上黝黑皮壳，道德之源门匾，述说一个平凡的伟大。门口道边黑石刻：知足不辱，知止不殆，可以长久。知足还求什么人呢，人格独立不屈，该歇就歇会儿，活得不累，自可长久。朴素如泥，掂着厚重。美国总统里根也用“治大国若烹小鲜”阐述治国理念。尼采说:《道德经》像一个永不枯竭的井泉，满载宝藏，放下汲桶，唾手可得。函谷关巍峨门楼，难遮老子出世目光，万物归自然，进退舍得，福祸相依，辩证让青砖添色，千年不朽是短文。

最新论证，老子出关，落脚甘肃临洮，有“天下李氏出陇西”一说，唐朝李世民拜老子为太上始祖，就不足为奇了。可《氏族志》为唐太宗李世民修，老子出关年高八十，还生儿育女的？或儿孙赶去服侍，尚无确切证据。李世民有鲜卑族血统，称老子先祖，汉人易诚服。再说，老子出关归隐，与世无争，百岁也飘飘仙骨，这周朝图书馆馆长，世道看那么透，不会苟居世俗，拉扯许多儿女情长吧？西汉初君王信黄教（道），休养生息，唐圣君也拜老子倡道。国力大增，出现文景之治、贞观之治。改革开放初的简政放权，不争论，干实事，有点儿无为而治的味道，才有今日繁荣。

我见关隘前女子群舞，古装长袖甩婀娜，将士门边护卫，牌上道德字鲜红。两千年前，老子发散型道德观，跟今天约束性道德，相距十万八千里。孔夫子讲道德，老子眯缝老眼，洞穿君子虚伪，诚信的背弃。独尊儒术，思想挤进狭隘，将宽广打包，阉割、折叠进盒，赏金、银、铜函的精美，倒易携带，放哪儿都放光。

遥见牧童骑牛山野，浸没苍茫余晖中。

写于2016年10月8日

偃师寻古

偃师居洛阳东三十公里处，没名气，走近瞧，吓一跳。

大禹创立中国奴隶社会——夏朝，禅让制改世袭制，夏都斟鄩建于此，500 年没挪窝。远古牛气荡历史，无一丝波澜，夏无文字，留国人满脑门神话，治水国君也随水汽蒸发了。殷商灭夏建都西亳，依然坚守偃师，中原福地怎忍舍弃？商中晚期的安阳甲骨文，卷走早期都市光彩。桂花香飘二里头文化基石，一派金黄，熏染 4000 多年前无影踪的皇都，邙山十万古陵墓，多少帝王骨骸风雨中，那时穷，陪葬多人畜，没那么多金银财宝。可说起后来名人，个个震耳，吕不韦、颜真卿墓，玄奘故里。

馆中展出多仿品，真的去了洛阳，怕不安全。伪作欺民哪，也矮了博物馆地位，多一事不如少一事，文博常见病，得治治。墓志铭倒真，屋里摆满一长溜。东汉“侍廷里父老僤买地约束石券”，石坑凹不平，刻字线条停顿、断开，凹处发白，反见雕功，是我见过最古拙力道的汉隶。讲述田地分配管理，民选头领，按土地所有分成，有现代股份制意味。颜真卿书写的墓志铭，教科书般工整，书法大家的严谨跃然石上，拓碑可帖。张旭的楷书，不敢恭维，他不拘泥，狂草吐生气，挥笔走自由，独创一条道。室内几尊东汉的石雕辟邪，已无西汉的肌肉力量。

过去史多无力，农民起义，朝廷更迭，夏成烟云，文明蹒跚的中华老祖宗，再贫瘠也得认。该多走走看看，旅行处处皆学问，史迹入眼，红陶、青铜、黑碑、三彩，散发的人生情绪，不再干巴巴几根筋。恰逢国庆节，中国这本厚书，走着翻着，悟也就在其中了。

写于2016年10月12日

黄河落日

三门峡天鹅湖风景区，我们车停环山路，人行木栈桥，夕阳溅水灿，路边柳叶弄金，湿地芦絮摇银。北方金秋十月，恍若南国水乡，我逆光给刘宏一拍张背影，他活脱钻金网里。池塘几株衰荷，稻田一片黄茬，秋意薄笼着，跌落的梧桐黄叶，脚下飞卷，飞卷。冬天，西伯利亚白天鹅飞来，优雅游弋，展翅翔舞，扇去漫天飞雪。

站黄河堤远望，日接山峦，挂一轮圆红，水中泛金浪，惹古今梦幻。我走下河道，黑鹅卵石硌脚，以为天然河床，走着走着没了，原来是人工铺的小路。河床软乎乎细沙地，两边黄豆秆压迫，人分两股逆流。人近黄河岸，一派激流浑浊，滔滔东去，泥沙呜咽，畅怀多少英杰？

河道里的黄豆熟了，收割机忙乎着，不时见路人手提一袋，不要钱拿回家磨豆腐？河道里的豆荚弄晚风，道是丰收时节，以后还能种下去，生生不息。不宽的河水扭曲前行，不见黄河之水天上来的气魄，不闻黄河万马奔腾的咆哮，桀骜不驯走入温顺。冬天，黄河断流，母亲河堕入老妪，难挤乳汁，她袒露干枯的胸脯，拍打酥软的漫漫黄沙。

五天前，我住郑州酒店想买水烧。刘宏一说：不用买矿泉水，现在南水北调的水好。黄河流域靠汉江长江补水，亲妈不行靠后娘，说实话，后娘也渴。前些年，我去岳阳楼，洞庭湖畔，风扫广袤油绿，远处一凼水，几匹马啃草溜达，没小腿肚的大草原，我以为到了内蒙古。

民国徐州会战，蒋介石为防日军西进，确保军队突围，以水代兵，炸开郑州花园口，中牟、开封一片泽国，阻滞了日军，几十万百姓逃难。解放前，河南有四座大山：水旱蝗汤。“文革”中，我同班同学，下乡到花园口黄泛区农场。自己搭屋，引黄灌沙地，河水夹黏土，改良土壤种水稻，个个晒得黑不溜秋，将不毛沙地变绿洲，干七八年才回城，二十啷当结婚的年纪，仍囊中羞涩。那时，黄河水滚来滚去，每年汛期，百姓上大堤防范，用铁笼子装石头推下去，防大水刷堤。现在水听话，这季节，就是铲平大堤，也不淌一滴水。开封有个大土堆，叫禹王台，古时黄河泛滥成灾，为除河害，大禹废堵疏水，一举成帝王。大禹活在当下，当感叹：治水本事无用，舜怎传帝位与我，更别说潇湘二妃的温柔，惨！这三过家门而不入的贤帝，将禅让改世袭，创建奴隶制，原始共产主义破灭。不过治水辛苦没了，百姓尽可安居。

长河落日圆，河床田埂直，黄河滑滑溜溜、顺顺乎乎向东流。顺字川旁与水有关，将水灾治没了水，不再体验黄河泛滥、流离失所的痛苦，多幸福。现在天下大顺，别说人顺，连母亲河都服帖顺溜得不行。

太顺，也别扭，又盼浪遏飞舟的磅礴。

写于 2016 年 10 月 15 日

巩义祭杜甫

秋，从郑州开车去洛阳，经巩义，见高速路边杜甫故里蓝牌，顺道拐去。车行邙山，一路曲折，抵康店村杜甫陵园，一派空荡，杜甫家从襄阳搬来，这是他的出生地。园子内几朵玫瑰斗艳，桂香舔幽幽石碑，光影斑驳的黑白诗文，拉近千年史迹。

朝代盛世往往不禁夸赞。唐朝有“一览众山小”的气魄，也有“城春草木深”的灾患，安史之乱，陷潼关，帝官民胜利大逃亡。马嵬坡禁卫军兵谏，唐玄宗泪绞杨贵妃，爱的摧毁，白居易比他还心痛，奏一曲长恨哀歌。“俯视洛阳川，茫茫走胡兵”后，残墙碎瓦，田园荒芜，人多菜色，“战哭多新鬼，愁吟独老翁”，剑矛刺入杜甫心，血染伤愁、悲愁、离愁，割不断的牵挂。园中一尊杜甫石雕，清瘦脸颊，弯腰背手翘胡须，忧伤守望那片清寂，古人雕像中，这尊还原了历史生动。

开元盛世，杨国忠、李林甫当政，杜甫十几年没混进官场，唐肃宗封个左拾遗小官。他“恃高才，傲世见疾”，情商低，不受官场待见，挨同事白眼，活得郁闷。辞官居茅舍，风卷屋顶三重茅，贫困交加。他没李白五花马、千金裘换美酒的豪气，也没有陶渊明采菊东篱的洒脱，眼盯着贫民，穷年忧黎元，“朱门酒肉臭，路有冻死骨”，官衙贪腐，小吏凶猛，抓丁欺民，他听不得车轱辘响，不关他的事，非当自己的事，日子就难过了。他曾被叛军俘虏，人生惨淡，抹不去的记忆淌诗中。老年杜甫，困于湖南一叶孤舟，5天断粮，过着不是人的日子，更不是官的日子。县令慕名送他几斤牛肉和酒，肠子饿瘪，吃了不消化，拉稀，折了寿，没活过60岁。他骨骸是否还乡，我不知道。他的诗活着，活在中国人脑中，留下唐朝由盛到衰的记忆。

年轻时，我喜欢李白，天天有酒有肉，随手摘星辰般痛快，诗豪爽大气，不愧堂堂男子汉，嫌杜甫穷酸小家子气，哀怨如妇。年纪大些，反觉杜甫亲切，他扎人堆里，说我们想说的，不离不弃活着。他有“星垂平野阔，月涌大江流”的气势，也有“两个黄鹂鸣翠柳，一行白鹭上青天”的悠然，年纪大，遇事多，想悠悠不起来，调转沉郁，语也通俗：嫁女与征夫，不如弃路旁。白话写百姓贴心事，让他们看懂，没有炫耀，骨子里憋股劲，朝天呐喊，一吐为快。陶渊明守老庄，不惹是非，避世闲逸。李白有“天生我材必有用”的入世，也有“明朝散发弄扁舟”的出世，踏遍名山，饮酒服丹，自在如仙。杜甫曾嘲讽“纨绔不饿死，儒冠多误身”，仍未跳出儒家樊篱，忧人所忧，愁人所愁，人一信念一活法，他褊躁傲诞狂人性格，命运惨淡又出彩。他对文字敏感，锤炼精到，朴实叙述弃华丽，《三国》《水浒》《红楼梦》，都有他诗的影子。作为晋代大学者、名将杜预后人，唐诗人杜审言之孙，号少陵野老的杜甫，居野不潦倒。夜，他笔落惊风雨，直面黑暗，算有胆，今天掰指头算算，官场有几个？况且，他“语不惊人死不休”的那份坚持，就更难寻了。

回来我一查，杜甫墓园全国有八处，河南巩义、偃师，湖南岳阳、耒阳、平江，湖北襄阳，四川成都等，说来都有来由。李白逛名山多，不会山连山、墓连墓吧？今天繁荣经济办旅游，想招儿吸引外地游客，怎么老拿名人开涮？钱印多贬，名人墓多晕，敬仰心化乌有。杜甫颠沛岳阳楼写道：亲朋无一字，老病有孤舟。他顺湘江漂泊，下平江小田村，终了寿，死哪儿葬哪儿，墓有唐代莲花柱础佐证，符合史实。后迁故里，也正常，唐杜少陵先生之墓旁，有他长子宗文、次子宗武的墓。讵人者拙，谄史者媚，让无欲者收买路钱，做法有点儿过，对名人敬仰心为上，事为中，形为下，应恢复诗圣历史的那份尊重。

邙岭上杜甫墓园，俯瞰土坡葱郁。我抚摸凉凉的石雕座，诗人贫病猥琐高尚，他驼背站茫茫暮色中，忧郁眼神注视着你我他。

修改于2016年12月9日

三星堆记忆

一个记不住的地方，四川德阳广汉，一个难忘的古文化——三星堆遗址。

4500年前，古蜀国崛起成都平原，湿润富庶的王都，沐浴中西文化，一个个异类形象，雄浑诡异。纵目青铜面具，硕大无朋，高鼻阔眼，神秘微笑着，颠覆矮小川人，是自身相貌的张扬，还是受西域、古印度、藏、滇、越文化影响？青铜人面凸眼16厘米，史上记：蜀侯蚕丛，其目纵，始称王。金鱼鼓眼泡好看吗？蜀国崇拜大眼睛，眼睛——心灵之窗，能认知自我。眼睛——信息之窗，那么多新奇事物，怎么来，怎么变，怎么去，需视觉敏锐，好生了解。眼神内涵丰富，善目亲和，沉眼忧郁，凶眼杀气，释多变人性，须铸立眼威慑。古西方青睐眼睛，湖北随州曾侯乙墓的琉璃，周身四十几只蜻蜓眼，精湛工艺来自西域。古人讲眼观六路，洞察天体自然人生，汉人千手千眼观音，纵观天下，手施慈善，普度众生。藏族天珠，承继古印度眼崇拜，做得又圆又亮，传递佛家教义。2300年前历史拐弯处，遗留这些图腾，没入黄土，他们族群从哪里来，到哪儿去，业已成谜。这儿不同西域，有别中原青铜造型，产生奇异视觉冲击，拓展了审美边界。

一棵3.96米高的铜铸通天神树，分铸造、套管、铆接。远古时代，连接技术好生了得，令世界惊叹。枝丫站神鸟，喙似鹦鹉，世上解释英勇神武。楚国多鸟图腾，喙似弯钩鹰嘴，或鹤尖嘴，与巴蜀神鸟差异大，人鸟什么关系？鸟象征力量，征服天地，或借鸟的羽翼与上天沟通，传达人的祈祷意愿。《山海经·大荒东经》言：汤谷上有扶木，一日方至，一日方出，皆载于乌。长沙马王堆汉墓中的帛画太阳与乌鸦，来自金乌负日传说，乌鸦羽毛被太阳烧黑，古埃及传说为金甲虫负日，慢吞吞爬升。国人乌鸦负日，崇飞翔，神树上铜钱表现太阳，五芒四射青铜太阳轮，传递蜀人的太阳崇拜。成都金沙出土的太阳神鸟金饰，像香港凤凰台标，圆环内12条齿形光芒，代表一年12个月，镂空四只首足相接的鸟逆时针飞，代表春夏秋冬轮回，四鸟绕日除太阳崇拜外，也对四季分割。金箔厚0.2毫米，纯度高达94.2%，证明商代晚期成熟的冶炼技术。

俗话说川犬吠日。成都阴雨天多，灿烂阳光对农耕民族太重要，万物生长靠太阳，这次到成都，逢晴天人都跑出来喝茶晒太阳。树倒挂身似绳索的铜龙，怪异诡谲，神山脚下跪拜人，祭祀太阳、神鸟、龙图腾，与中原文化密不可分。历史考证夏人一支到了巴蜀，巴蜀与中原夏代二里岗、商殷墟文化有交流。

馆中十几棵铜铸摇钱树，有仙人骑驴、驾龙升天等图案，别处难见，为何偏生蜀地？中原摇钱树出自《三国志·魏志》所引《邴原别传》。一个叫邴原的人，路上拾得一串钱，一时找不到失主，将钱挂大树上。后来的人，见树有钱，以为神树，纷纷把钱挂树上，祈求来日发大财。从此，形成摇钱树习俗。现在过春节，广东人喜欢往金橘、桃树上挂红包，祝愿来年发财走运。蜀国摇钱树远在三国前，该是祭祀仪式中的礼器，对上天供奉、祈祷、祝愿多重含义，反哺中原文化。

三星堆的灿烂，映衬中西文化的交流，融合。红斑绿锈释出久远记忆，再现一段丰饶、一个辉煌的巴蜀传奇。

写于2015年11月29日

殷墟甲骨

河南安阳“中华文字博物馆”，墙上龟甲兽骨，透来远古气味儿。一个个楔形木炭灼伤，龟甲炸裂，惊卜字。甲骨上刻痕，是巫师简约、细小文字，它来自真人神秘占卜，记录预测、过程、结果。商王武丁笃信巫术，凡事占卜决定。古人对于未知，敬畏上天安排。

1936年，殷墟一坑出土17096片甲骨，号称中国最古老的档案库。3000多年前文字诞生，标志汉文明起源。博物馆一面墙，注明与人有关的象形文字二百多个，像清晰线画，生动传神，古代仓颉造字，一定重情感、重人的主体。历年文字变化，现代网络文字多同音，忘了老祖宗认人一说。

甲骨文研究出大师。罗雪堂、王观堂、董彦堂、郭鼎堂，这是他们的字，真名叫罗振玉、王国维、董作宾、郭沫若，他们研究甲骨，考证字义，贡献不凡。没有他们，就不了解中华文字的诞生、传承、发展、灿烂。文字源于记录，能穿越时空，史上帝王、牛人，功过自有后人评说，奈何不得，这是文字力量。

文字用于信息交流传递。老子、孔子的学说，唐诗宋词，以文字流传千年。日本、朝鲜、越南都用过汉字，可见文字的征服。文字是工具，是媒介，汉字阅读、书写慢，是它的弱点，古老方块字，象形达意，优雅端庄，独具魅力。历代名人书法，拍卖价格飙升，谁都巴望拥有那笔墨情怀。二十世纪七八十年代，一封字优文雅的情书，易俘获芳心，书写力透纸背，彰显性格，文字能传递人心的模样。

象形文字，讲架构、笔画、气韵。王羲之醉写《兰亭序》，之后再书，气不贯通，没了韵味。秦篆，汉隶，晋行书，魏碑，唐柳颜，文字多体，注入书法个性，丰富了审美趣味。文字不断走向通俗，好认、好写、好普及，汉废秦篆，就是嫌它麻烦。现在简化字也一样，方便实用。民国文言变白话，老百姓情感得以文字表达，受众多，扑面乡村市井风，语言轻松活泼。

现在谁都认字，写好不易，用准更难。人说：一句话最准确的字、词，只有一个。文学作品，最讲究语言创造，鲁迅，朱自清，一读便知，各具语言魅力。同样那些字，用得简约生动传神，是个境界，得苦功加灵性。甲骨文字义至今还用，“我”是拿戈的人，三人并排为“众”，女生子为“好”，灵性使然，千古不息。

写于 2015 年 9 月 10 日

拜会羑里城

河南汤阴，岳飞故里，大都知晓。谁想到，远在大宋之前的商代，中国第一个国家监狱——羑里城建于此。殷纣王担心周文王伯昌谋反，将其关押七年，诞生五经之首——《易经》。

这书我十年前读过，懵里懵懂，有点像算卦仙儿云里雾里，不解三千年前智慧，心生崇拜，我惴惴走进羑里城。路边石碑，字迹模糊，记载康熙、乾隆重建，致敬中古，光大学说。房前几株古柏，首断干枯，硬朗挺立，附生植物摇团绿。旧址新建筑，涂抹沧桑，少了狱气，进门周文王像，不伦不类像监狱长，一个思考的消瘦囚徒，比高大魁梧更真实，更有感染力。后院水泥八卦图，圆形乾坤卦，算阴阳，祸福、凶吉，辩证对立统一？青砖砌兵阵，冷兵器时代排兵布阵，少不了超然思维，靠变阵迷惑对方，击其弱点，《孙子兵法》，会不会受《易经》启迪？一个虚，一个实罢了。

思想讲传承，未知时代，崇神话，盼预知。八卦源于伏羲，神农氏、轩辕氏重六十四卦，商王喜占卜，甲骨文有记录，伯昌总结、发展、提升，写下《周易》。他身为王侯，却是个思想家、哲学家，演绎天体、自然、社会与人的无穷变化，对后世颇有影响。

郑玄说：易含三义，简易一也，变易二也，不易三也。简易讲宇宙万物现象，从一。老子一生二，二生三，三生万物，演进到无穷，承认客观存在，敬畏中寻道，寻理解。变易讲人与自然初始、有成、发展、停滞、变革、兴盛、衰微。探索物极必反、盛极而衰的规律。

老子“祸兮福所倚，福兮祸所伏”，否极泰来，从另一角度说事的好坏转换。不易，讲对立统一，阳阴、男女、白昼黑夜，不依人意志而客观存在，并相互转化，应遵循自然法则，顺则行，逆不为。老子主张清静无为，是对自然、社会规律的尊重。老子受《易经》影响最大，形成中华道教思想。

《易经》讲选择，择吉，择交，择邻，卜凤。卜，竖起根竹竿，点为阳光影，以定农时。占卜多为预测，择最佳。战争、狩猎、居住、嫁娶之事，时间、方位、地点，择吉，即选择良好时机，避凶趋吉，方向定后，仍须努力，才能达目的。作战讲战机，稍纵即逝。人生凭机遇，给有备者。商业讲商机，逮住就不撒手要拼搏。婚姻讲缘分，有缘越千里，结婚选黄道吉日，已成习俗。人人都面临选择，上学，就业，努力方向，商业取舍，社会越发展，选择面越宽，就越痛苦，没什么绝对正确，依兴趣，看收入，还是图成就？只有刻苦自力，才能把握命运。择交，即外交、交友。秦始皇用远交近攻战略，统一中国。孔子曰，物以类聚，人以群分。近朱者赤，近墨者黑。人一辈子，能交三五个知心朋友足矣。择邻，史有孟母三迁。过去住一块儿，门敞着，孩子交往多，相互影响，不像现在闭门不见，老死不相往来。

孔子五十岁潜心研习《周易》，竹简皮绳三次磨断，继承发展其学说。《易经》中天地人观，儒家讲仁爱。《易经》讲中正，儒家倡中庸。《易经》“小人道长，君子道消”。儒家讲近君子，远小人。它的爻卦，形如网，像经纬线交叉，象征事物错综复杂，变化无穷。孔子说：天地之道，可一言而尽也：其为物不贰，则为物不测。天地之道：博也，厚也，高也，明也，悠也，久也。他说：天地之道，可以一句话说完，就是造物者诚一不二，化万物有难测之妙。天地之道是：广博、深厚、高大、光明、遥远、长久。当年顾城写的名诗，《生活》，网，是否来自《易经》？瑞士心理学家荣格说：《易经》的精神对某些人，可能明亮如白昼；对另外一些人，则熹微如晨光；对第三者而言，也许就黝黯如黑夜。黑格尔赞它：属于抽象的思想和纯粹的范畴，真正高明的哲学。

司马迁说：文王拘而演周易。“履道坦坦，幽人贞洁”。狱中幽人心坦荡，身体拘系，精神飞升。灾难磨意志，逆境让人发愤，多么自信、珍惜，难磨剑刃，苦尽梅香。用《易经》的话：天行健，君子以自强不息；地势坤，君子以厚德载物。

《易经》传到春秋战国，演化各思想流派，渗透中华文明，涓涓流淌至今。我走出古老狱门，见风筝飞空中，上下浮沉，盘桓油绿玉米地上。

写于 2015 年 9 月 15 日

松与佛

北京戒台寺，居西山腰。门口一棵九龙松，枝丫盘错，如九龙嬉戏青绿间，扭身攀爬，腾跃向上，条条活泛霸气。这儿路远人稀，香火不旺，青砖斑驳，灰瓦层叠，檐画已褪色。院内两个明万历铜香炉，布满红斑绿锈，叶落苍凉，佛门意味反倒浓了。别小瞧，它曾为清朝皇家寺庙，佛教高等府第，皇帝下敕令，可行“菩萨戒”，相当于佛界的博士后工作站。

一棵斜松，似卧龙伏地，拐枝獠牙状，松毛抖擞，随时贴地而起。风小了，它回首望望三尊明代铜佛，温顺摇散毛发，眼眯缝着，身子舒展开，打坐静守。

旁边粗壮的白皮松，三人搂得过来？树干皮一片片剥落，疤痕光溜溜，迷彩般炫丽。硕大的篷盖，为庙宇撑把大伞，遮雨纳凉。这唐代古松，距今已 1300 年，像忠诚的罗汉，尽心守候。

右边三座元代石塔边，一棵松倒伏爬向砖塔，松枝环绕，将块块青砖紧抱怀中，不知是对高僧的膜拜，还是情深意长地守望？一中年男人围塔顺时针转百圈，嘴喃喃念经，心愿染秋意，静中游，没了纷扰，游人稀，多了虔诚。

佛徒远居念经，闭关修行，永结善缘。松树历劲风，傲霜雪，风骨长存。松佛倾心吐胆，守望奇缘，唤醒我心中的敬畏：高洁，慈悲，博爱永恒。

写于 2014 年 9 月 20 日

奢冷清西陵

皇家陵墓，万棵青松环抱，清风伴豪奢，帝魂安在？

泰陵，清雍正墓地。因原定东陵墓穴挖出沙石，嫌不吉利，转葬于此。他破祖制，无碍乾隆的昌盛，也挡不住道光的衰败、宣统倾覆。

泰陵，气派。三座五门石牌坊，白石墩雕寿山福海，面上雕块花巾，边角搭下，像姑娘巧手钩的，柱上凶猛的龙，华表顶朝天犼咆哮。漫长甬道，两旁石像生文官俊秀，砸缺鼻子的武将，两眼圆瞪，威风凛凛，瞧模样没少受后人欺负。雍正帝，专制集权改革者，摊丁入亩，反腐肃贪，奠定了乾隆盛世，也留下刻薄骂名。曹雪芹自父辈抄家败落，沦落市井，反成就文学巨著《红楼梦》。

慕陵虽小，精致。道光，崇尚节俭，穿补丁裤上朝，旧朝服一下抢手，贵过新装，皇上成服装秀。他建东陵寝渗水，浸湿孝穆皇后棺椁，大怒，令择西陵吉地重建，虽少方城、明楼，清碧绝尘的陵墓，真省了银子？慕陵金丝楠木大殿，雕龙窗、穹顶，一根根褐色圆柱，未曾上漆，阳光斜照，暗金浮动，羡煞世人，可惜窗嵌龙头均遗失。那时金丝楠木，会不会炒到如今黄花梨的高度？

末代皇帝溥仪，商人出资，让他回归祖陵，坟小，没耗国资，也没贼惦记，他安宁乎？当年亡国之君，窃不少故宫宝贝，跑满洲国当十年伪皇上，帝业未复，成战犯入狱，后悔不，会不会天天挨祖宗的骂？

光绪，戊戌变法没弄成，心爱的珍妃投了井，当个傀儡帝，一生郁郁不得志。1931 年墓为兵匪所盗，珠宝没了，好在尸骨尚存，远比东陵的乾隆、慈禧幸运。珠宝仍流传世间，挂谁脖子上，不会也砒霜中毒吧？或许，它悄悄在拍卖行创纪录呢，今年香港苏富比春拍，那条两亿多的翡翠珠链，1933 年卡地亚设计打造，珠子来自中国宫廷……

凭栏一汪静水，水草依稀，几只黑鸦，夕阳惨淡，松林肃穆，野风掠来墓中寒气，我打个寒战。白花花门楼，黑洞洞甬道，我仿佛听见丝丝风语：人死灯灭，物质不灭。

写于 2014 年 11 月 20 日

赏雨花石

中秋节，南京雨花石协会戴康乐会长，领我们赏石。他大个子，一扫退休迷茫，身溢康乐，勃勃谈风健。玛瑙不稀罕，落南京就奇了，雨花石斑斓多彩，一石一景一诧异，景色凝蛋中，无声说着话，冰凉吐着灵，是雨溅花，还是花生石？

南京六合区，雨花石产地，也是最大的交易市场。商场柜上摆一溜白碗，石入清水如画：烟波浩渺，太湖泛舟，夕阳山外山，碧水楼上楼，看草原春晓，大漠晨光，江南烟雨，有黄河之水天上来的气势，也有春来江水绿如蓝的雅致。当地人喜欢买石赏石，边把玩边赏景，遐思铺开去，一石一诗意，一石一豪情，人石景交融了。我花 60 元淘个猩红足球石，石质略粗，清晰纹路，忆起多年熬夜看世界杯，也做做中国的足球梦吧。

雨花石妙乎眼光。它花色多，拿着对光看，似人、似景、似物，又不那么确定，似与不似间，耐人寻味。今天轻烟飘柳，明天多轮朦胧月，人约黄昏后，自是一番欣喜。石不变，光线明暗变幻，画活了，心美了。戴先生的藏石，头红、中白，下绿，形如寿桃，似白石老人的画，没那么艳，色彩淡雅，摆桌上，韵味石中荡漾。面对说话的石头，你只能沉默去欣赏，去敬畏。

石能生趣。石上虔诚的唐僧，少不了八戒的愚笨，美猴王的灵光，圆溜溜一对猴眼，啥妖都看得透，天天跟八戒急。老猪不就好点儿色，爱占点儿便宜嘛，谁没点儿想法，一路打妖精，活不易，取经更难。八戒多埋怨。《西游记》浮于石，吴承恩见了也会咧嘴笑。有个人物侧面头像，注明丘吉尔，我看像赫鲁晓夫，光脑袋，圆脸翘鼻。他做秘密报告，摘去斯大林头顶光环，闹出匈牙利事件，他敢脱鞋拍联合国讲台跟美国叫板，直言共产主义就像土豆加牛肉是一道好菜，也闹掰中苏友好。我去俄罗斯问过：赫鲁晓夫推广玉米，造成绝收，你怎么看？中年俄罗斯男人平淡地说：没什么，他也出于好心嘛。观石仁者见仁，智者见智，藏家也许出于政治考量？一位彝族姑娘，头戴斗笠，全身黑线条勾勒，像大师水墨，凝天地灵气，活泼泼的，有点儿羞涩，也有点儿顽皮。

玩石费功力。雨花石讲六美，钟灵的形态，玉润的质地，瑰丽的色彩，变幻的纹理，神韵的呈像，莫测的意境。俗话说：一吨黄沙四两石，百吨石中无一珍。淘爱石不易，淘珍品更难。老玩家都有二三十年阅历，半辈子搭进去，就图个喜欢。这些年，日子没那么紧巴，由兴趣老师领着，他们走进这美妙世界。腿跑细了，浑身泥，乐此不疲，苦生乐，乐生甜。幸运结石缘，还得琢磨，修养古文学，熬灯看画面，寻意境，起个雅名，配首小诗，沉迷品石万般滋味。外国人爱钻石，红、蓝宝石，祖母绿，因色彩亮丽稀有，佩戴高贵典雅，但不能玩。国人爱石，和田、翡翠、南红、玛瑙，讲把玩、使用，人润石来石养人，重人与石的情感交流。古来米芾痴石，乾隆爱玉，贾宝玉的通灵宝玉，赋石以生命，冷冰玩出热情，玩儿出境界。

我走进金陵中学“征争藏石艺术馆”。征争，一位芭蕾舞者，个不高，蛮精神，耳顺之年，又搭建人生新舞台。清代紫檀盘中，铺小竹席，老和尚蹲坐面壁，石壁厚如书，旁墨书“顿悟”，与学生们感悟静谧禅意。一只宋碗，一个龙纹盘，一片毡，一石中福字，中国图腾与幸福愿望，接受历史拷问。两个青花盘，中间一红石，一点烛光，映亮黝青世界，想象净化心灵。食要饱，艺要空，这类雨花石大都不值钱，扔路边没人捡，沾了征老师不争的魂，腐朽化神奇，憨拙闪灵光，演绎诸多人生意义。石可塑，如孜孜学子，遇孤独深邃的魂灵，容颜丑陋，你会厌恶，或心灵洞开？古希腊哲人说：人的灵魂是一个遥远的国度。我觉得灵魂善于渗入或渗出，有一种渗透叫顿悟。我仿佛见老子、孔子、佛祖默默站石后，诉说各自的思想，独立之精神，任你去悟，扑面堂堂君子风。

雨花石之名来自古老传说。1400年前，梁武帝时，云光大师南京讲经，感动上天，落花成雨，花雨落地成石，讲经说法地为雨花台。成语“天花乱坠”由此而来。时过境迁，玩石人讲石品如人品，天人合一的珍爱，守信务实，方淘得天地灵气，少些天花乱坠的夸夸其谈。

雨花石——南京名片，聚万物风采，吸日月精华。似清秀吴女，又如江南雅士，飘来一股婉约风。

写于2015年9月20日

潭门镇寻砗磲

今年春节，我们自三亚经博鳌，一路暖风吹，濡湿青绿椰林、波罗蜜，车上桥过碧波，抵潭门镇。千年渔港，停泊艘艘南海捕鱼船，渔民擅长潜水抓龙虾，今年车挤人多，转半天难寻停车位。

街边四百多间铺子，橱窗中的砗磲，一溜冰雪，渔民不务正业了？砗磲，海洋最大贝类，近年因受人喜爱，价格攀升，成渔民创收品种。蓝海中，它几百年长一米，最大1.8米，重250公斤，渔船不留神，它张大口，咔，将铁锚链夹断，够威猛。砗磲沉积于浅海，一层砗磲，一层珊瑚沙，亿年间沉积岛屿边。渔民用船尾螺旋桨喷去珊瑚沙，打捞砗磲，这儿成为全国最大砗磲集散地。

我们进铺子，女人拿砗磲珠串，笑吟吟夸货色，砍价狠点儿，她脸一沉，说：进货价还不到呢。春节畅销价码高，店家谁不刀磨快点儿，宰你没商量。待天热价低，谁往海南跑？我们转十来间铺子，经刘专家指点，行情慢慢摸清。砗磲分牙白，微透，象牙质感，闪珍珠光泽。有全玉化，半透明，无粉状物，羊脂玉般温润，清新可人。石化的较差，价格便宜。颜色分白、黄、紫，黄多裂，玉化低，紫红色少，物以稀为贵。砗磲以黄岩岛的好，现已禁采。砗磲价差大，得挑玉化高、色泽匀、无杂质的，亚光比抛光好，光亮能增透明度，好的不见一圈圈生长纹，温润逗人爱。想便宜又买高档，难。见个一万八的手串，紫加白，个个精，爱不释手，嫌贵放弃了。靠腿脚功夫，寻几串心仪的，价合适，买作纪念。

砗磲有药效。李时珍《本草纲目》说，有镇心安神凉血降压功效。可增免疫力，防老化，稳定心律，改善睡眠。砗磲是四大有机宝石之一，红珊瑚、珍珠、琥珀、砗磲，它文雅贵气，清朝二品官朝珠为砗磲。它洁白，象征纯洁，内五条筋，如人合掌虔诚膜拜，一团黄，似旭日东升，它聚神奇力量，历史久远，为佛家喜爱。汉人远古用贝币进行物质交换。西藏原为海洋，因地壳变动形成高原，下雨水土流失，砗磲裸露，被藏民发现，视为珍宝。前些年，我在古玩店买过老砗磲珠，白色，钙化重，粉质感强，千年前藏人做饰品，可见珍贵。而汉文化对此兴趣不大，宋朝海外贸易多，明永乐郑和下西洋，未见砗磲传世出土，只钟情红、蓝宝石。砗磲兴起受藏传佛教影响，它列佛家七宝之首，佛经记载，七宝为：砗磲，金银，玛瑙，珊瑚，琉璃，琥珀，珍珠。喇嘛高僧持砗磲佛珠，为民祈祷，消灾祛病，增福添寿。

砗磲玉洁冰清，手串盘着啪啪响，脆声悠长，似从远古传来，穿越了审美时空。

写于 2016 年春节

五彩罐逢双记

七年前一个秋天的周末，我去广州带河路闲逛。

一长溜小店门脸招牌斑驳，墙面水迹、霉斑，室内幽暗。改革开放初，这里是全国著名的古玩市场，也是文物走私集散地，现在，残破的门面已撑不住昔日的辉煌。

一家古董店前坐一中年男人，左手托着青花瓶口，右手拿团麻，嗤、嗤、嗤，来回打磨粘满黑泥的硕大瓶身。街拐角支口大锅，沙，沙，沙，铁铲炒动，黑沙中冒出一块块染色翡翠。隔壁铺子拉根红水管，哗哗哗，冲洗几个仿古玉瓶，老板端盆水“哗”地倒路边，酸溜气味顺街飘。

我快步经过，避开呛鼻的味道，溜达进街边一间小铺。门口有个柜台，发毛玻璃下，摆些玉件、珠串、旧章，靠墙货架堆件件瓷器、铜炉、木雕。灯不亮，老物件灰不溜秋蹲那儿，幽幽散沉闷。门口洒进的光，映亮货架底的瓷罐，我沉甸甸掂起，擦去浮尘，五彩艳丽，搁柜台上，丰肩凹腰的造型，彩绘颇具古风，心咯噔一下，难道遇上了宝贝？逼仄的空间，空气挤薄了，我解开上衣扣，让呼吸顺畅，问店主：“这，卖多少？”

“啊，啊，年份不好，你看这件？”瘦瘦的店主说着打开保险柜，捧个锦盒。我拿出粉彩碗，牡丹花艳，有两朵含苞欲放，枝上绿叶翻卷，底写“大清乾隆年制”青花款。

“官，绝对到代。”他牙快咬碎了说。

小碗精致，彩色生艳了些，我轻轻放下，赞：“好东西。”

“一进门就你眼光好，瞧，多滋润哇，才6万，你可赶上了。他家祖上在京做官，这不，孩子出国留学，没办法，才肯出手。你敢端它吃饭，那你就是皇上。”他嘿嘿一笑，露出泛黑的牙龈。

我想，乾隆官窑，卖6万，会不会有诈？看小碗贼亮，无使用痕，色彩浮，价偏低。我掂起五彩罐问：“这件呢？”

“清晚期，买走眼了，得9万。”他说完一把拿过去，咚，气呼呼塞架子下。听他一说，我心里打起鼓，眼前东西也变了味儿，五彩没那么鲜亮，画工也似乱笔涂抹。晚清时，为迎合英法洋人口味，大量仿制康熙五彩，得小心，宁可错过，不能买错。

我遗憾叹口气，扭身走出屋，硫酸味儿蹿鼻，头有些晕。

一个月后，我出差到香港。荷里活道摇曳的大榕树，错落的古玩店，古香古色的装潢，让人惬意，橱窗一件五彩罐在阳光下炫目。

摁门铃叮咚，我进屋。门庭摆张红酸枝条案，上面摆几件古瓷，我拿起看了看，又指橱窗问店主：“看看这件。”

他拿出来放条案上，我半蹲着看，五彩绘画流畅，丝丝释出古韵。青花五彩为康熙早期，后改为蓝料，高低温彩釉同在一件瓷器，得先画青花，后加彩绘，两次进炉，增加了烧造难度，也提升了它的价值。我问：“什么价？”

“10万蚊（块）。”店主说。

我听价钱还合理，上手轻重合适，翻看底胎，微泛火石红，手摸糯糯的。我拿门口自然光下，周身有使用痕迹，也没冲、炸纹，又掏放大镜看画面，没有脱彩。欧洲人善补彩，但会大大影响它的价值。我悬着的心终于放下，不由回口价：“5万。”

“康熙青花五彩，5万蚊，你卖畀（给）我啦。”店主说。买主第一口价给还高了，你只能认栽。除眼力外，熟悉市场价格，是买方要做的功课，我说：“8万。”

“9万卖畀（给）你，唔（不）还价。”好酒不怕巷子深的卖家，提出双方各让一步，我心安地付了9万。店主弯腰把五彩罐放进锦盒，冒出一句：“仲（还）有一只，我记唔（不）清了。”

我拎五彩罐回酒店，摆桌上，开亮房灯，转圈欣赏画面。立口绘红牡丹，肩处绿卷草纹托几朵宝相花，中间四周锦地，开光处绘高士下棋、观画、教子图，名士清秀飘逸，儿童活泼可爱。底边一圈蕉叶，自如的笔触，洒脱的人物，怎么看怎么有味儿。放桌上，我轻松睡去。

夜，我踏朦胧月色，飞向山间，过起“山中方一日，世上已千年”的闲适日子，岩中对弈，溪涧垂钓，山顶论道，与古人神游，享受多年未有的快乐。

回广州后，兴奋激起记忆，店主最后那句话，分明一个暗示，我心纠结，约梁国桥先生又来带河路，让他帮掌眼。小铺橱窗灯亮了，一盏明晃晃的射灯照五彩罐上，那柔亮的光，我心一阵忐忑。

进店先看别的，独独冷落那件五彩。店主泡杯乌龙茶，消瘦的手又拿出那官窑，粉彩碗转梁先生手上，玲珑艳丽，他没吱声放下了，冲我撇了撇嘴。店主从橱窗拿出五彩罐，放他面前，说：“你看看这镇店的宝贝。”梁先生不经意扫它一眼，又看了看别的几件，询了价，才拿起它翻看了会儿，问：“这怎么卖？”

“20万。”

“上次才开9万，哪涨这么快？”我来气辩道。

“嗨，进价高，这可到明万历，15万进的。”

“不会吧？”

“上次记错了，瞧我这记性。”店主拍拍光亮的脑门说，随手从柜斗拿出个油腻小本子，翻开，钢笔记青花五彩罐，15万。

“这明摆的康熙，怎么到明？”梁先生据理力争道。我觉得店主满嘴跑火车，上次说清晚，这回奔了明万历，一下跨越几百年，价也蹿上天，是没脑子，还是装糊涂？旁边的他虾米般弓着腰，双手垂腿边，一脸诚恳。

我低头看五彩罐，手转圈，心紧了，造型，画工，怎么跟我香港买的那么像？摸着婴儿肌肤般的瓷面，体温一点点渗入，温润细腻，轻叩几下，皓齿脆声的，像温文尔雅的古代仕女，手抚高山流水的琴音，余音袅袅，让人魂牵。穿越时空的情感挤去理智，志在必得的心态，我话便溜出了嘴："一口价，16.8万，一路发。"

他眼珠转了转，点点头，说："好吧，让给你，我也就赚个路费钱，现在好东西难收。"

花高价买心仪，我心隐隐地痛，早拿下，起码省7.8万，不是小数，恨不能扇自己一耳光。当时店主拿它当托，卖新仿官窑没错，自己眼力见儿怎么没了？给人绕圈里了。高士图有品位、耐看，能成双成对，寓意也好。我自我安慰着。

店主弯腰热情帮我装盒，瘪嘴挤出一句："你如果能收一对，那，有的赚。"

我心惊了一下，也许，它们本在一块儿，人为地分开了。行里人都明白，明清瓷成双成对，价能涨百分之五十，可价高难销，商家图好卖，先低价卖一个，见你追求完美，第二个嘛，那就没那么客气了，宰你没商量。

古玩陷阱，像耀眼的灯火，诱飞蛾自投。可不管怎样，能让两件不同地点的康熙五彩青花罐，完美走到一块儿，也是冥冥中的缘分。

2012年12月10日

珠串魅影

五月一个周六，进京没事，约朋友去潘家园遛弯。

北京古玩城，古瓷、老玉、字画萎靡，老珠子档口汹涌，多不说，一问价，直咋舌。十年前，一颗西汉带眼蚕丝玛瑙椭圆珠，300块，今儿蹦上万。卖家说：嗨，东西难找。老蜜蜡大珠2000一克，最高叫价8000，十年前100一克嫌贵，现在价翻十来倍。天然药师珠，粒小，线直，品相好，我砍砍价，手串得10万，店主摇头：卖得也忒便宜了。玩点儿老东西，钱真不当钱啦？

我进天雅张老板铺子，刚坐下，一位黝黑藏民走进来。他很有气势撩开皱蓝外套，有呼扇袈裟的劲儿，脖下露几串白底黑纹珠，闪着神秘，几千万晃胸前，淌奢侈。天珠，镶蚀玛瑙，产于唐代，距今一千多年，人工腐蚀烧成，号珠王，九眼天珠上千万，贵气凛人，张老板招呼他坐下，沏茶。

他沉沉地说：要吗？随手摘下一串，有七八颗。我心咯噔一下，这么多，会不会台湾高仿？那也是玛瑙腐蚀，人敲月牙纹，四周崩，皮暗淡，透光。我拿颗两眼天珠，象牙白底，黑圆眼，放大镜下看，表面月牙状风化纹，像指甲掐的，灯照不透，皮壳润泽，老劲儿足，不由问：多少钱？

他眼瞅着说：150万。老张慢悠悠说：我还没卖这么高呢。随后又问几颗，老张摇头，拱手送客。

八年前，琉璃厂铺子，我坐着跟张老板闲聊。黑络腮胡巴基斯坦人推门进来，逢人点头，包里掏出一大串镶蚀珠，他中国话叽里咕噜，喊价挺清。我花 200 美元，买两颗皮球珠。珠产于印度，还有莲花、寿珠等，距今两千多年，西藏天珠的老祖宗。

后来，藏族学会技法，天珠做得精，纹饰优雅，赋民族内涵。如两眼和睦、三眼福禄寿、五眼五路财神、九眼免灾厄等，可见西艺东渐的传播、发展、融合。西藏人认为，神秘天珠上天赋予，具超自然神奇力量，护佑人生的宝贵财富，兄弟分家，一颗天珠敲两半，碎了磨粉入藏药。人民公社时，天珠可押信用社贷款，信用高，算全国之首。改革开放初，台湾人赴藏请天珠，帮还贷再加钱，或拿红珊瑚换，以结佛缘。佛教徒闭关修行，心有佛，身为庙，佩天珠人魂与佛祖相通。一千多年前西藏宗教信物，辟邪消灾，所爱者众，不惜一掷千金，影星李连杰也是铁杆粉丝。藏民虔诚的信仰，积聚佛文化力量，引领民族饰品价格飞涨。

相比之下，汉文化逊色。老和田玉卖不过新的，雕的卖不过原石，老话说，玉不琢，不成器。彻底歇菜。是信仰引领市场，还是市场掏空信仰、艺术？

朋友喜欢南红玛瑙，进店挑来挑去，一问价，没合适的，说：还是产地便宜。近年，它异军突起，价格飞涨。南红玛瑙产自云南保山、四川凉山，保山多裂，号冰纹，凉山偏玫瑰红。红玛瑙讲红、糯、细、润、匀，有锦红、柿子红、玫瑰红、朱砂红、缟红等。国人喜红，图喜庆，红玛瑙古称赤玉，佛家七宝之一。我国最早红玛瑙为内蒙古夏家店文化遗址出土，距今约四千年，表面多片状棱棱砸痕，坑洼不平，用硬石敲成，记载新石器时代工艺，原料不少是当地产，缟红玛瑙，不透。西周扁珠为南红玛瑙，三门峡西周虢国夫人墓出土几串，珠红玉润，古朴诱人。战国算盘珠，小小珠子，先对打眼，后加工，边缘尖利拉手，金刚砂打磨，皮抛光，不惜工本，可见国人对美石的珍爱。清代南瓜珠，外形加工复杂，从对打眼变直眼，时代审美含工艺进步。我淘个汉唐袈裟扣，玛瑙红，土咬得厉害，亚光，带白灰皮，红袈裟配红扣，一千多年前多漂亮，一个讲礼仪的民族，服装配饰考究。

店柜摆各种木珠手串。我看上串金星紫檀，不太对，金星倒有，过重，红不正，没油性，牛毛纹不见，黑线明显，根料比紫檀重，判断为老挝红酸枝。店家又拿一串，说：海黄老料做的。我掂掂，手头轻，木质松，闻闻，一股蜡味儿。黄花梨清香，木纹细，密实，有水波纹，鬼脸，应是草花梨。木串冬不冰手，有弹性，手感好，把玩活动手指健身，盘久表面起包浆，黄变红，红变黑，让人享受过程。历代文人讲究木不离身，香囊、扇子、坠子，和尚念经，手拨念珠，静心祈祷，换作当今珠串，也算别样的传承吧。

古珠当道，想轻松玩，难，得入行长眼力。人说：我买了，就图个高兴，怎么着？那是个境界，小心，后悔常躲影子地儿。

现在，人爱老项链、手串，传统文化渗时尚。玉有五德，珠含佛意，出门佩戴显品位。对珠子而言，人是云云过客，对人而言，珠子结内心之欢，这时，没有刻求，只随机缘。

写于 2014 年劳动节

木渎古韵

小河穿流老屋间，古桥石拱探日圆。木渎镇倚苏州灵岩山麓，号“吴中第一镇”它厚道，不看园子，街随你逛，不收费。水边绣品、婚纱靓丽你的眼，枣泥麻饼、酥糖余香绕着街，路边农妇摆嫩绿的菜，淌丝丝清香，人人惬意悠闲，弥散久远的节奏。

相传吴王夫差为取悦西施，在灵岩山顶建馆娃宫，紫石山建姑苏台，木材淤塞河流港渎，木渎因此得名。我走进严家花园，林秀鱼动池边景，檐挂古香泛余韵，园里走出的严家淦曾任台湾行政院长。顺小径拐进一家小铺，柜台摆橄榄核雕。女儿挑弥勒佛手串，我看看，佛手雕工各异，不是机雕，工细腻流畅，笑眯眯可爱。我问清秀年轻女子：多少钱？

两千，不还价。

太贵了吧？

我自己刻的，也就赚个工钱呀。

哦。我随口应一声。年长的高个男人咳声踱过来，皱巴巴白衬衣，邋遢着懒洋地步。我递一支烟，他接过，招呼我坐下喝茶，两人聊了起来。他是女子父亲，来自舟山村，著名核雕产地。他从事雕塑二十多年，跟着北京美院雕塑系教授干了九年，一身土一身石粉的，当今雕塑名人不少是他朋友。他随手递张名片，边沏茶边说：这儿不收租金，好交朋友喝茶，这辈子就玩这个了。

玩爱好，当然好啦，好多人巴不得呢。我说。兴趣是老师，带有钻研的执着，努力天分裹挟成就，不全在学历。外国教育注重培养学生兴趣爱好，艺术创新永远在路上，歪七八扭的脚印引导成功。

对对，来，喝。他说完一口喝下去，眼眯缝着。我端小杯瞄名片一眼，乖乖，吴福云，金山石雕代表性传承人，国家高级工艺美术师，人间处处逢高人。雕弥勒佛手串的是他女儿，他端个达摩让我欣赏。我看了看说：衣褶没何朝宗那么飘逸。

他沉吟一会儿，对女儿吴竹雨说：既然朋友女儿喜欢，当然优惠了。我女儿跟朋友佳玉各买一串，手不停搓揉，一路盘弄心仪。佳玉买的是铁核，核大形圆，木质细密，掂手上重些，产自广东普宁，贵过女儿的油核，外国核大，皮薄壳脆，不值钱，中国月亮也挺亮圆。

核雕源于宋代。明宣德帝喜欢刻着玩，自娱自乐。天启也爱摆弄它，木匠皇上定有不少创意，起码比官窑高一档次，可惜见不着了，明代核雕曾玩疯过一阵子。台湾故宫博物院，一件乾隆二年陈祖章核雕《东坡夜游赤壁》，僧、客、艄公、书童，神态超逸，窗可开启，舟底镌刻《后赤壁赋》，为镇馆之宝。不起眼的果核，成皇室贵珍，唯中国人造化。

这微雕艺术，明代周晖《续金陵琐事》中记：成化间，一乐工能刻木为舟，大可二寸，篷、桅、橹、舵咸具。二人对酌于中，壶觞饭钉满案。一人挽篷索，一人握橹，一人运舵，皆有机能动。置于水中，能随风而行，略无欹侧。一舟必需白金一两，好事者竞趋焉。你想，一小核雕船，舵、橹、索都能动，放水里风吹着走，不会侧翻。掏一两银子买，对不起，没货，似饥饿营销，死吊你胃口。国人讲奇思巧作，方寸间玩出意境，不像西方黄金钻石亮闪炫耀，人把玩不了，难接人气。十来年前，我收过一件明末的镂空雕菊花，表面红黑，那时便宜，三百块，没挂心上。我女儿与吴竹雨加了微信，悄悄告诉我，吴竹雨是宋水官的弟子，宋自成一派，核雕国家级大师，难怪她开价那么硬呢。我想，好园子配高档次的工艺传承，一株茉莉花悄悄地开。

街边，我们进一家小古玩铺，陈列多新活，瓷片却老，大的镶盒盖，柜里摆不少银镶瓷片坠。女儿挑俩瓷片挂坠，小鸟站树枝上翘着尾巴，羽毛艳丽亮泽，眼珠上翻冒神气，男童握棍一路打来，蹲弓步，似我儿时的游戏，绘得有声有色，画面完整。小鸟为康熙五彩，童子是道光粉彩，年份也好，既可佩戴，也可当样本，慢慢学习我国的古瓷艺术，增鉴赏。女店主收完钱，说：要不是朋友来聊天，今天早关门了。她不把生意当回事，真会享受生活，听背后关门声，我们庆幸运气好。

逛完四家园子，我们走累了，坐咖啡店小院，守着“虹饮山房”一角。乾隆下江南曾来此看戏，游览，号乾隆的民间行宫。园里展出康熙、乾隆、嘉庆、道光、咸丰历代皇帝御旨，绫已残旧，字仍令人羡慕。还有当时考卷，考题为君君臣臣父父子子，晚清满目疮痍，这考题跟世界完全不搭，朝廷要人才还是奴才？抹去人的独立思考，一个奴性社会，覆没只待时间。最珍贵的是张小抄，绢上蝇头小楷用老鼠胡须书写，做笔不易，写更难，历代考场作弊都费尽心思，不过他好歹算个灭鼠英雄。

园内有间苏绣店，非物质文化遗产传承人，一位中年妇女经营。仿清代名家百子图，泛老劲儿，挂那儿分不出是画，还是绣品，一套二十多万,一幅仿王原祁山水，要九万。这是刺绣获国际金奖的沈寿的家乡，绣娘一针一线中，渗透她精美的灵魂。苏绣历代为皇帝绣龙袍，为后妃皇子高官绣锦衣蟒袍，解放后走入民间，延续精细针法。“文革”时，双面绣小花猫活泼案头，跟沦为四旧的核雕兴衰两码事。玩物丧志，到玩物出彩，丰富着人们的审美情趣。

我们坐圆桌前喝茶，流水清澈淌下小山，竹篱笆上开朵朵粉花，余晖吻百岁屋角。树荫下凉风习习，夹艺术气韵拂过，心就融化古镇里了。

写于 2016 年 6 月 10 日

开平碉楼

从阳江回广州，路过开平，下高速拐去自力村。乡村路窄，陡现几座碉楼，欧洲巴洛克风格建筑，古罗马廊柱，英伦古堡圆顶，拱窗小而少，荒诞的是立油绿稻田头。碉堡用于战争防御，广东发明碉楼，适于民居防御。开平位于新会、台山、恩平、新兴之间，明朝后四不管，多匪患，东方威尼斯的华侨们，建碉楼保护辛苦积攒的财富，把西方炫耀的堂皇富丽，拷贝成准战争的高楼蜗居。

自力村，碉楼影池塘，波动弄草青。龙胜楼，叶生居，居安庐，云幻楼，逸农楼，振安楼，铭石楼。荷叶摇鱼动，翠竹曳鸟飞，1919年建龙胜楼，最年长，昂首百岁高龄，经台风、水浸，屹立满脸皱，像身板结实的老农。高鼻蓝眼老外，欣喜站木栏门前照相，一组拳头粗的木棍，扛过艰难岁月。民国建筑钢筋铁骨，臂膀厚实，相比之，“文革”楼老态多危，更别说新建的楼脆脆。

铭石楼，美国华侨方润文建于民国十四年，四楼悬挑“燕子窝”，开平碉楼排行老二。门厅老蓝玻璃上，鸟雀掠过花卉，流露精彩，现在，老玻璃一块也上多少万了，可见当时讲究。二楼窗插铁棍铁窗护卫，楼板俩方眼，正对大门，可枪击闯入大门的土匪，姜文《让子弹飞》在这儿拍摄，面对众匪徒，子弹真得多飞一会儿。楼上陈设酸枝木床、桌，一张贵妃椅，四周雕竹，坐板残破堆叠，工精耐看，该找行家修复，打层蜡，润泽透华贵。登楼顶远眺，周边碉楼、别墅簇拥竹绿，点缀田野，让人忘却这是广东村落，恍惚欧洲乡镇的气息。

我走进华侨展览馆，扑面一张黑白照片。一个中国壮男戴脚镣，手拿砍刀，身后一堆砍下的甘蔗，他头发蓬乱，身体黝黑，满眼迷茫。他在秘鲁干农活，看来是奴隶，回家如梦，卖身只得拿命偿。闯西方穷困潦倒的国人，比衣锦还乡的富商多得多，富裕在遗存中炫耀，穷困潦倒跌入黑白影像，惨淡着记忆。

我们一家人坐大榕树下吃饭，农家清炖鸡，笋片烧肉，炒南瓜苗。清风徐来，菜香扑鼻，胃口大开。竹林绕农舍，碉楼遥望归。山坡上的方氏五层灯楼，民国九年村民集资兴建，扼守方氏家族村落要道，细高挑儿的楼，中下部小窗眼亮着，瞭望平坦四野，亭亭秀美着刚毅。它曾配发电机、探照灯、枪械，基本武装到牙齿，匪众有影，子弹无眼，打身上一血窟窿。今天，木栈道迎游人，砖石水泥化去胆怯，袒胸流淌异域风。

端菜农妇原居碉楼，兴办旅游搬迁到此，热情招呼客人，养一大群鸡，承继侨商风华。大榕树捋着胡须，竹叶抖丝丝清风，我坐饭桌前吃得香，赏也美。

写于 2016 年 6 月 1 日

南海一号

下午到阳江海陵岛。一家入住保利皇冠假日酒店，大堂通畅。楼上阳台海风呼呼，灰云沉混天际线，压抑辽阔。脚下沙滩细腻，酥软舔着脚心，大外孙女颖颖捡贝壳，小孙女瑶瑶拿铲子玩沙，咯咯咯稚嫩地笑。海浪凶猛，叠叠推进，颖颖见浪头扑来，一个劲儿退，孩子对海，又爱又怕。

第二天，我们去“南海一号博物馆”，离酒店不远，正赶上博物馆日，优惠老百姓。上楼居高望去，长 30 米、宽 10 米的古商船落沉箱，轮廓依稀，这艘最大宋船木质坚硬，敲着当当响，如深陷泥水的乌木，反长出一身筋骨。一摞摞瓷器躺里面，海底贝类让它们黏为兄弟，永不分离，如今一件拍卖上 10 万美元的宋瓷，情谊让亿万财富化为泡沫。

1987 年，广州救捞局与英国海洋探测公司寻找印度公司沉船，意外发现中国船，捡来这批宝贝。六万多件南宋瓷，躺在台风席卷那一刻，遗恨海底，福建德化瓷，白晃晃诉说倾覆与死亡。船载江西景德镇窑、浙江龙泉窑、福建德化窑、闽清义窑、磁灶窑五大窑系，游人惊叹当年辉煌，瓷器专家鉴定窑系，实物论证宋窑，史学家研读一段史迹，造船、贸易、从哪儿来，去哪儿？橱柜陈列刻莲花青瓷碗，颜色花卉像耀州窑，鉴定为龙泉窑。东汉青瓷是始祖，含铁釉出青色，唐越窑秘瓷进峰峦，多江浙生产，工匠北上陕西耀州，造成南北窑口十分近似，龙泉扭身走进青绿，再创自我个性，留下世间异彩。

宋高宗思想解放，建港造船。花大价钱30里建灯塔导航，对外贸易兴盛，多了税收进项，海上丝绸之路带来巨额财富。其实也无关解放，南宋年年得向金国交贡银，没法子，只能开放海禁，多挣些银两。那时杭州富足，柳永词颂“三秋桂子，十里荷花，钱塘自古繁华”，钱多，秦桧便有了和谈底气，岳飞无奈敲着12道金牌怒吼《满江红》，金钱筑起的南方小朝廷国界，终挡不住汹涌袭来的蒙古铁骑。

对台风的恐惧，惊悚许多赶海人。船在，瓷在，镀金手镯在，试金石也在，人呢？而今重振海上丝绸之路经济带，童稚笑脸后，浮游阴沉鬼魅。商船鸣笛起航，机遇藏暗礁，台风起无声，得小心驾驭才是。

写于2016年5月20日

香港佳士得春拍侧记

前几天，去香港会展中心，看佳士得春拍预展。门口摆明宣德龙罐，体形硕大，苏麻离青斑驳铁锈，凝着富贵沧桑。飞龙昂首穿越五百年，守着皇家贵胄，不知何时，鼓眼龙遁出北京宫门，流落民间，漂泊海外，又悄悄来港，扭带行市，估价6000万—8000万港元，过亿易如反掌。谁拥有都象征富有、高贵，也有对中国文化的挚爱。

柜中一件雍正仿木纹墨彩山水笔筒——高士策杖山中行。画面没故宫那件繁密、精致，更古拙、疏朗，绘画风格沿袭康熙，应为雍正早期。蜚声国际的当代水墨画家刘丹曾为这笔筒作画，赞道：雍正瓷器，轻巧俊秀，工丽妩媚之貌，器形之美，可与以纤细秀丽著称的明永乐、成化瓷器相提并论。康熙多墨地，铺陈豪放，雍正墨线绘山水，精美雅俊，任山野落案头，边写边赏，爽朗心情，助笔墨雅兴。我女儿看了又看，很喜欢画意，也爱那充斥鬼脸的瓷边木纹。这官窑精品，鉴赏它，可浏览曾经的幽雅，独具匠心的烧制，上手去拥抱中国古老的文化情怀。

还有一对龙凤田黄章，柔润覆盖流淌的石纹，金灿灿晃眼。龙印文：皇六子和硕清恭亲王，凤印文：御赐为国藩辅。印头“沧门”二字跳入我眼帘。董沧门为福建闽中巧作董汉禹，字沧门，精治砚，工篆刻，他是康熙大名家，留作品极少。龙印边刻诗：东风帘卷小红楼，三月梨花唤锦鸠，曾记玉人将凤管，隔花低按小梁州。为康熙五十一年进士林佶书写，他家富藏书丰，多孤善本，学术有造诣。凤印侧刻明初袁忠徹五言诗，夕阳敛余晖，稍稍归鸟集……诗中有画，抖落黄昏山野，一片鸟鸣。仨名人落方寸，大雅聚。该印康熙年治好，咸丰帝赏给奕訢，相去已百年，分重208、205克。北京故宫所藏《缂丝芦雁图轴》、旅顺博物馆《平定张格尔叛乱图》均盖此印，石优，工精，皇家，传承有序，拍卖行做好功课，无底价，就等落槌声。田黄几万一克？聚世人眼光，该创个世界纪录。

我喜欢德化窑达摩坐像。白瓷润泽，上手很重，厚胎，内多裂已补。他静坐在那儿，大脚趾微跷，文静的脸，带点儿忧思，很打动人。人物背后葫芦章，小小的，挺好看，“何朝宗”仨字款埋白釉里，不那么清，尚可辨识。他为明代制瓷名家，作品含蓄，深入人物内心，拿捏达摩涌动的慈悲。塑像凝固着，衣褶飘逸着，他眉头紧拧沉思着，也纠结着，对异国黎民的忧虑，回归内心的信仰，传播佛祖教义。我在广州，达摩来华居广，华林佛寺是为纪念他而建，每次到玉器街，会去看看，何大师艺术带来一份久违的感动。

今年是香港佳士得成立30周年，遇上经济低迷，拍卖界也盼突出重围，再展雄风。过些天得知，宣德龙罐落槌价1.4亿港元，香港著名收藏家张宗宪跟到1.2亿，没再举牌，差两口价。这近九十岁的老人，我参加过他的古瓷专场拍卖，一件乾隆珐琅彩瓶拍1.2亿，听说拿钱分儿子，怎么又来买？原来，他祖父张揖如是江南著名竹刻家，父亲张仲英是旧上海滩有名古董商，他妹妹花4000多万拍下雍正粉彩九桃橄榄瓶，捐上海博物院。他打小喜欢，就是喜欢，抚摸冰凉古瓷的柔润，放不下心头那点儿惦记。

田黄拍8524万港元，20万一克，石帝国际上牛一把。昨日辉煌今再现，怎再续？

写于2016年6月6日

西欧印象

欧洲花园古堡 12 天游，团友说，像赶羊。飞机落荷兰阿姆斯特丹，至罗马，从北向南，一路奔去。

荷兰为欧洲洼地，城区有些地方，低于海平面一米。路边大片草地，高没膝，奶牛浮在绿浪上，有的趴进草窝里，动也懒得动。如果说内蒙古草原是癞痢头，这儿便是翩翩舞动长发的少女，荷兰奶粉，能不优秀？

我乘坐玻璃船，赏运河风光，各异的西楼，沿河伫立，由于门面窄，屋檐安铁挂钩，便于家具破窗而入。小甲板大肚船，是荷兰海运业崛起的发明。(因当时按门面宽度和甲板面积收税）看来洋人也琢磨避税。

一栋红楼下，聚集着人群，是小姑娘安妮的故居。她的欢娱童年，睁着恐惧的大眼睛，躲进阁楼写日记，活着，耗子般卑微地活着，是她的奢侈。邻居的告发，她与家人被关进了集中营，死去时距欧洲解放仅差一年光景。犹太人的宿命，似曾相识，熬着，也是我们曾有的记忆。

晚住机场旁酒店，房、床窄小，难与人高马大的白人联系在一起。我推测，是为御寒，省些烤火木材所形成的生存惯性。

时差令我早起。一棵棵钻天杨，白云抹过摇曳的绿叶，天蓝、静怡。几只灰野兔，自在地趴青草上，你走几步，它向前也走几步，一点儿不慌乱。大朵快谢的郁金香，粉粉抖在风里，一个小花蕾，颤颤的，那是安妮，一地花瓣，都在葬她。

荷兰的木屐制造，一只木屐当模，原木夹车床上，木末子翻滚，很快挖出鞋里，手上长刀削两下，割去原木，鞋做好了。它采用新鲜的杨木，可拧出水，须晾干、上漆，方可使用。它已有现代鞋的模样，不知穿起来，磨不磨脚？倒是中国呱啦板，脚形木板上钉块皮，挂住脚丫，透气、省事。有一点东西方是相同的，脚底坚硬，走到哪儿，响到哪儿。

市郊的新斯坚风车村，风车叶片很大，傻傻待在那儿，望着一汪湖水，已失去久远的灌溉、排涝功能。我国也利用水车碾米，西北偶见灌溉的风车。东西方思维的一致性，就是充分利用自然资源。

第三天，来到比利时首都布鲁塞尔，小英雄于连铜像立在街边拐角处，他的一泡尿，浇熄了导火索，保护了都市，比童子尿治病的药方，来得高尚。

这里的原子球塔、巴黎的埃菲尔铁塔，都是为不同时期的世博会兴建的。它们高耸的钢架，与周边古老的欧式建筑风格混搭，挺抢眼，并不和谐，历来饱受争议。上海世博会的中国馆，要敦实许多，红得耀眼，这个由中国结衍生的建筑，只听到一派赞扬，也许是分别建在市中心与郊区的缘故吧。其实，有争议，比哑口无声强，倾听不同声音，是种风度与雅量，世上本无完全正确，三峡大坝对地质构造、水域的影响，不又重上台面了吗？

埃菲尔为收回铁塔的投资，收了十年门票，却忽略了他的另一项重大发明，就是女人的胸罩，如果他为此注册专利，收入何止千万？发财要把眼光盯女人身上，对此，他的眼严重近视。

卢浮宫，有三宝，蒙娜丽莎的微笑、胜利女神、维纳斯雕像，法国导游说是中国人总结的，大概受故宫三希堂的影响。胜利女神无头，她站在船头，迎风吹动的衣裙，让人感受她的骄傲与无畏；维纳斯的断臂，并不影响她的艺术成就，残缺的美一样摄人眼球。曾在伦敦拍卖的中国元青花鬼谷子下山，也有残，挡不住拍卖天价。

除了文艺复兴三杰，达·芬奇、米开朗基罗、拉斐尔，还有戴面纱的女人石雕，她面罩薄纱，姣美的面部轮廓朦胧可见，透出神秘的气息。我忆起重庆大足石刻，那唐宋的石雕，有强烈的木质感，表情慈祥，衣褶飘逸，材质上的视觉变化，可让人感受工匠细腻的刀法。

大幅油画，布满展厅，希腊神话、西方历史人物从容向我们走来。画家的脸常藏在画里，悄悄窥视我们，有他自己在，其余人物也就血脉奔涌了。一幅沉船的油画，人物从绝望、失望、到看见远方桅杆的希望，生动刻画了一场真实的海难，折射人生百态。中国古代的水墨画，人藏匿山水中，尽显空灵，历史事件淡去，雕塑也极少表现普通人，对人的忽略，来自老庄的自然观，是水墨表现力不足，还是封建王权对人性的禁锢？

欧洲城市最多的是教堂，巴黎圣母院，梵蒂冈圣彼得大教堂，它们建筑雄伟，装饰辉煌。圣彼得大教堂的耗资兴建，引发了教会的分化。人出生洗礼，就强行征税，无论精神再高贵，都会遭人抵制。西欧的教堂建在市中心，中国的寺庙大都隐于深山，中世纪，欧洲人强调教会的教化，传教士传递上帝的福音，接受人们的忏悔，抚慰人心灵。中国的教化主要靠儒学，人们去庙里，大都求佛，治病呀、求平安呀、当官呀、财运呀，忏悔那是和尚道士自己修行的事，与己无关。就算悔，也自个儿悔，闭门思过，肠子悔青了也行，对外人悔，那是天生的傻瓜蛋子。

风景最美的是瑞士，我登上铁力士雪山顶，它是阿尔卑斯山的一个山峰，海拔一千多米。我脚嘎吱吱踏出去，雪满当当扑来，崖下的缝隙都填塞着，前面的，似白色金字塔，敦实实的，四周的银峰，挤嗒嗒的，阳光在雪地炫着，耀得我眩。一群人站那儿呆呆地看，嘴啧啧地赞，美，太美了。山不在高，有仙则名。仙人在哪儿？在雪里，静静待着；在跟天一样蓝幽幽的水里，沐浴；在云里，飘忽忽的，好像都不对。我找着了，他在每个注目的眼神里，在清冽雪水洗涤过的心中，品着欲与成仙的滋味呢。

（原载 2011 年 8 月 3 日《新快报》）

自由美国行

美国11天游，满打满算在美8天，从东海岸横跨西海岸，哪能玩得从容?

纽约，美国第一大都市，位于东海岸。游船开动，游客扎堆栏杆边，相机咔咔咔响，同胞笑容加V形手势，摆姿势告知，美国，我来啦！船行得远，自由女神那么小，我拉近镜头，见她脸颊清秀，神态安详，身裹罗马长袍，袍角迎风掀起，手铐脚镣碎落足下，似要走进万顷海涛。法国著名雕塑家巴托尔迪与埃菲尔合作，耗费10年光景，用铜铸出头戴花冠的妙龄女郎，贺美建国100周年，日久天长，成了美国象征。她左手捧《独立宣言》，右手高擎自由火炬，眼望大西洋彼岸——她遥遥的出生地。最初，法国打算送埃及，国王不喜欢女人，才改设计转送美国，世上的事，总那么阴差阳错。

她的老爷子——费城自由钟，比她高龄百来岁。多金属铸钟个儿不大，黑不溜秋，当间一道裂缝，完全破了相。几个孩子为华盛顿祝寿，连敲几小时，过把瘾，它成这德行了，声音嘛，该比破锣好听。中国战国编钟，永乐铜钟，哪个不比它震撼，可联合国教科文组织偏列它为世界文化遗产。钟上镌刻：直到各方土地上的所有居民均宣告自由。它见证了美国历史。1776年7月4日，市民聚宾州洪亮自由钟楼前，听代表宣读《独立宣言》；1783年4月16日，钟声为美国独立战争胜利鸣响；1787年9月17日，为合众国宪法通过而鸣；二战胜利，美国敲响此钟；20世纪60年代，马丁·路德金

《我有一个梦想》演讲，愿自由钟声长鸣，为黑人解放呐喊；70年代，反越战人士聚自由钟前，宣传停战主张。自由——涵盖美国主流文化。

自由钟渲染平民权利，人的自由天性，得以形象诠释。不自由，毋宁死，也曾为我国义士誓言。自由，好东西，人人自由，挺麻烦的，个人自由天生爱扩张，会挤压、吞噬他人自由，正如萨特“他人就是坟墓”的推论。于是，得给自由下套，用法律厘清界线，自由有度。开车，你跑马路对面享受自由，可侵犯他人安全，行吗？你乐于天体，光屁股上街，警察不抓才怪。因此，法律是自由的边界。

国际也一样，欲望分分钟衍化为贪婪，横扫万亿如卷席。华尔街金融衍生产品，有的不许卖美国人，却满世界兜售，金融危机一来，各国都亏，钱哪去了，不会消散在空气里吧？美元为国际货币，美国评级一降，谁美元多谁紧张，不过放心，它永不违约，了不起拼命印钞罢了，你去填金库、擦屁股与他何干？国家也得按规矩出牌，无限自由就是放任剥夺。

民主是自由的孪生兄弟。美国新闻自由，对官场监督强悍，民选，也杜绝了官员两眼往上看的恶习。中国封建社会那么久，铸钟归皇帝老儿欣赏、祭祀，哪把百姓放眼里？官场谁有权巴结谁，谁给官帽孝敬谁。贪官像韭菜，割一茬长一茬，一茬比一茬长得旺，没民主监督，官员自由无底线，侵害百姓利益跟玩似的，只要伺候好上司，装行贿的口袋变麻袋，多少都敢背回家。其实，防腐很简单，详细公布财政预算和官员财产，交民众监督，网络人肉搜索的威力，比一万条规矩管用得多。

自由钟声虽沙哑，却能震醒一帮牛烘烘的脑袋瓜。

华盛顿纪念碑，方形耸立，分期建成。碑始建不久，英军不甘失败，卷土重来，华盛顿率军撤离，激战大败英军，才完成建国伟业。国家自由独立，少不了血之花地的浇灌，碑上双色石料可证明。开国元勋不专权，交文官治国，是他的风范，真正走进共和，让人民自由选择管理者，需领袖的雅量与亮节。美国人民为纪念他，将头像印1美元上，让大家平日看见，百元大钞上的富兰克林却不是总统。可惜我离开仅两天，8月23日，华盛顿纪念碑尖顶在5.8级地震中震裂。

总统官邸白宫，绿荫环抱，一只松鼠钻出栏杆，抬头向游人讨食，毛茸茸尾巴一甩一甩，煞是可爱。路对面一个塑料窝棚，是反越战老两口营地，已坚守数年，他战死的儿子也该瞑目九泉。这是美国刻意标榜，还是出于无奈，我无从知晓。

林肯纪念堂，他的白石雕像站当间。这瘦高的丑总统，以解放黑奴、取缔南方奴隶制而闻名。他的格兰特司令，当初屡败屡战，最终取得胜利，黑奴自由，代价惨痛，南北军共62万人阵亡，连林肯也命丧庄园主枪口。南北战争，是对剥夺他人自由的人的一次剥夺。我不明白，今天纽约联合国大厦，挂达赖喇嘛像，他是佛教领袖，也曾是奴隶制首领，1959年，叛乱失败，众多头人（奴隶主）随他流亡印度，如生在1863年的美国，林肯会放他一马？

华盛顿纪念碑与林肯纪念堂之间，竖两个纪念碑，悼念11万多年轻军人生命。他们为自由而战，足迹踏上异国土地，用枪炮播撒西方文明，不知行为高尚，还是愚蠢？

越战纪念碑黑花岗岩铺就，斜向凹地，沉入安详，血腥战火已远去，亡灵在岩上列队，静谧的魂灵相依厮守。1981年，21岁在耶鲁建筑系就读的林璎，是梁思成和林徽因的侄女，她满怀东方柔情，打造这本沉甸甸的书。美国人胸膛上黑疤依稀可见，抹不去，永远抹不去地沉重。我指尖抚摸姓名，细腻石面如光洁肌肤，手指无意按压下去，似触痛了他的伤口，引来58272位亡灵的啾鸣，手电击般战栗缩回。光亮如镜的墙面，清晰映出我的模样，也见亡者，相互观照是祭奠，是慰藉，是回顾地反省，也会遗忘。伊拉克、阿富汗战争的新魂，亦归何处？

韩战纪念碑建得稍晚。十几个美国大兵斜持枪，肌肉紧绷，蹚入草地，回望者惊恐四顾。美8军丢弃重型装备，拼命逃离志愿军围堵，差点儿被包了饺子。我父母亲入朝作战，五圣山上甘岭战役，英勇阻击美军，黄继光、邱少云等烈士鲜血，溅入板门店谈判协议。雕塑家以独特视角，塑造韩战二次战役中，美军仓皇撤退的苍茫感，失败是耻辱，正视要勇气。“错误的时间，错误的地点，发动一场错误的战争。”麦克阿瑟打到鸭绿江边时，怎没这想法？士兵步履依稀，自由幌子若揭，反战思考渗入鲜活塑像，艺术将人心灵唤醒，而不是沉醉。

不远处的国家航空航天博物馆，一架架飞机悬挂天花板上，金属变得轻盈。绘大白鲨的飞虎队战机，日寇零式战机，又现旧日昆明上空激战，砰砰砰机关炮响，日轰炸机冒烟、坠落、爆炸、燃烧，侵略者征服的自由，换来可悲末日。

科技拓展了人的空间自由。简陋的双翼飞机，载人飞向天空，直型、星型、涡轮发动机，飞行速度不断提升，液态火箭将人类送上太空。波音驾驶舱，登月飞船，饱我眼福，待我国嫦娥登月，那啥心情？万类云天竞自由。

拉斯维加斯——戈壁上的豪华赌城。喷泉婀娜多姿，扭出数条弧线，水珠跳荡音符，和弦鸣响，大珠小珠飞溅半空，哗啦啦坠落玉盘。突突突，火山岩缝喷出团团火焰，忽高忽低，人造山口忽地喷射大火，烟雾四散。金字塔酒店顶光柱冲天，满街霓虹灯玩色彩魔术，光华绚丽翻滚，路当间亮丽的弧形拱顶，电子图案变幻。耗资 6000 万美元的巨大天幕，电脑幻灯的精彩，悄然不见，让位歌星演唱，我心存遗憾。

街心人头攒动，街边妩媚兔女郎，性感埃及男，招徕游客。夜，开启自由光亮之窗。来人心态各异，有观光，有减压，有玩两把，有赚一笔就走，嗨，碰碰运气吧。要知道，老虎机、21 点、轮盘赌、百家乐，你有玩的自由，它有啃你没商量的自由，明媚艳丽背后，杀气腾腾的老虎嘴张着呢。

拉斯维加斯西峡谷，像上帝拿刀在戈壁滩上剌个豁口，石化老鹰踞3500英尺岩上，俯视弯曲流淌的科罗拉多河，誉称世界七大自然奇观。走上悬空U形玻璃桥，一只鹰翱翔苍穹，我眼光坠入幽深，两拃宽碧波悠悠荡荡，游荡一个远古幽灵，两侧崖壁张开吞噬大嘴，我的心揪向空中。乘直升机轰鸣飞越谷顶，层叠山崖抖露峥嵘，自然神工雕琢红色岩柱，姿态各异，天生兵马俑，地造罗汉群。

机降谷底，阳光火辣，肌肤焦灼，浑身烤出油，可谓中国火焰山，美国火烧谷。肤色黑红的印第安人为我们划船，胖墩墩的他，体内流淌蒙古人血液，憨厚无语，木然表情透出隔膜，粗粝的手像划独木舟，而不是给机动船把舵。水汽蒸腾船帮，荡来炙热，白浪翻卷沉淀往事，我心泛起一丝悲凉。美总统下令枪杀1000万头野牛，断绝食物链，并武装剿杀，造成印第安人上百万死亡后（另说白人故意传播天花，致死2000万人），将这荒山秃岭划归幸存的30万人，让其恪守自由的贫困，自生自灭。上海富商开辟旅游，给部落带来财富，也带来了些许尊重。

茱比莉秀，大型百老汇歌舞表演，在拉斯维加斯上演近20年，经久不衰。环形多层舞台设计，使演出立体化，亮点频发，勾人眼球。泰坦尼克号舞美，豪华罗马柱廊、楼梯，锅炉熊熊燃烧，船只渐渐沉没，观众如身临其境，品味编导匠心。百位明星身着华丽服饰，翩翩起舞，那齐刷刷气派阵势，法国红磨坊也黯然失色。女演员无上装表演，袒露她们丰满的乳房，也优雅打开了艺术。

洛杉矶好莱坞，著名影星从这儿诞生。星光大道，一片片圆黄铜锃亮，刻有形象标记，放映机搁影星头上，歌星有碟，脱口秀对着麦克，似乎仍喋喋不休，絮叨他的调侃。高挑棕榈树下，中国城广场上，印着影星手模与签名。据说，当年一位女明星不慎摔跤，手按未干水泥上，老板将手印意外保留，才有今天的风景，所以，要感谢那双站不稳的高跟鞋才对。这里有化妆的海盗船长、玛丽莲·梦露、机器人、蝙蝠侠，他们热心跟你拍照留念，两美元小费切不可忘掏。

驱车两个多小时，来到圣地亚哥。1941年年底，山本五十六偷袭珍珠港，美太平洋舰队几乎毁于一旦，从安全考虑，美海军司令部迁居于此。靠岸的中途岛号航母，已拆除武器装备，成了酒吧、餐厅等娱乐场所。我乘游船出海，看美海军航母战斗群。一艘艘灰色军舰停泊海湾，有护卫舰、运输舰、两栖登陆舰、白色医疗保障船，远处一艘看不清甲板，会不会是航母小鹰号？美军依赖15艘航母，维系其远洋海上霸权。

国家安全，靠坚实的国防捍卫，人民自由得以保障，这是一手，还有一手是文化。过去，我从好莱坞影片了解美国，《城市之光》《出水芙蓉》《乱世佳人》《魂断蓝桥》《罗马假日》……知晓卓别林、盖博、派克、费雯丽、褒曼、嘉宝、赫本等著名影星，高超的演技，精美的制作让我着迷。平复的创作心态，自由的想象空间，新奇的画面，震撼的音乐，使美国文化潜移默化影响芸芸众生。日本经济复兴，动漫产业风靡全球，我国经济腾飞，文化羞答答藏着，光凭几个孔子学院，就能迷倒世界，不见得吧？乖乖，听话啊。艺术躺在摇篮哺乳，怎么长大？能不能打碎心灵枷锁，还创作以自由，让汉文化插翅翱翔？

墨西哥边境小城第瓦娜。路边，一头毛驴染成非洲斑马，供游人影像留念，老墨热情用汉语打招呼："你好，马马虎虎。"他轻松的生存状态，也是一种选择。

（原载2011年9月11日《新快报》）

凝视俄罗斯女人的高贵

到俄罗斯，我感叹西伯利亚的广袤森林，圣彼得堡古老雄伟的建筑，但最迷人眼的，是俄罗斯女人。她们白长腿直溜溜的，走得快，踩着拳头高的鞋跟，像穿平底鞋，身材无论苗条还是富态，胸都挺，有股挺拔劲儿，显贵气。路上，姑娘冲你莞尔一笑，长睫毛扇来异域风，眼波清亮动人，人恍若梦境，落入一个童话世界。

我想，既然来了，就欣赏这道美妙风景吧。

女皇的背影

冬宫里，一幅女皇叶卡捷琳娜二世画像，映入我眼帘。她身着华丽绸缎长裙，紫貂披肩，右手握权杖，丰腴脸上唇角微笑着。女皇一生酷爱收藏。达·芬奇厅，壁上挂大师油画《圣母和圣子》。玛利亚哺乳婴儿，神态安详，浑身散发慈爱，胖胖的小基督吮吸乳汁，天真神情追望每位游客，拱窗外蓝天飘朵朵白云，悠远了画意。女皇幼时饱受母亲苛责，成年与伏尔泰通信中，谦卑称自己永远是苔莉丝小姐（家庭教师）的学生。这幅画，也许寄托了她幼时对母爱的渴望。

米开朗基罗白大理石雕塑《蜷缩成一团的小男孩》。他头埋双腿间，手拔脚上的刺，背部肌肉痉挛着，凸显揪心疼痛。1744 年，当女皇还只是一位普鲁士小公主，14 岁的她足踏雪原，千里奔驰俄国，寻少女爱情梦，也锥心痛过吗？卡诺瓦雕塑《爱神接吻》，生着双翅的天使，怀拥少女，迎来甜蜜的初吻。小公主没那么幸运，她与彼得三世婚后，彼得另有所爱，她独守女儿身，“无时没有书本，无时没有痛苦，但永远没有快乐。”

1762 年 7 月，她与禁卫军奥尔洛夫兄弟联手，杀夫弑君登上王位。情人的拥戴，安邦定国的忙碌，释放了女皇的孤独。正如馆中陈列的罗丹雕刻《永春》，裸体男女身笼白纱，拥抱热吻，激情蓄然勃发。一个个军官情人，壮健如廊柱，撑起一个女人内心的强悍。她称帝后，重教育，建学院，鼓励工商业，强化专制，开疆拓土。两次对土耳其战争，三次瓜分波兰，越白令海峡，占领北美阿拉斯加，提拔军中波将金、苏沃洛夫、库图佐夫等名将。她在位 34 年，领土扩张 63 万平方公里，造就俄罗斯大帝国。

十八世纪，欧洲贵族圈中盛行的中国风，也吹进她的书房，中国屋内陈列黑漆金彩木雕、青花、五彩瓶……她孤灯苦读，守静思远，主动放弃占国家预算十三分之一的“议会基金”（原属沙皇），励精图治，生产力大发展，国力空前强盛。

为防天花蔓延，她信赖科学，第一个接种牛痘，赢得俄罗斯人民尊敬。她从不掩饰，写信让女友分享自己的情感，像展示华服般公开情夫。法国思想家狄德罗生活拮据，打算 15000 银币出卖藏书，她花 16000 银币买下，并每年另付一万银币，让狄德罗管理。她说，让一位学者与他的藏书分开，是残忍的。她熟读孟德斯鸠、伏尔泰的著作，汲取大量民主思想，却残暴镇压叶梅连·普加乔夫农民起义。女皇到底是什么样的人？

皇村琥珀厅。壁上洛可可风格饰窗，雕工细腻精湛，屋内松脂弥香，溢彩流光。女皇十几年花巨资建造，接待各国贵宾，二战时德军掠夺并炸毁它，留下黝黑的残垣。德国公主爱物毁德国军人手上，一个怪异的轮回，似她诧异的人生，正如陀思妥耶夫斯基的小说《罪与罚》。遥想当年，女皇追逐波罗的海浪花，女人如水，人生如逝，她就是一滴水，晶莹剔透的，从历史册页中缓缓走了过去。

足尖上的精灵

晚上，我去柴可夫斯基音乐学院话剧院，看芭蕾舞剧《天鹅湖》。舞剧应在马林斯基剧院上演，因装修改为此处。剧院老旧，白色大理石楼梯，柱上人物雕塑，毕现当年豪华。

音乐声起，一群白天鹅伴着悠扬乐曲，舒展双翅，游弋湖中。王子高大英俊，飞跃腾起，双腿打击，张开健壮臂膀，吐露爱的情怀。一只白天鹅轻盈地飞，快捷地跳，羞涩地躲，足尖转动旋律，夜复人形的奥吉塔公主，道出少女珍爱的初恋。他俩绝伦的双人舞，白天鹅 20 次踢腿旋转，女主角颇具软度、开度、力度的舞姿，丰富的肢体语言，表达深情的爱，博得观众热烈掌声。剧终，我们仍沉浸在炫目美腿中，争辩白天鹅与黑天鹅是不是同一演员？一个温柔，羞答答的，骨子里透东方韵味；一个热辣，浑身野性，溢满西班牙风情。一女担两角，独有俄罗斯。

芭蕾舞发轫于意大利，流行于法兰西贵族，成就于俄罗斯。看来艺术无国界，舶来同样辉煌。我不由想起了乌兰诺娃，她是足尖上的精灵，非凡的女神，苏联著名功勋舞蹈家。她洁白的飘逸，灵动每个人的心。

观众席除外国游客，也有俄罗斯家庭。他们让孩子从小感受音乐舞蹈的美妙，不少女孩幼小学芭蕾，任高贵气息熏染那片稚嫩。俄罗斯人天生能歌善舞，加上名师训导，艺术血脉就这么源源不断流淌着。

卓娅的故事

卓娅，50年代响亮的名字。如今，她头高高后仰，双眼凝望远方，左乳高耸袒露，右手甩向身后，双腿微曲，风掀起军呢大衣，像要飞跃空中，雕塑家依据她绞死时的情景塑造了她。雕像矗立在莫斯科新圣女公墓，与果戈理、契诃夫、赫鲁晓夫、叶利钦等群雕为伴。

1941年11月，18岁的卓娅同两位游击队员深入敌后，点燃德军马厩时被俘，德军拷打她，零下40度严寒，逼她雪地上赤脚奔跑，最终未吐露一丝秘密。德军绞死了她，还残忍割去她的左乳房。卓娅之死震撼了苏联人民，斯大林震怒，下令对德军332团格杀勿论，不留活口。施暴者终亡于暴力。

卓娅，一位美丽姑娘，战争碾碎她青春的梦。她忠诚，不畏侵略者暴行，是祖国的殉难者，千万人追寻她的足迹，用鲜血浇灌今天沃土。正如红场无名烈士墓前不息的生命之火，照亮大理石上的镌刻：你的名字无人知晓，你的功绩永世长存。

笔下的真情

S.A.阿列克谢耶维奇，白俄罗斯作家，2015年获诺贝尔文学奖。1948年出生的她，四年跑两百多个城镇农村，采访数百名参加过卫国战争中的妇女，1984年，发表作品《战争中没有女性》。还原卫国战争中，女人爬冰卧雪，经战火硝烟，磨砺坚韧顽强，使得柔情粗糙严峻，宽容变得冷酷，虽赢得战争，却失去女性自身，女人味消散了。她用女性独特心灵描绘出战争的残酷，11月，获苏联最高苏维埃主席团颁发的荣誉奖章。

1999年年末，她推出新作《锌皮娃娃兵》。揭露1979年至1989年，苏军侵略阿富汗的残酷罪恶，上前线杀人就为了回家。军官晚上躺床上，用手枪打碎电灯泡，因为懒得下床关灯，上司一道命令：把驮运队消灭掉。嗒嗒嗒，到处听到受伤骆驼狂叫。阿富汗男孩匕首扎进修车的苏联司机背后，被打成筛子。中尉见路边婴儿，担心饿死，与司机送进村庄，阿富汗妇女用锄头锄掉两人脑袋，从此，目击的侦察兵回国，婚后依然惧怕女人。锌皮棺材里躺着俄罗斯母亲的两个儿子，母亲仍原样保留他们的东西，认为他俩还活着。《真理报》誉为阿富汗圣母的女兵，前线士兵称“闷罐女郎”，她却认为自己是妓女……

血流淌文字间，骨碴飞溅，胆怯，狂妄，卑贱，恶心，战争扭曲的人格，比比皆是。作者灰色眼睛流露忧思，纤细笔头记录钢甲辗过的真实，在国家意志黑暗处点燃一把火，照亮战争伤疤，让所谓崇高化为灰烬。一位运动员出身的侦察兵，体壮凶猛，匕首一刀致敌命，可没见过老婆长相，他说：“没有眼睛……我明白了这些……可是有多少人有眼无珠啊。我有眼睛时，比现在瞎得更厉害。”他反省，也自我救赎。苏军入侵10年伤亡5万人，耗资450亿卢布，成苏共倒台、苏联解体的前奏。战争播撒仇恨，后来一支受美中央情报局培训的反苏游击队头目——拉登，15年后，制造骇人听闻的9·11事件，纽约双子座塔楼轰然倒地。美军杀回阿富汗，塔利班政权倒台，历史惊人地相似，海豹突击队击毙拉登，阿富汗杀戮并没停止。

一个柔弱女子，走笔写真实，新作《切尔诺贝利的回忆》，对核灾难再思考，鲜活生命离去或残喘，谎言弥漫政坛。她写作前采访许多当事人，点点滴滴汇集，无修饰文字却更具力量，她的文章是跑出来的，这需勇气，也要毅力。诺贝尔颁奖评价：她的复调书写，是对我们时代的苦难和勇气的纪念。

莫斯科的夜，静悄悄。俄罗斯姑娘款款走过，高雅气质映亮了灯光，石板上足音臬臬，不小心，她遁入幽暗，背影仍婀娜悠长。人说，欧洲有德国汽车、瑞士手表、法国香水和俄罗斯美女。她们遗传了斯拉夫人、波斯人、蒙古人、突厥人的风韵，大眼睛含一汪秋水，忧郁的眼神怅惘着什么？

我想起俄罗斯著名女诗人——玛丽娜·茨维塔耶娃，她父亲是莫斯科大学艺术史教授，母亲是著名钢琴家鲁宾斯的学生。女诗人一生贫困、孤独，为寻找无唇之爱，在灵与肉的困惑中颠沛流离，为活下去甘当洗碗工。她诗中写道：

像这样细细地听，如河口
凝神听自己的源头。
像这样深深地嗅，嗅一朵
小花，直到知觉化为乌有。

写于2013年9月30日

伦敦：古堡之都

来到伦敦，我仿佛落入年迈气喘的城堡中。多少年来，一座座古堡蛰伏路边，身上的黄褐斑，像只爬上岸的玳瑁，七彩玻璃眼幽幽闪，目视街市的人流，大英博物馆就身居其中。

大英博物馆

它始建于1753年，门口八根高大白圆柱，托起三角顶，气势恢宏，顶上雕塑人物鲜活，一位长者手拄拐杖，滔滔讲述着什么。我踏入大厅，阳光穿过玻璃顶，洒向一尊白石雕——掷铁饼者。他低下英俊的脸，握铁饼的右臂肌肉鼓胀，甩向肩后，左脚跟已抬起，身子将急速旋转。几世纪前，英国得到他头部残缺的身子，复原时，装上了其他作品的头部，加上奥运会海报、外展等宣传，著名雕像就此诞生。可这一做法恰恰忽略了艺术真实，米隆原作为青铜，他的脸应右侧向后，方符合运动身姿。要不是存世27件仿品中，有一件罗马出土的是完整的，谬误仍会继续。

希腊罗马文物馆白大理石群雕，骑士们优雅策马，马蹄交错，马腿暴出根根细血管，是战争场景吗？可惜未见刀枪，像仪仗队。另一匹硕大的石雕马，仅前半身，后半身还蹲博物馆黑暗库房。它头甩向左，饱满的胸脯，微张的嘴，鼓瞪的眼，人挨近了，能听见响亮的喷鼻声，恨不能骑上去扬鞭飞驰。我国汉武帝的汗血宝马，唐三彩马，都陪伴主人，站墓中守望，成吉思汗，马背弯弓铸霸业。史中盛世，离不开对马的依赖。

英国考古学家对古希腊“白色文明”探寻，发现石雕曾上色，惊醒了250年来的颜色观。英国工业革命后，为奠定西方世界文化中心地位，古希腊被视为欧洲文明起源，白色大理石雕塑成为象征，英女皇披白色婚纱，延续这一美感，博物馆不惜磨去污色，凸显美的纯粹。可爱琴海浪花掩不住史迹，近年，英国专家赴希腊实地考察，科学鉴定颠覆了白色认知，历史恢复了2000年前的灿烂。这久违的绚丽来自埃及。

5000年前，古埃及率先跨入文明。金字塔、狮身人面、法老像诸多大型石雕，大量使用彩绘，西亚文物馆可见缤纷的遗存。希腊雇佣兵在对埃及的战争中，观摩了埃及文化，打开色彩之门，对后世绘画、装饰艺术影响深远。

一块玻璃罩中的黑石——罗塞塔石碑，是镇馆之宝，它残缺地躺那儿，上面刻三种文字（希腊文、古埃及文、通俗体文），为解读失传千年古埃及象形文字密码。正如我国学者研读甲骨文，方知文明的起源与传承。

现在，大英博物馆研究转向平民，那时埃及人民，在法老野蛮统治下，是否生活得水深火热？对古埃及人3000年前纺织服饰、面包、人体营养均衡、房屋注重隐私等考证，答案是否定的。可见，史学研究无止境，能否凭考古证据说话，看到中国真实的平民史？

东方艺术文物馆里，正面悬一幅巨大壁画，三位菩萨，眼含慈悲，衣袂飘逸，下颌饱满，颇具唐风，我心惶惶，他们吟诵经典，不知已身处异国。为运输方便，画像均裁为三截，破坏了彩绘的整体观感。二十世纪二三十年代，中国大古董商卢芹斋收购山西寺庙宋代壁画，转卖给大英博物馆，博物馆专家清理时发现中间有条缝，小心揭开后见唐代彩绘，画面完整精美，大喜过望。也许就是我眼前这幅？

东晋顾恺之绢本设色《女史箴图》也藏于此，古绢泛黄，仍挡不住纤秀女子盈步画中，悦色讲女子规，这是我国保存下来最早的绘画。中国水墨画起源于唐代诗人王维，可惜他的画作早已失传。国弱盗兴，家贫是存不住东西的。忆起敦煌文物送京途中遭清朝官员分赃，后不知去向;1942 年，四川彭山汉墓出土的石雕《秘戏图》，其辟邪厌胜风俗，与殷商丧葬文化有承继关系，引来学术界轰动，“文革”中在北京故宫博物院被砸毁，令人痛惜。相比，它还算幸运，起码体现了对文化的一份尊重与敬畏。

这里藏有元至正十一年款青花象耳大瓶，惜未得一见。英国文物学家从它身上揭开元青花的隐秘，推翻我国青花始于明朝的史论。前几年，元青花鬼谷子下山图罐在伦敦拍出两亿身价，与学术研究不无关联。展柜角落，放三只明成化斗彩鸡缸杯，公鸡冠嫣红，挺胸抖霸气，小酒杯不起眼，当朝值银十万两。徐志摩《再别康桥》中说，轻轻的我走了，正如我轻轻地来，我轻轻地招手，不带走一片云彩……我不免仿诗一首，轻轻的鸡缸杯走了，正如它轻轻地来，公鸡轻轻地甩头，不叼走一两银子。

历史在这儿沉睡，却为游人苏醒。

牛津，剑桥

著名学府牛津、剑桥，扎堆古堡里，占地虽不大，建筑却各具特色，哥特式、拜占庭，个性化的建筑设计，也许能引发不同的学术争拗。这些数百年老店对外开放，吸纳全球聪明年轻人。

电影《哈利·波特》，拍摄于牛津，影片放映后，引来大批游人，基督教会学院门口买票者排成长龙，礼堂内精致的古典装潢，夺人眼球。

学院间狭窄甬道，青石板盈盈的，似水流淌，两边厚重石墙，挤上天空，拉出细长的蔚蓝，逼仄人的呼吸，映出孤独的情绪。人不觉进入一条通道，苦心阅读，思考绵延，灵魂攀升，心灵天空逐渐打开，泛滥开去……这时，一位穿黑长袍的中年女教授，夹着讲义，从我身边擦过，留一抹书香，随足音渐渐飘逝。

牛津有国王学院、皇后学院，听名字似彰显皇权，其实，是皇族过生日捐资兴建的，对知识的向往，已渗入民族血液。自由的空气，在古堡间游荡，英女王看《温莎的风流娘儿们》剧，对结尾很不满，要莎士比亚改剧本，莎翁只当没听见，照演不误。帝王威权受到限制。满清慈禧太后，为庆六十大寿，拿北洋水师的钱建颐和园，对“打一拳，两个钱，踢一脚，三个钱。”不怕挨打，一心办义学的武训，也就赏件黄马褂，打发了事。当今，国内文化官员的审查，弄得编剧导演个个腿软。

剑桥三一学院门口，栽棵苹果树。牛顿曾就读于此，他让掉落的苹果砸中，推演出万有引力定律。美国乔布斯，啃一口苹果，iPad、iPhone 流行全球。我们味蕾敏锐，舌尖舔舔，就知道哪个是蛇果，哪个是富士。

皇家城堡

温莎、爱丁堡城堡，为皇家所建，虎踞高处。

爱丁堡城堡建于山顶，城垛、方形箭孔凸显它的防御功能，以保卫苏格兰王室的安全。里面陈列女王的王冠、权杖，上镶红宝、钻石，灯下晶亮闪耀，引游人驻足。另一间屋内，一扇对开木门，吸引了我，它矮矮的，半身子高，不起眼儿，蹲下可见黑漆彩绘，画的桃园三结义，刘关张神态各异。这件清朝工艺品，怎么跑这儿来了？看来艺术没排斥，只有吸纳。

温莎城堡，有气势多了，宏大不说，陈设尽显皇家气派。穹顶的壁画，波斯的地毯，陈列的宝剑，一下将你带回中世纪。一对橡木架上，摆着乾隆祭蓝釉葫芦瓶，当间卧一螭龙，支起前爪，用力向上探身，与另一只对峙。还有一对青釉瓶，釉水肥厚，润润发玉石光，属乾隆官窑精品。另一间屋中，靠墙摆对青花瓷大罐，一米二高，圆馒头盖，连环画似绘刀马人、西厢记等历史故事，古人活在一片幽蓝中，诉说情感，潇洒人生。从青花画工看，应属康熙民窑外销瓷。这么大个儿，难得烧造、保存，青花发色艳丽，绘画如此精美，国内博物馆也难得一见。

我正观赏着，一位胖胖的中年女工作人员，轻轻走过来，冲我一笑，指指罐子说，China。我说，Yes，China。心生得意。这里的中国瓷瓶都镶嵌铜座，彰显豪华，而英国瓷器，则摆橱柜里，素面朝天，上面绘帆船、街市、人物，油画技巧娴熟，立体感强，但胎质疏松，难为上品。国瓷享誉世界，是大自然对我们的恩泽。

古堡悠悠，文化绵长。

2012 年 8 月 5 日于广州

火辣印度

五月底，飞机降落新德里机场，出到大厅，一股热浪扑来。黝黑印度导游说：今天很凉快，只有41度。我“呃？”一声。

印度国名来自唐玄奘，他放弃天竺、身毒等名称，依据当地发音，称印度，他来这儿学佛时，也许天更热？首都新德里是对旧德里而言，统称德里市。我去莲花庙参观，头顶太阳烤，人灼热无汗，像跨越新疆火焰山。它1986年建成，像朵大白莲，莲花为印度国花，这儿为地标，印度教载体？阳光舔甬道，我穿袜子走，烫得跳脚，皮肤黝黑的印度人，赤脚慢悠悠行走，脚茧够厚的。室内宽敞雪白，无一尊宗教塑像，听不到念经、圣曲，印度人默默坐椅上，合掌低头祈祷，诉无声心愿。这儿叫庙牵强，该称祈祷场。我坐那儿，抱怨活得累。有细声语：多欲。我说：那活什么劲儿？他说：欲高，无达。便无声了。我四望无人，悟出反省，心渐静了，一股清凉卷着纷杂而去。

红堡——莫卧儿帝国皇宫。1639年，莫卧儿王朝第五代皇帝沙贾汗兴建，长915米、宽518米的红砂岩城堡，巍峨红墙望着清澈的亚穆纳河，空荡荡院落、陈设，往日浮华飘零，庭院草坪绿茵，热流锁宁静。红柱回廊的公共大厅，国王坐此听取民声，百姓与权力中心，拉条通畅管道，民众那么多诉求，国王受得了吗？8月15独立日，尼赫鲁诸总统每年来拉合尔门前，对民众演讲，不知有没有对话，听下面万岁欢呼，或严厉质询？卡斯墙壁上刻著名的波斯对联：如果有人间天堂，它是这里，就是这里，就是在这里。这寂寞天堂，谁愿待着？

斋普尔，粉红城。哈瓦宫殿粉墙前，一位中国高挑靓女站那儿，身着印度红裙，眉心点红，秒杀镜头，她似团火，点燃浪漫之城。城市宫殿博物馆，陈设许多历史文物，18公斤金线织的古装，镶红绿宝石的剑，345公斤的银瓮，装满恒河圣水。想象国王黄金满身，握猩红剑柄，一道道白光闪过，累了，浇恒河水沐浴，洗去豪奢、杀戮，净化灵魂。还存放王公斋辛格用阿拉伯语与梵文翻译的希腊数学家欧几米德手稿，公元三世纪，阿拉伯数字由古印度科学家巴格达发明，0起源受佛教大空的影响，表示一切皆空，古算数是否来自印度佛教僧侣？后诞生著名数学家拉马努金。图书馆里，展示古典史诗《罗摩衍那》《摩诃婆罗多》等史上文卷，没有它们，就没有诗人泰戈尔。粉红墙绵长，书卷气回荡。

简塔·曼塔天文台，砖石结构，建于1728年。世界最大的撒穆拉特·曼陀罗日晷，大理石钟盘时间到秒，还有对星座、地球经纬度的考证设施。天体从哪儿来，到哪儿去？这宏大宇宙命题，印度先民曾孜孜探索，今天，他们软件开发独占鳌头，也算一脉相承。晚上，我回酒店吃咖喱炒菜，舌尖辛辣，以辣抗热，印度奇招。饭后下游泳池游泳，楼顶飞落的鸽子降池边喝水，白天路过鸽子笼般贫民窟，高架桥下栖息带几个孩子的疲惫母亲，铺盖简单肮脏，承受炙热。中国饱受诟病的计划生育，一道生命难题，起码消除些贫困。印度想搞计划生育，推行不了，民主制难违民意，思想的富有，生存的贫瘠，我心灼热凄凉。

阿格拉，坐落泰姬陵。白大理石优美曲线，散来女性柔美。我沿水道走近，浑圆浮水面，如轮满月皎洁，风起鳞波，奏清心的乐。1631年，沙贾汗王为已故爱妃泰姬·玛哈尔所建陵墓，耗时22年，称印度珍珠。白云飘飘，泰姬陵游荡蔚蓝，如王妃穿曳地白裙，天域间微笑铃舞。这世界第七大奇迹，奏缠绵爱曲，载帝王对爱妃的思念，横亘于男性主宰的世界。距这儿两公里的阿格拉堡，沙贾汗王儿子奥朗则夺权后，将他关押于此，遥望泰姬陵，一颗爱的泪珠，凝惨白月光。他死后葬于泰姬陵，相守爱的纪念碑。

我来印度，想追寻佛祖的脚步，没料佛教在发源地，已基本灭绝，信徒不足两千万。原来，佛教教义与种姓制度相冲突，印度分四等级，婆罗门，僧侣贵族；刹帝利，军事行政贵族；吠舍，自由平民；首陀罗，土著。佛教崇尚众生平等，与统治者意志背离。导游说：佛教就是辩论。有一定道理，西藏寺庙仍有辩经。佛教除分裂为大小乘外，空洞化的高端辩论，也渐渐失去本土民众。东汉时，佛教进入中国，不断走向民俗，观音女性化，布袋和尚的弥勒佛，同化步伐，延伸教义，儒、道、释从对抗走向融合，佛教才具活力，不为帝王左右。我认为，讲人与人，是儒；人与自然，是道；人与心，是佛。一个宗教，占有它独居空间，才能生存流传。英法联军凭船坚炮利轰开中国国门，基督教想三教合一，实现精神占有，反舍本求末，国人心里已没它的位置。

我参观甘地墓，绿茵中，四柱高耸的穹顶，彰显伟岸。这位非暴力领袖，让印度脱离英联邦，宣布独立。巴基斯坦，聚集穆斯林教徒，分治后宗教仇杀，他呼吁各教派团结，最终倒在狂热印度教徒枪下。宗教慈悲为怀，博爱万众，为何杀戮不断，火药味儿十足？几天前，法国巴黎又现宗教极端组织恐怖杀戮。宗教，世界各民族的精神依托，关爱为宗旨，包容为本源，理解为路径，红十字军远征，已一去不返。

感受佛文化，得到东印度，美轮美奂佛造像，释迦牟尼讲经场。印度人，谦卑着他的高贵，贫困着他的富足，炽热着他的智慧，有什么不好呢？

写于2016年7月27日

寺都一瞥

今年四月初，我游尼泊尔，二十五日发生 8.1 级地震，朋友纷纷担忧，赶上啦？快归。加德满都部分古建筑倒塌，尘埃落定，我坐广州书桌前心无释怀，难忘那最后一瞥。

我抵达当天看博大哈大佛塔，三层八角台阶上，坐落半圆塔身，典型“佛塔风格”，宏大气派为世界之最，通体洁白，将无瑕远播。方头绘四个巨大神眼，无论走到哪儿，我都感受到长睫毛下的关注，眼上的镀金法轮，引领涅槃之路。2500 年来，佛眼一直体民、通慧？遥想藏民的天珠，佛眼贴身，吉祥永恒。

晚，我出门逛街，路边矮楼黝黑，商铺灯昏黄，旱季这儿停电 17 个小时，酒店靠自个儿发电。夜笼漆黑，滋生想象，我遥想两千年前蓝毗尼的月夜，提笔写下：

哪的风？
吹熄街灯、明窗，
浓墨，
涂抹陈迹魅影，
心颤悸。
黑的夜，黑的发，黑的眼，
触摸，
缥缈边际。

千年风，
吹来淡淡酥油香，
光芒中，
凸显一个销骨人形。
菩提树，
抖落
几颗金星，
无意
敲开夜的眼睛。

翌日，杜巴广场湿婆神庙中，妇女走到角落黢黑的神像前，轻放束白花，合掌拜三拜，食指点碗里朱砂于眉心，默默离去。龛中酥油灯摇曳，静谧中，空气流淌虔诚，没有门票，更无兜售。五层高台上三界魔力寺，一对对石象、石兽，高大立石梯边，双眼炯炯。我登高阶而上，寺顶尽收，古风盎然，清凉拂面，爽。

广场南端，一座三层木雕瓦顶德蕾珠女神庙，白墙，褐色木窗雕欲飞孔雀，诸多神像，门口一对彩色石狮，号库玛丽之家。库玛丽——处女神，来自佛教释迦族，庙为印度教，可见教派融合源远流长。选定女孩需在已宰杀的 108 头牛羊间穿行，无惧色，一个活女神应战胜邪恶，保护市镇。她有强大的力量，每年给国王、皇室和政府官员祈福，以祝成功。她脚不沾地，怕灰尘玷污，生活由吉代达尔的女人负责，家人看望也得保持距离。一个小女孩，给家庭带来荣耀，也远离了嬉戏、玩耍的童真，父母贴身的关爱。

我站人群中等待，三楼窗口，九岁的她来了，一身猩红，脖颈挂蛇王金项链，保佑农民雨季免受蛇咬，远离愤怒。她下眼长长的眼线，拉至太阳穴，眼光单纯、肃穆、庄严，额头涂红色蒂戈，代表宇宙的强大力量，中心绘第三只眼，突兀神力。虽短短几分钟，那眼神却深埋我心中。

这次地震时，她守在屋，没害怕，敢面对死亡微笑，可待月经来潮，她会过好凡人的日子吗？

下午，游帕坦城，三百多年前的宫殿。门口俩方塔，砖木结构，属“纽瓦丽”风格，斜撑木梁灰黑，满是雕刻，多神像、合欢宗教题材。黝黑的石雕神像，仍诉说着佛的教义，距今已两千年。是宗教引领权力，还是权力利用宗教？我不敢妄下定论，一个有信仰的民族，他的伟岸已灌注魂魄。

长方形二层楼宫殿，四合院式。我买票上二楼博物馆，幸遇北京妇女与馆员英语交谈。过道中黑亮石雕，中心竖立柱，磨盘平面四条浅沟，馆员说：这是尼泊尔古老的生殖崇拜。雕塑以山水显现，颇具象征意味儿。我国多以孕妇形象，孔子则讲仁山智水，文化差异捉弄人的眼光，也开拓人眼界。看橱窗元代铜佛，馆员说：你们元朝时代，我国一个工匠去中国，学到铸造技术，回国开始造佛。我心花暗放，佛教发源地，得我国文化反哺，岂不乐事？

看完后，我问尼泊尔导游小尼，他说：没听说。有一个尼泊尔人到西藏，造佛、塔，名气大，忽必烈请他进京，做了许多佛建筑，据说，北海公园白塔是他建的，最后，没能回国，葬在了北京。他漫不经心地说。这位出身刹帝利种姓的人，高傲地维护自身文化，可不管怎样，你来我往，文化在交流中融汇、成长。可惜的是，帕坦遭地震重创，撕裂一道伤口，那些文物是否安好？小尼，你安全吗？

面对自然灾害，文化这般脆弱，坚硬有坚硬的摧毁，柔软有柔软的力道，物化的神祠，怎抵人心追寻？当地保护者说：重建时先用坍塌的旧砖，尘土也不要扔，要收集起来。考古局长达哈尔说：重建，要跟原先一模一样，采用古代技术与材料。印证尼泊尔国徽上的格言：祖国比天堂更宝贵。砖头、瓦片、木雕、文物都得以妥善保护。《尼泊尔人建筑》一书，有较全的古建筑资料，书中文献，许多来自英国。我国汶川地震，受损的文物古迹，却难找一套完整的震前档案。尼泊尔政府已决定将国家建设修缮基金百分之十用于古迹恢复，这远远不够，但有宗教信仰的民族，文化聚合力胜于金钱。

世界文化遗产牵动无数人心，善待文化，就是善待自己，文化无国界，思想有光华。

震前，我据观感，曾写首诗：

帕坦
红瓦陷入尘埃
打开
木雕的灰色记忆。
金黄方塔
惊骇
马拉国王的呓语。
乌鸦聒噪
安抚
一只慵睡的白狗。
宫殿一缕蓝光
跳过
凶猛石狮
穿越
墙壁裂隙
刺向
根根剥落的柱梁。
风卷沙
无意关闭
那扇
孤寂的窗。

临行，登猴庙，又称斯瓦扬布拉特。踏上信徒磨损的台阶，我虔诚膜拜，这是亚洲最古老的藏传佛教圣迹，相传释迦牟尼曾亲临此地。五世纪建造的佛塔，辉煌它的金顶，散发神秘之光。一座黝黑的石刻尖塔，挺拔俊秀，底座生动的浮雕佛像，塔尖似紧闭的莲花瓣，属“锡克哈拉风”，锡克哈拉，梵语中的山峰。藏族多拜山，表达对自然的敬畏。

我进大殿，拜佛，捐款。旁边一位中年喇嘛，一把拉着我的手，说：中国来的？

我扭脸问：你怎么知道？

看你戴的老蜜蜡就知道了。他笑了笑说。我戴手串的右手一阵暖热，（蜜蜡是藏教的信物，黄色代表土地。）人在国外遇亲切，难得，我问：你西藏来的？他点点头。没聊两句，他说带我看看，领我到他三楼宿舍，屋子摆张床，狭小凌乱。他让我坐床上，给我戴黄绿绳手环，说是班禅大师给的，吉祥。临走，非送我一颗舍利，比绿豆小的白珠，有点儿像脑舍利。我忙推辞：这，这怎么行？

他拿小塑料袋仔细装好，一把塞我手里，瞥我一眼，深有感情地说：不当紧，信佛之人，讲的是个缘分。当热情突然来临，我却拉长了警觉，跟他平淡分手后，我走下山，心中不断反省：会不会小人之心？我手心攥汗，沾湿袋子，脚不觉重了。当人文生态恶化，隔膜成常态，习惯便挤出去了坦诚、信赖，我并无推脱，只余心中绞痛的忏悔。路边，一位喇嘛正五体投地对佛祖膜拜，一次，又一次……山底，几只猴子作揖乞讨，眼含期盼，令人悲悯。

我得知地震后的猴庙，玛拉王朝国王与王后的舍利塔，一座劈去一半，一座摇摇欲坠，用木支撑，让人惋惜，但愿早日恢复古老的神圣。那位不知姓名的胖喇嘛，心暖人知，我只能送上微薄的敬意与祝福！

写于 2015 年 5 月 10 日

晨观喜马拉雅

尼泊尔纳加阔特，晨曦中，喜马拉雅山峰，白絮飘浮，神秘面纱隐娇容。风掠雾，大朵云起伏滑行，像印度少女跳脚铃舞，纱丽半遮，胯摆肚皮颤。云也捉迷藏，偶尔开个窗，袒露雪山洁白肌肤，给你个诱惑，转眼无情逃去。朝阳涌，弄纱屏，万根金针难破，霞光炫妖娆，独不见喜马拉雅雪山，我无奈发出一声叹息。

两天后的博卡拉。清晨，我登上萨朗科山顶，已有几百人聚集，导游安排上高台，视野顿阔。对面安娜普娜雪山，跌宕喜马拉雅山脉，月悬半空，它呈淡青色，芒不外露，收敛气息，似沉吟的思者悠然打坐，清心隽永。天亮了，光斜照鱼尾峰，斧劈陡峭雪壁，危踞山巅，虎视群雄，尖峰刺苍穹，欲与天公较高下。阳光乍起，光芒射雪板，金华凝聚，活脱脱幻来金山，宛如辉煌的藏庙，无声灿烂。不一会儿，山现黑灰色肌理，沟壑纵横容貌，一袭皱衣，似虔诚的朝觐者，内心炽热，外表那么苍凉，咯噔、咯噔，赤脚踩砾石，艰辛跋涉，追逐一个梦想，一个灵魂的皈依。

面对奇伟，我闻到冰的气味，寡淡薄荷的凛冽，一股冷流灌顶，涤去杂思。我来何地，归何处？一切皆茫然，只余静静守望。阳光凝鱼尾峰，晶莹如莲花，祥云环绕飞升。我似根羽毛，围洁白飘浮，不知所终……

写于2015年4月15日

越南中国风

2012年11月，我到越南胡志明市，这儿原叫西贡，中国西汉时命名，为纪念越共创始人改名。不远处的湄公河，即发源于我国境内的澜沧江，流经缅甸、老挝、泰国、柬埔寨、越南，河水九曲十八弯，像缠系东南亚的一条纽带。湄公，越南语母亲的意思，这儿有九个出海口，又叫九龙江。我走河边，水泛红饱满流淌，挤溢河岸青草，树冠蓬勃倾向河心。一条条小河支流，是她发达的乳腺，丰沛雨水，充盈她的乳汁，湄公河三角洲流域，越南最大平原，肥沃富庶，粮食产量占全国一半以上。河岸椰子糖小作坊，大铁锅熬糖浆咕嘟嘟鼓气泡，空气黏稠，吸一口，甜丝丝的，椰香向远方飘浮，荡漾翻滚河水上。

我坐上摇晃的独木舟。姑娘脚丫岔开，穿白色长裙，当地叫奥黛，像中国旗袍，水润凸凹女人风。她细腰婀娜一扭，油亮黑长发一甩，野性妩媚，哗，水荡桨声舟自去。弯曲狭窄的椰林水道，小舟来去穿梭，对面，小伙儿划空舟飞快，我心提嗓子眼儿，相错时，船帮咔咔惊叫，姑娘的桨头轻点船头，那舟哧溜滑入椰林，小伙子空甩手，一脸无奈，姑娘含唇微笑而过。大蕉叶摇曳阳光，她剪影黝黑，厚嘴唇抿着，那神情躲小小斗笠下，也飘逝在热热溽风中，那东方美女含蓄笑容，印留宽大绿蕉叶上。

坐大巴士到头顿，参观保大皇帝避暑行宫。它1933年兴建于耶稣山，越南末代皇帝居所。保大帝叫阮福晪，原名阮福永瑞，阮王朝第13位皇帝，1926年—1955年执政，后期弃帝制称国家元首，他在位时间长，比我国清朝宣统帝幸运，但也难逃被民意罢黜的命运，最终流亡客死法国。二层法式黄楼隐于绿荫山顶，风景秀丽，面积不大，柚木楼梯装潢质朴，房间粉、黄、蓝不同色调，西式沙发、椅布置，简约大方，不显帝王奢华。一楼左边陈列室，摆我国青花瓷，盘、碗、花瓶，它们非原有陈设，属沉船海捞瓷，有的附着螺贝，釉光蚀去，为明末到康熙年间中国生产，出口越南。有的瓶造型别致，绘有童戏、仕女、高士等幽蓝青花图，亲和的风，刮来陈年南海气息，精美瓷器映衬落魄皇室，流露大江东去的感叹。近邻脱不开历史干系，公元前207年，秦始皇在这设南海、桂林、象三郡。公元前111年，西汉汉武帝灭南越国，唐朝设安南都护府，中国封建王朝管辖该地1182年。1859年，法国拿破仑三世占西贡，1884年沦为法国统治。

头顿海滨，越南的芭提雅，越战时美军度假胜地。海风将酒店旗帜展平，哗哗作响，阳光辣，皮肤仍爽。灰色海岸，我脚下沙砾一点点吸空，脚陷下去，任清凉爬脚面。我走进海，水漫过腰，一个浪袭来，越过头顶，推我后退两步。我扎进大海，随浪海豚般起伏，憋半天，仍在浪里。我背对海浪，松弛进退，享受推搡、捶打我的背腰，风助掌力，一下一下使劲，不愧为按摩大师。海南三亚的海蔚蓝，浪软，没这儿硬朗过瘾。

记起胡志明市越战纪念馆，法军奠边府大败后，美军乘虚而入。院子摆架美军黑鹰直升机，旋翼耷拉着，老态龙钟。想当年，旋翼轰鸣，飞越山间，转筒机枪炙热，子弹呼啸森林，风旋树梢释血腥。1968年，我在郑州上学，高炮部队从越南轮战回国，冬天寒风中摇三七高炮筒训练，不少人铁血越南战场，那时，两国军人血凝在一起。馆内一幅大照片，一棵树倒进沼泽，没根，没头，半边泡水中，袒露灰白树干，阳光下啵、啵爆裂，一条条裂纹蛇行，岁月侵蚀，它该朽了，可黑缝扭曲狰狞，沉寂强悍风骨，直抵天际蔚蓝。

200多年历史的“鲸鱼庙”，屋上龙的雕塑生动威猛。玻璃橱柜摆着巨大鲸鱼骨，渔民出海前，必拜祭，求平安。石柱上刻着褐色汉字，我问导游："这是华人庙吗？"

他说："不，150年前，越南还用汉字呢。"中国东汉开始，汉字大规模传入越南，法国入侵越南后，创建现在的越南文，逐渐取代汉字，越南拉丁字母文字，仍保留百分之七十的汉越音词汇。古迹上汉字遒劲而苍老，文字变迁，历经几代人，识别苦痛已淡去，晚清中国贫弱，汉文化圈缩小了。

导游说："新越南文好学，好记。"也许一个民族风，不仅要坚守，也须吸纳放弃。

追溯越南民族源头，相传祖先是管辖海洋的龙帝，名孙明。龙帝是黄帝的儿子，娶高山长生不老的女儿、风华绝代的温姬公主，生育了100多个儿子，成立百越王国。这里农历春节，是最盛大的节日，当地有句民谣：肥肉姜葱红对联，幡旗爆竹大粽粑。贴对联，放炮仗，吃好的，跟我国风俗一样。肉粽荷叶包裹，象征大地生机勃勃，猪肉绿豆沙代表飞禽走兽，是当地的独特象征，寄托新年美好愿望。越南人笃信佛教，过春节不能吵架、说粗话，去寺庙拜佛，摘枝绿叶回家，叫求禄，当地语"绿"与"禄"同音，图个吉利。新年快来了，祝他们来年好运。

走进一家路边店，一个老式木质电扇头顶呼啦啦旋转，我想起《情人》——玛格丽特·杜拉斯的自传体小说。记录1929年西贡，贫穷的法裔少女与富裕贵族华裔的爱情故事。小说改编电影，1992年在法国上映，幽暗的光影，凄美的情愫，南亚的风情，看过难忘却。现在，华侨占胡志明市人口的百分之十二，文化情结仍一脉流淌，国内来观光的人多，不少越南人学汉语，我们的导游就是越南人，他下班后晚上攻读汉语，听广播，一字一字学，他发音挺标准，这也开辟了条文化传播渠道。文化应互动，"文革"看越南电影《琛姑娘的森林》，美丽机智的琛姑娘，让我们这些当兵的很议论一阵子。

文化随风传，友好自久长。

写于2013年1月5日

马尔代夫的海

我从广州飞六小时，到马尔代夫首都马累。一出机场，黝黑小伙热情接过行李，办妥转机、托运，再飞一个多小时，转乘快艇，抵微陵姬丽岛。

我凌晨抵达香格里拉酒店。钢架木屋坐落海上，坐电瓶车走木道，嘎嗒、嘎嗒响，木板松弛，道边灯亮，我想起迪拜棕榈岛，灵感来自马尔代夫？白人管家开门介绍各种设施，安排活动日程，房间 188 平方米，够宽敞，送水果、香槟。

早上，水屋坐沙滩，唰嗒、唰嗒，海水拍楼梯闹。海水清蓝荡白沙，五颜六色的鱼嬉戏珊瑚礁。望着涌来的天堂水，赤道风推着，摇着，晃着，像硕大的水晶摇篮。我觉得年轻女子该来，可品味纯洁的浪漫；年长人也该来，可体味复杂后的纯粹。同行广东南海的一对新婚夫妻，站水屋前拍照，婚纱吻海浪，笑容融阳光。

随后，我电话招车至门口，拉去餐厅，进门，女服务员问：有什么能帮到您？软软台湾腔，聊天得知，她来自新加坡。餐毕，黑壮厨师来桌边，问：味道怎么样？吃得愉快吗？问候暖心。若说享受国王般待遇，有点儿夸张，但服务贴身，待如贵宾。软文明不停揉搓我的硬心肠，绷紧神经渐渐松弛，国内电视喋喋不休的防人术，让人竖起狗般耳朵。这境遇，人生和气，不添脾气，我声调不由降了，哈啰挂嘴边，四周干净，只得将烟头憋回烟盒。小黑做卫生，表情谦和，手脚轻快，我在屋，似乎不觉他的存在。他略谦卑的眼神，不让你高傲，只互相点头认可，眼神传递仁爱，他们骨子里的温和，感染、化解种族、语言、地域的差异。

尊重——文化之华，是沟通、传播的媒介。我水屋门口摆个灰陶罐，直立撇口造型，刻似中国女阴图案，象征生殖崇拜。中华历代部落、王朝，都重人口，吃穿税赋来自农耕，卫疆守土，少不了兵士，改革开放，我国靠的人口红利。可造型没孕妇的圆润，应表现海波，岛国食物链，必诞生海洋崇拜，当地人对海洋朴实的尊重，近海禁钓、捕鱼，保护生态。屋墙悬挂块丝绸，缀串串小珠，满身印度风情，穿上会不舒服。我们美在含蓄，绣品、织花，舒适第一，纺精图秀；他们衣着透高贵，美在炫耀，舒服另说，我在印度曾见几十斤的皇服，帝王身体够棒，穿上累不累？可见文化审美差异，正如两千多年前，中原青铜礼器与三星堆凸眼高鼻的反差。其实，文化无论大小、优劣、影响，你都得尊重它，爱护它，它特意开个窗口，一个新视角，也许能探索另一奇异世界。

第二天上午九点，水上中心集合，潜水镜、吸气管、鸭蹼，租借不收费。我乘快艇出海，海风呼呼，荡一片湛蓝，40 分钟后，艇离大礁石不远停下。我穿救生衣，顺艇边梯下，落水猛点儿，呛口水，喉咙齁咸，憋得连吐几口。我嘴含吸气管浮潜水面，脚打鸭蹼，透过潜水镜看海底。褐黄珊瑚礁，巴掌大的鱼，鹅黄黑脊，侧身游，像女模特臭美。另一条粉红鱼，小嘴嘬巴，身子来回扭，挺性感。一只大海龟扒拉俩前爪，慢悠悠像老牛。一条大海鳗头扎珊瑚礁，尾一动不动，具鸵鸟风范。我追浑身金黄黑道的鱼群，五六十条呼啦啦过去，呼啦啦过来，谁也不离谁，军队行进般整齐。一条黑鱼，我眼看摸到它，一使劲，呛口水，它缓缓游，眼珠上翻，待理不理的，像八大山人画中鱼，孤傲牛气，真有你的！鱼游入浅礁，近在眼前，我担心划伤，两腿来回打，快速游出浅水礁盘。眼望自在的鱼，耳听呼啦、呼啦的呼吸声，自己仿佛成了鱼，一条笨拙快乐的鱼。

又一天，我出海看海豚。船行海上，浪大风急，颠簸站不稳，天阴沉，阳光泻下乌云，一道道竖天边。突然，一只海豚跳出水面，画条优美白弧，溅落水中，接着几只追逐船浪，呜呜跳跃嬉戏，欢快激荡海面。我感慨写首《海韵》：

碧波盈雪荡瑚礁，
菩提扬枝拂小桥。
光耀鳞闪千般艳，
艇激豚跃万姿跳。
风幻云影霓裳舞，
雨拨浪弦歌涌潮。
安得泄来天堂水，
身心入海尽逍遥。

下午，我在阳台躺椅上看乌云飘逸、变幻，太阳隐现，构图奇妙，动态的，每秒不一样，像梵高，也像张大千的妙笔。不久，海风呼呼，我裤子抖颤，闻到腥咸的气味，淡淡甜泛舌尖。啪嗒、啪嗒大雨点砸下，我躲进屋，木门咣当、咣当响，费力阻挡凛然威风。岸边树齐齐往里倒，椰树菊花般张合，柔韧抵御嚣张，如女人泪花浇熄家庭风暴。我站屋檐下吸烟。渐风小雨密，天地茫茫，混沌如人初始，恍惚了欲望，心静致远，也可安享。雨水脚边吧嗒，湿润空气滑入肺，洗净五脏六腑，四周沉入一片洁净。

我回屋躺椅上，拿旅游书掉张纸片，前中国游客写的：空气真干净。负氧离子在这儿平常，换北京太奢侈。我们出外旅游，耳目清新，回家抖搂疲惫，复归浑浊，任温馨沉入记忆。书中介绍，马尔代夫，298 平方公里陆地，1192 个珊瑚岛，星星般散落印度洋，平均海拔仅 1.8 米，气候变暖，这璀璨明珠能闪五十年么？卡尼岛曾毁于海啸，后重建接待游客，一缕沉沦的悲凉，梅花针刺入心。一览无余的纯净，一览无余的景色，谁向往？难道人类像大白鲨，吞噬自身存在，甘心沦为鱼虾，或别的海洋生物？

傍晚雨住，葱郁丛林，几只雀鸟飞，霞光映海面，一条浅绿海鳝转圈游，清亮亮海水朝我涌来。大海潮起，浪涌，潮落，浪淡，月牵引它，复咏单调声响，是不止息的探问，还是深深的叹息？

写于 2014 年 10 月 9 日

沙漠王国

阿布扎比郊外，方形圆顶旧宅，矮矮趴着，一溜土黄老屋连大漠，座座沙丘起伏，绵延淌入浩瀚。一队单峰骆驼，踏上沙丘，沿弧线缓缓移动，一串黑点游移，滑入血红夕阳。路边小店，我挑块米色格子方巾，营业员帮扎头上，蛮像中东人，登沙丘，脚一陷一陷，费力气，不一会儿，就口干气喘了。遥想中国古代丝绸之路，打开中西交流通道，踏黄沙，越千里，驼铃声声悠大漠，孤烟袅袅直上云天，是发财之路，也是死亡之道，多少枯骨埋黄沙。我见几只乌鸦，翅羽飞翔耀金光。

1966年的一天，阿布扎比酋长睡帐篷里，木围栏内几十匹骆驼、马，他一辈子积攒的财富。阳光播来热浪，门前马蹄声响，他抹抹惺忪睡眼，见部下翻然落马，慌张跑来，他以为又有部属逃亡困苦之地，来人结结巴巴地说：出出、出油，出油了。

急什么？

黑，黑不溜秋，咕嘟咕嘟咕嘟。

啥家伙？

石、石、石油，我们发、发、发了！

真的？

当然，我亲、亲眼见的，好多，好多呢。

酋长掩去喜悦，跪地祈祷：感谢真主，感谢穆罕默德的恩赐。阿布扎比，阿拉伯语“有羚羊的地方”，酋长遥望沙丘掀浪，一派灿烂流光，几只羚羊逃去。珍珠雪白光泽淡去，这圆溜溜的国家顶级财富，怎比黑乎乎的原油喷涌，美元、黄金随之滚滚而来。1971年12月2日，阿布扎比、迪拜酋长出资养军队、公务员，与沙迦、哈伊马角等五个酋长国，建立阿拉伯联合酋长国。

当年，曾让宠物鹰隼坐头等舱，满世界转悠，尽享豪奢的酋长没有沉溺，他营造环境，沙漠吐新颜，让黑金反哺社会。阿联酋首都阿布扎比，海滨大道路边，一排排椰枣树，高大的桉树，葱绿摇曳。树下，花丛间，铺条条黑管，定时滴灌淡水，以色列发明，在这儿派上用场，绿洲润染大漠浩气。经海水净化的淡水，远途输送，滴水贵如油，绿叶、花香无意摇奢华。阿拉伯风情的小花园、绿草地、喷水池，漫步走入绿色世界，鲜花丛中，空气湿润透明，滤去沙漠的干燥，

我入住阿布扎比皇宫酒店。30亿美元堆出八星级——酋长国宫殿酒店，位于山丘，面对1300米阿拉伯海滩，外形像清真寺，又如阿里巴巴时代的古老皇宫，英国名师设计，建筑具多重象征。门口树木花圃、涌泉、游泳池，抛离荒芜，美丽海滨赏心悦目。我坐阳台看风景，酒店送果盘搁圆几上，没等我吃，三只小鸟飞栏杆上，冲我叽叽喳喳。好吧，我拽几个提子扔地上。小鸟飞来，黑头红冠，胸前一抹红，肚皮绒毛鹅黄，尖喙不停啄食。提子滚落阳台，它扇小翅膀追食物，有时，果子滚过来，它歪头看看你，小眼露稚气，大胆蹦两步，再看你一眼，继续它地追逐。

改变环境得有钱，阿布扎比有的是石油，占全国储油量百分之九十一，迪拜没那么幸运，酋长决心转换石油财富，将迪拜打造成中东、非洲物流中心，旅游胜地。酋长渴望创造奇迹，坦荡敞开国门。有抱负的建筑设计师来了，每幢大楼风格特异，类似的建筑，对不起，长相太差，拜拜，这儿容不下。个性城市，一张生动的脸，车行其中，宛如走进国际建筑博物馆，新奇，别致，古典，现代，浏览东西方文化，团友声声惊讶：哇，哇塞。这里有世界最大的豪宅群，美国高尔夫名将泰格·伍兹也来落户。世界最大的购物中

心，聚世界一线品牌。圣诞节前后服装、名表打折，瑞士表5折以下，不过余下的钱还得买表，算算7折。同团女孩刚大学毕业，给父亲买块“积家”，磨到4.7折，花16万，自己手腕也添块精美名表装饰。谁也甭担心，商家损失由酋长掏腰包，放心优惠游客。滑雪场——世界最大的冰上运动场。棕榈岛，一亿平方米沙石填海建成，外形酷似棕榈树，世界岛，卵形防波堤护卫，誉为世界第八大奇迹。夜晚，未建成的建筑也敞亮灯光，好一座沙漠不夜城，璀璨、光艳，朵朵礼花绽放夜空。当你登上世界第一高——哈利法塔123层观景台，满眼星光逼来，银河真落沙洲了。

为吸引游客，迪拜——客流量世界第一的国际机场。阿联酋航空空姐，身材高挑，一袭粉红衣裙，衬漂亮脸蛋，服务热情周到。七星帆船酒店，坐落海中，光填海耗两年时光，最小客房170平方米，楼上卧室，洗涤用品一色爱马仕，尽显奢华。我坐沙发上，看夕阳染丹霞，紫雾腾蔚蓝，270度观景，一半是海水，一半是沙漠，调侃出水火交融的感觉。海底酒店，人落海洋深处，鱼游头顶和身边嬉戏，自己成海洋一分子。迪拜免税、低税政策，打造中东、非洲物流中心。二十世纪九十年代，印度是走私黄金中心，已移到此，现在，印度香料、波斯地毯、金饰、宝石，供游人选购。我买块纯棉地毯，120元人民币，西亚纹饰，编织精美，比国内便宜，叠起不大，好带。国内不少温州人来做生意，中国商品从这儿流向中东、非洲，现代丝绸之路通达、快捷、方便。

沙漠也没闲着。郊外黄金沙漠，点缀骆驼草、灌木，丰田吉普吼叫着，顺沙丘陡坡一泻而下，人屁股高抛离座，心悬半空，女人呀、呀尖叫，咣，车落地疾驶，吼叫爬坡，心仍怦怦跳，尽享冲沙的刺激。晚上，坐大漠看银河星辰，简易舞台上，中东女人扭臀跳肚皮舞，炫民族风，大眼睛忽闪忽闪，歌声扬异域风情。

2008年金融危机，著名的棕榈岛、世界岛成烫手山芋，炒房者折戟沉沙，吹大的泡沫破灭了。阿布扎比注入迪拜1024亿美元，救兄弟于水火，总算挺过去了，房产业渐渐复苏。其实，当地夏季炎热，最高48度，不利人居，只宜冬季度假。

阿联酋，825万人口国家，印度、巴基斯坦、埃及等外国人占百分之八十八点五，它不担心外国人霸占，入侵？一个开放的国度，宽容待世界，没那么多忧愁。我商场遇山东小伙子，站登喜路专柜，我一下买两根皮带，以表对老乡的支持。遇上武汉旅游学校毕业的男孩子，来这儿实习留下来，五年当上经理，已在武汉买两套房，脸上溢满幸福。国人来此就业，也是个理想选择。当地大学生毕业，15天内安排薪水高不劳累的工作，不干，还可以再安排一次。宽松的就业，奠定社会稳定。

黄沙悄遁去，绿洲逼人来，贫瘠变富庶，恶劣生态化优良环境，是油，是人？阿联酋人不声不响创造奇迹。我国广袤的西北沙漠，中科院已发明固沙存水黏合剂，沙漠变绿洲，荒原吐财富，多么令人向往啊。

写于2014年1月20日

南非见闻

从香港飞13小时，早6点抵约翰内斯堡，时差6小时。出海关，黑人开箱检查，见我背包里3000美元，眼亮白牙龇，指我箱中一条烟，非要100美元，又指旁边小屋，俩手腕叠一起，板脸唬人，想给我戴铐。何总说：海关规定可以带两条。磨蹭一会儿，又有国人要查，他才放行。何总说：这是福建人惯出来的，他们违规带东西，常拿钱摆平，养成习惯，黑人专敲中国人，过去白人管，没这些烂事。我刚入国门就遇腐败，恶心像吃只苍蝇。

李总接我们出机场，没高楼阻隔，眼界宽了，沿途英式建筑，像澳洲，空旷绿荫掩房屋，乡村般恬逸，飘来阵阵草木香，忍不住大吸几口。这儿海拔1800米，森林拥有率人均世界第一，气候像昆明，家家没空调，八月冬季不冷，穿两件衣服。李总四十来岁，身健人精神，热情拉我们到家，夫人下面条招待。他从广东来南非二十多年，做箱包生意，开工厂，俩孩子出生在这儿，去加拿大上大学。家居别墅，门口警卫严，围墙安电网，这儿治安差，得防盗贼，院中青草、绿树，并不觉安畅。

约堡是南非的商业中心，市中心商场，走廊宽，橱窗亮，世界一线品牌炫目招摇。李总带着去华人店看钻石，上电梯13层写字楼，守门人警觉，问清才开门。女售货员纯正京腔，刮柔柔中国风，温老板矮个儿，黝黑结实，来自珠海。柜台里黑托盘上，一颗颗钻闪晶莹，香港珠宝店金碧辉煌，南非第一档买卖怎么躲着，不会黑店吧？我不由问：这好好的店为什么开在写字楼里？

老板说：我只做朋友生意，钻石与黄金、石油价格挂钩，美元坚挺，价格下滑，加上南非币贬值，现在买钻石合算。钻石生意不安全，去钻石大楼，说不定给盯上，钱不说，命难保。每次买钻石，我把装钻石的小包悄悄从楼上窗户丢下去，下边人接，才敢付钱。有个中国人买完钻石，开车遇端枪的黑人，他猛踩油门逃，黑人一枪打手上，血顺方向盘流。他开车猛跑，警察不抓开枪的，一直追他，他一路打手机，把钻石交给开车来接应的朋友，才停车。咳，警匪一家，难办。我在这里做，少赚点，图个安全，再说，税也高，华人都做现金买卖，要不老逮华人呢。

钻石恒久远，爱情永相随，怎么血色黄昏？据说，南非有三四十万中国人，经营床上用品、建筑、箱包、服装等，不少销往非洲，是中国商品出口的桥头堡，考虑安全，许多人搬往开普敦。

楼下竖立曼德拉巨型行走铜像，微笑问路人。这位反种族歧视的斗士，争取民族独立的国父，对白人宽厚仁慈，实行经济开放，受国民与世界人民的尊敬，面对腐败滥觞，何为？西方的民主政治，东方的集权政治，非洲的部落酋长政治，南非承接西方，民主法律跑哪儿去了？

太阳城动物世界

从约堡驱车两小时，到太阳城，住山坳赌场酒店，森林流水，恍若仙境。迪拜帆船酒店开张前，这儿顶尖豪华享誉世界，陈旧壁纸营造幽暗空间，只有斑马皮沙发、高悬的镀金吊灯，依稀当年风采。

翌日六点，去旁边野生动物园，车行崎岖，湖边一大群鸥鸟，树枝扇白翅，翩翩欲飞。车进山，草丛里，一群羚羊安闲吃草，缓缓抬头瞟一眼，又低下头，并不在意你的存在。树后，三头犀牛，鼻上俩犀角弯长，小家伙胆小，扭身蹦母亲身后。李总说：犀角锯下，五年就长出来，也许会少些杀戮。中国人一定会做这生意，养殖，锯角，西方尊重自然，不许买卖。

十几头大象摇摆走去，歪倒大树受它们伤害，林中王看着温顺，也摧残森林，好在植物茂盛，管大肚皮饱。十几只角马，这里叫四不像，安闲吃草。我们下车，一群长颈鹿悠悠走，高挺胸脯，舔舐高枝树叶。何总手指远处，山腰一只豹，左顾右看很警觉，肉食者也担忧受侵害。我们一直寻非洲雄狮，没见着，弱肉强食，适者生存的动物世界，少不了人类保护。

上午，下场打高尔夫。发球台临水，上百只鸟叽喳，飞来飞去，两只肥鸭水里对视，传情弄意。一只紫头大鸟蹲篱笆上，像个艳丽雕塑，我憋住呼吸，舍不得挥杆惊动安恬。两只大鳄鱼待水里，一动不动，那木呆眼，令人恐惧。十几只珍珠鸡排队穿球道，不一会儿，大公猩猩领头，回头观望，母猩猩怀抱小家伙，一蹦一跳，十几只排成队横穿球场绿茵。我们开球尽量避开动物，它们是人类朋友，也是道亮丽风景，打球时，七八只白野鸭跟我屁股后，嘎嘎、嘎嘎，小随从似的，一只松鼠在前面跳跃，毛茸茸可爱。高尔夫球场，似国内野生动物园。

球场地平阔，暗藏杀机，球钻树丛，黄黄针叶，要拍出球，难。呼呼风，也令人头疼，难怪南非球手抗风力强。发球时，黑人球童往往跑前面，好球，一顶白帽子飞空中，短球打好，他们跷大拇指赞，高兴时，还扭屁股来两下，动作幽默，消除种族距离，运动让人与人亲切。我们享受阳光、空气、绿茵，与动物和谐相处，人改造自然，还是尊重自然？

好望角

南非首都开普敦，白人管辖，安全多了。我们住的宾馆面海，背靠桌山，山顶平，称上帝的饭桌，天天云雾缭绕，上去得等天气，一行先去保达斯海滩。沿梯下行，企鹅从路边、石缝、绿荫冒出来，个儿小背黑，脸、肚皮一片白，没南极企鹅神气，但活泼可爱。绕过大礁石，海滩企鹅成群，不远的礁石边，上百只企鹅水中嬉戏。小企鹅慢悠悠，憨态笨拙，恰如人的童年，真想抱怀里。

好望角，水湛蓝，排浪涌，击礁石腾白花。这里是世界最南端，苏伊士运河没开通之前，大西洋与印度洋的必经通道，山坡矮矮的灌木，松歪斜，头顶一把伞，呼呼海风下的生态。芦荟花开山腰，招摇艳丽。崖顶欧式灯塔，老气坐白风化岩上。大海茫茫，光晕耀波间，水天连接处，银光直泻，刺破一片乌云。海水色彩多变，阳光耀金，多云泛银，时而蓝，时而绿，时而灰，映天光，吞日月。这儿的海，受大西洋冷流与印度洋暖流影响，颠覆“无风不起浪”。岸边树梢静，海浪吐白沫，万马奔腾的气势，咆哮扑礁石，雪花飞撒空中，它陡立横扫，层层叠叠，拍岸一片白雾。我欣赏海的激情，海的舞步，那久违的潇洒。

开普敦酒庄

1679年，荷兰总督见这儿跟法国波尔多气候接近，日夜温差大，日照足，空气湿润，提倡种葡萄，法国人来，酿葡萄酒开始兴旺，开普敦周边有1600个酒庄。

我到酒庄，一幢黄墙黑茅屋顶欧式平房，橱柜摆自产鳄鱼皮包、鸵鸟皮钱夹，供旅客选购。餐厅聚不少白人，他们喝酒聊天，周末，他们常带孩子来，散散步，吃点东西，享受空气、阳光，品味上好的葡萄美酒。我们点瓶白葡萄酒，炸洋葱圈、薯块、沙拉，品酒享悠闲，这儿安静，不像国内吃饭嗓门大，干扰别人。窗外十来朵月季花，一片紫色薰衣草，褐黄碎石道，绿道边灌木剪整齐，构筑乡间静谧。不远处，十几只灰鸟，尖嘴不停啄食草地的虫，山坡草坪，上百头奶牛啃草，尾巴一甩一甩。空气温润透明，人不醉，眼先醉了。

我们出门，踏小木桥，黄鹅卵石河床，旋水窝，叠映天光。偶见棵枯树，腐朽见苍凉。进林子，一棵仨人合抱不过来的黝黑巨树，峥嵘怪异，横枝伏地如巨蟒，头晃悠悠，斜枝与另棵直树合一，阴森冒寒气，像《福尔摩斯探案集》中英国庄园，大树后，会不会蹦出个精灵？难怪英国女作家写《哈利·波特》，生存背景诱发想象空间。一棵老橡树，心已空，树瘤如老人斑，枝繁叶茂，树龄排开普敦老大。

行至博物馆，门口六棵大樟树，每棵粗细两人抱不过来，铜牌记：来自中国明朝舰队。樟香阵阵，遥见郑和下西洋的雄浑舰船，飘扬龙旗，仍樟树叶上翻卷。馆门边，摆清康熙莲子罐，青花翠蓝，绘仕女童子，红木盖。橱柜摆明万历青花大盘，四只燕子飞，还有人物青花杯、蒜头瓶，共三四十件，为我国外销瓷。女馆员自豪介绍，从一位收藏家那儿买来的。十八世纪欧洲贵族，以拥有中国瓷器为荣。

馆内墙挂大照片中，美国克林顿夫妇，曼德拉总统，我国领导人都来过这儿，酒香飘青花，散葡萄蜜意。

开普敦房地产

国内当土豪，少不了买房置地，这些年不断攀升的房价，弄得人打鸡血似的，买房瘾比啥都大。

陪人在开普敦看房，惊诧这儿的房价，无敌海景700平方米旧别墅，万元人民币一平方米，土地面积近千，国内还不抢疯了？六七十年老宅，井井有条，室内拾掇干净，小花园修剪漂亮。白人抛售，国人买入，不由感到西方的萎缩，东方的崛起，卖房多老人，西方人卖房养老，甘心住小房子，不会有“人死了，钱没花完”的痛苦。这儿的土地房屋永久产权，中国土地面积悄悄拓展，也算开疆拓土的爱国情结？

这儿开发商简单，三通一平，只卖地，依政府限高、密度、报建，别墅随你由性子建。设计师依你要求，手指敲击图纸键盘，弹奏凝固音乐。我见栋音乐家别墅，大玻璃顶透天光，门口一汪碧水，颇具贝聿铭风格，它为名师设计，光设计费250万。另一座工程师别墅，有藏身密室，太阳能热水，循环水系统，一架装配中的直升机库，颇具个性。有栋中国红房子，门口蹲对石狮，蛮有东方情调，门窗都中式格调，为此，主人没少花心思银子。音乐顺弯曲山路流淌，伴着溪流的叮咚，旋一个个花园茂盛草木而上。不像国内，别墅长一模样，还不能改，乏味单调，豪气盖艺术，博一羡慕。

土地创意空间，点滴围主人转，砖瓦凝思想，释个性，每座别墅都形同雕塑，颇具传奇。山上转一圈，古典的城堡、俊俏的白屋、东方的雅舍，像参观建筑博物馆。一座城市的个性，凝聚灿烂文化，别八股文似的，像一条条死鱼翻白眼。房子背靠山，门口花，望着海，浪漫情调追逐海浪，哗啦、哗啦闹，那叫一个舒服。

我居源我思，这是个境界。

写于2015年10月1日

台北小记

十一月，我住台北国际饭店，黄灿灿铜门，精致小前厅。门口南京东路，对面一片林，郁郁江南春，淅沥的雨，浇去北国寒凉，姑娘台式软语，亲着耳朵。像上海，没那么现代，少熙攘人流，街边楼不高，水迹印沧桑，淌怀旧情绪。

故宫清明上河图

避不开台北故宫的诱惑。天青宋汝窑，湛蓝元青花，宝石红明宣德，清雍乾艳丽珐琅彩，一路走来，国人智闪瓶盏间，旧器如新，释幽幽光华。紫檀家具，精绣丝绸，呼高贵气息。古玉润泽，通神灵，贯人气，吐中华含蓄。水墨山水，渔翁、樵夫、高士、仕女，情绪渲染，笔墨人魂，藏东方空灵。如清代何绍基对联：一无所有无不有，舍短取长长更长。无生有，在创造，短补长，多融合，元青花苏麻离青来自西域，椅凳源于胡椅，古人胸怀，拥抱世界，情感层层叠，凝结精致生活。台北和北京故宫，共弹中华古筝雅曲。

我看完台北故宫，下一楼纪念品店逛逛，翡翠白菜，玻璃仿，艳俗；仿官窑，溜光火气，青花飘忽，没那沉稳劲儿，走进仿古画，同去梁先生推荐《清明上河图》。小帅哥拿三千多台币的缩小版，金灿灿亮，少了韵味儿。他打开一对一精仿品，古味慢慢晕散，笔锋勾汴梁，古市井气扑面，一幅88000台币，我心沉了。梁先生说：两年前才卖六千多人民币，怎么涨这么多？帅哥说：可以打九折。算来人民币一万六，涨价可以，打着跟斗涨，刀磨得快，一路杀进国人腰包。

我咬牙买下，一个仿品，沉甸甸伪国宝。晚上回酒店，一卷搁床上，渐渐展开，眼前一悦。路上一溜骆驼，悠悠走进汴梁城，骑驴赶路者，后驴追赶，前人惨跌，也许公驴发情所致？担柴的、背米的、送菜的，卖鱼卖肉的，鲁智深拳打镇关西，就是卖肉屠夫。有人路边与小贩讨价还价，手指比画着，斤斤计较的国粹源远流长。饭铺店小二忙上菜，食客胃口大开。旁边诊所，大夫诊脉，开药方。路上，二十四马拉车，可见货沉，大车够结实，宋代制造优于海外。

郁树临水边，风筝放上天，街头娶亲队伍，新郎官骑马，引轿前行，仨妇人倚门看，窃窃私语。众人戏台前看戏，一官员站木墩上，仆人打伞，替官打伞也有渊源，那时得自个儿掏钱雇，两人安坐马上看，无遮挡。戏够热闹的，关汉卿元曲灵感是否来自宋？

秀才背手，迈着八字步。私塾先生教书，一孩子刚逃课，另一男孩站墙边撒尿，孩子顽皮天性，古来如此，不必多怪。练兵场，士兵列队，武将鞭马飞驰，兵无常将、军无常帅的弱宋，兵还是练的。画中心石拱桥两边全是商铺，商贩云集，那桥面多宽？大船云集河面，拉纤者众，全国物资运往京都，宋海外贸易，历朝一流。末端画皇宫，金黄琉璃瓦几分清冷，公主优柔举止，挥不去那孤情愁绪。热闹的民间，寂寥的宫廷，相互映衬，别是滋味。这图我打小就知，如雷贯耳，可不知这么细，假国宝上了真一课。1969年，我在开封当兵，去过铁塔、龙亭，孤零零的，相国寺成商店，风沙乌天黑地，嚼着嘎吱吱磨牙，繁华已被雨打风吹去。

清明时节雨纷纷，画中天晴，最多阴天，郊外不见上坟者，吃喝热烈，不像古寒食节。有说张择端画毕，题上河图，皇帝赵佶加“清明”二字，寓意清明盛世。有人说河上大船相撞，不守交通规则，也许因视角不同，拉纤、人划的船不会快，一吆喝就停，不至于吧？

张择端的画溥仪携带出宫，现藏于北京故宫博物院，难见真容。这幅为乾隆令五位宫廷画师的仿作，景秀人动，笔触精妙。我与梁先生争执：是画树、房桥、人物各画各，还是一人画一段，我坚持前者，术业有专功嘛，画面才浑然一体。只可惜，好端端生意，让台北故宫占了先机。我们故宫大师们，一喜无事，任宝贝睡库房；二怕生事，弄坏惹身臊。应知晓，你们是文物守护者，更是文化传播者，一级文物得露露脸，别老藏着掖着，文物定期更换，会吸引更多外国游客。销售高仿品，也得多想辙，每个创意都弘扬悠久的中华文化，别老弄点儿钥匙扣，糊弄百姓。

松江路大都会淘宝

宋代画中少雨，台北细雨霏霏，反像清明时分，孟庭苇的《冬季到台北来看雨》，唱得真切。街道、小店铺干净，人和善，问路热情，古风犹存。我看完故宫，去台北松江路大都会——古玩聚集地淘宝，一大乐事。我与梁先生11点抵达，12点才开门，台湾人爱睡懒觉。我俩拐弯进天圃茶庄，老板泡冻顶乌龙，手背骨节四个厚茧，介绍说：我是茶农，这茧是擂茶擂的，过去没机器，全靠手工，卖自家种的茶。他黝黑壮实，无言证实。我了解，台湾从越南进茶，相当便宜，质量低下。茶泡好，我品一口，入口香，下喉苦，回甘甜，身子暖，不错。我买四罐阿里山极上品乌龙茶，人民币千元一斤。旁边紫砂壶铺子，遇四十来岁台北人，买个紫砂壶，说大陆紫砂壶有创意，出新的他都买。中华民族同宗，爱好审美一致。他还夸大陆人勤勉能干，抱怨台湾年轻人太懒。

我俩吃完午饭，走进路边铺。条案摆单色釉，一眼老，老板三十来岁，我挑件宋建窑碗，兔丝纹细亮，问：你收的？

他说：刚从日本买来的。

他个高，肌肉鼓着，我问：你是运动员？

你看出来了，退下来就干这一行了。他边说边拿抹布擦拭桌面。我把碗递给梁先生，他自然光下看看碗说：对。我问：台湾人过去买了不少好东西吧？

他说：台湾一个小岛，大陆那么大，怎么买得过来？现在大陆好了，人多钱多，呼啦啦地买。是啊，大陆经济巨人释能量，满世界秀肌肉，狠砸名表名包名车，眼力足，瞄准古玩字画，我去日本奈良，拍卖会一长溜中国人。他手腕戴颗天珠，碎成几瓣，粘起来。我指指问：你的天珠？侄子摔碎了，没办法。他说着惋惜不已。砍砍价，我花四万人民币买个建窑盏，釉肥，泛兔丝纹，小气泡破处点黄金，可见珍惜，木盒包装，应从日本买来。

他带我俩到大楼地下室古玩店。铺子开了，瓷器、木雕、铜器，一件清初关公铜像，造型生动，有残，要60万台币，看着可人，太贵。领到右边后一间铺，中年老板娘热情打招呼。橱柜摆件小白玉龙，幽幽光泽，龙形弯曲，像个没拖出笔锋的寿字。我上手温润细腻，龙张口吐信子，雕工流畅，飘逸威猛。同去梁先生看，清末仿乾隆工，玉质透亮，无白绵，羊脂玉吧？我问：老板娘，你过去收的？

她说：我老公是乘务长，常飞来飞去，刚从欧洲买回来。领我俩来的是她朋友，她报实价，因卖价低，不刷卡。我只得清空钱包，一千美元，加六千人民币。薄玉龙，一个纪念，一次捡漏？和田白玉，触摸悠悠君子风：仁义礼智信，温良恭俭让。

英烈祠山东老乡

后来，我去士林官邸。园子简约清新，无往日繁闹，有菊花缤纷。林间空荡小白楼，陈设依旧，展厅里，蒋夫妇携手走来，八年血腥，生死相依，流进黑白记忆，强国峥嵘，枪剑铸造。毛泽东曾说：蒋公起码是个民族主义者。两人信仰各异，派别不同，血拼几十年，能赏识对手，也了结一段恩怨。

我没事逛英烈祠，中式祠堂，碧瓦依山抖气派。门口宪兵，雪白军服，站笔挺，眼不眨，硬朗如雕像。廖仲恺、张自忠、朱执信，两岸同祭，我女儿曾上广州执信中学。王金铭都督，反清烈士，山东武城老乡，我心生得意。我出祠堂，坐长条椅上抽烟，对面一位老者拐拐走来，我以为不让吸，他问：你是大陆来的吧？

嗯。你，河南人？

不，山东青岛。

那可是个好地方。

俺家在农村。

我也是山东人，德州。

俺知道，那儿出扒鸡。他身穿黄条杠背心，在祠中打扫，站那儿左肩高，满口山东话：俺叫李玉荣，今年八十五，上学给抓了壮丁，连长说，你叫李玉荣，就这么定了。连里李玉荣刚战死，他出身好，长官不好交代，让俺冒名顶替。俺在家谈了对象，军舰大连出发，两人商量一块儿走，女同学跑去，没走成，船不拉女的。后来，俺沾光上军校，算台湾的黄埔，1962 年当中校营长，怪俺山东人脾气大，训练顶撞团长，拔了枪，闹太凶，1964 年离开了，要不，说不定也当将军。

那时，你没找对象？我问。

大陆过来的漂亮，要这个。他边说边手指搓搓，没钱，谁跟你过，不着天不着地的，谁都要生活。后来，还是朋友教俺咋追女孩。1971 年结婚，老婆小俺二十二岁，当地农村的，生俩孩，一男一女。

你好有福喔。

也算不上吧。女孩有出息，在外企，最高拿十六万，后来降了，跟俺差不多。儿子结婚说分开过，儿媳说爹做的面好吃，一起过。俺退休拿六万二，出来工作挣两万，补贴一下家用，老胳膊老腿的，活动活动好。

你住得近吧？

不远不远。当年结婚买房，朋友说俺买了兔子不拉屎的地儿，现在好了，40 多坪，住得下。

老家回去过?

八几年回去，老家穷，农村还是老样子，请父母乡亲吃个饭。俺给女同学打电话，她来了，俺给她五百美金，她说啥不要，俺硬塞给她了，这么多年，她受了不少苦。咳，这，就是命。他仰望天空，鼻腔发出轻轻叹息，又说，说实话，俺得感谢毛泽东，要不是打仗，俺也来不到这儿。

现在好多了，胶东挺富的，你抽空再回去看看。

老了，腿脚不好使。俺见人说大陆航母、飞弹，习近平这两年干脆解放台湾算了，省得领土分出去。

还是和平好，只要不搞台独，让台湾人过好日子就行。我说。

两队白衣宪兵踢正步沿街道走过，动作整齐，缓慢有力。他说:他们是海军，三军轮流站岗。我才悟出为啥穿白军服。

过去这里是军校，旁边军部，都撤了，改成祠堂。他一直站着说，右肩塌下去，又对我说，见着老乡，说说话。他摆摆手，转身离开，右腿一软，斜倒下去，我赶紧起身扶。他一骨碌站起，拍拍手，说:不打紧，不打紧。

我望他身子一歪一歪，消失松影下。这青岛老人，永远难忘家乡故土。

写于 2014 年 12 月 20 日

香港气度

广州离香港挺近，不那么一样，具体在哪儿，说不清。

前天，我去尖沙咀海港城，陪女儿转转，港人白话比广州软，亲切。大陆人聚香奈儿门口排队，一对一服务，女服务员细声细语，似鹅毛扇耳朵，痒痒，不买面子挂不住。逛的女人多靓丽，顾盼流光，步踏焦急，逮着心仪的名牌，包、衣裙、鞋、饰品，对镜左比右试，一脸欢欣。大叠金牛搁那儿，红唇亮，胸鼓了，高跟哒哒哒，一溜脆。她手上掂的不是纸袋，是气质，是风韵，是向往已久的表达。国内税高，带动香港高端消费，喝菜汤的，照顾吃鱼翅的。今年，国内出境游人过亿，凭高消费税阻吓名牌欲，一分钱税捞不着，不如降税多收，别长个猪脑袋，老惦着百姓腰包。

逛商店，煎熬男人，眼花气闷，我出门透透气，抽根烟。维多利亚海湾，船犁浪花，划条白线，给懒洋洋的碧蓝来点儿生动。近处建筑阻了视线，中环高楼贴过来，雾绕着，楼顶扎进云，摩了天。繁华的独处是躲避，也是享受。

楼下，一根电线杆围成方柱，透过白色棚蔽，闪蓝色电焊火花，工人待狭小空间，够憋气。我曾见香港修路，封闭一条道，旁边车来人往的，可见施工难。广州高速路，一修必堵，占几条道，我的地盘我做主，牛！限制施工权，是为民。

当天下午，我站路边掏支烟，耳边咣一声，扭头看，车追尾了。奇怪的是，没人下车，驶路边停下。两位女士下车，友好打招呼，站路边打手机，不慌不忙，像路人不小心碰一下，没抱怨，没吵闹，更没保护现场。我见奔驰车头掉一块，凯迪拉克车尾凹陷，撞得不轻。看来，风度来自制度、管理、日久养成习惯，事已出，处理好不得了。

一次，我参加香港佳士得秋拍，下火车搭的士，随口问司机：最近生意怎么样？他说：麻麻得。

占中对你有影响吗？

时间长了，习惯就哒。

你怎么看？

他们是香港未来，年轻人表达诉求，能理该。

噢。我隐隐感觉港人的包容，揾食不代表他们全部。

我在尖沙咀帝苑酒店登记完，去对面找换店换港币。中东男子计算器打125元，我给2000元，他给我2250港币，我没在意，一股脑装裤兜。吃饭想想不对，回头去找，坐个东南亚妇女。我让她查记录，她一个劲摇头摆手。社会出乱象，法律成摆设，诚信踩脚下。我心嘣一声，提防心打开，安全感悄悄流逝。

到湾仔会展中心，赶上佳士得拍卖会拍重器，随计价器滚动，一亿、两亿，见老外激动走出专座，一举牌就两千万，会场憋着一口气，沉寂积蓄爆发，啪，拍卖师落槌：25000万港元，创中国古瓷拍卖最高价，全场响起热烈掌声。古董，玩的就是心跳，这成化斗彩鸡缸杯，当朝十万两银，用不着大呼小叫的。上海刘益谦拍得，他的收藏理念，只买最贵，也要最好。宋定窑大碗，14680万；明永乐青花梅瓶，4200万，由藏家收入囊中。拍卖会给人的感觉，就是钱不当钱了，光绪烧官窑，瓶子跟银子一样重，我想弄明白，鸡缸杯多少钱一克拉？应该贵过许多宝石。

晚上，我站报摊翻杂志，周永康、徐才厚贪腐，香港先登，闹哄一阵，国内才反应。新闻出口转内销，不新鲜，先探外国人口风，再办国内事，有这必要？我看累了，眼光溜远，街道霓虹灯招牌，夜总会亢奋的乐曲，小铺面灯亮着，港人辛苦揾食。富豪与平民，灯火与黝黯，交织繁华，社会开放，想纯粹，不现实。报纸、杂志，一条民意通道，爆了料，官员不敢为所欲为，权力天生扩张，侥幸心理多，舆论使它收敛。国内网上谣传多，上当难免，正道不通，旁门左道自然通畅。摊上不少大陆人写的书，将领、领导、作家，大多退下写的，拿这儿出版，多个言论空间。人在位不敢说，下台讲点儿实话，谈谈人生经历，是告慰，也是警醒。有时，道真情比传假象苦，说实话比讲空话难，假象多见，真相难寻。

回程路上，我想想：原来香港靠海近，广州离海远。

写于2015年11月20日

澳门赌性

澳门著名的大三巴牌坊，巍峨着四百年沧桑。1835年一场大火，圣保禄大教堂仅剩前壁，圣母孕育的精美石雕，幸运留存，为世界文化遗产。残缺的宗教气息，浮荡博彩业，人的赌性，罩温情面纱。

东方赌城，1994年我来过，吃住比广州便宜，总统酒店空调吹出死老鼠味儿，小街窄窄的，几十幢欧式建筑，散发葡萄牙小镇风情。清朝，外国人到广州十三行做生意，闲暇时，不愿坐船颠簸回国，都躲澳门，赌赌骰宝番摊，泡泡妞，打发时光，没少往中国倒腾鸦片。1847年，准赌法令实行，政府开投公赌。抗战时，赌业兴旺，富豪聚集，夜夜笙箫。1961年，再开赌埠，号“东方蒙地卡罗”，香港、台湾等地新贵，来此潇洒，撑起这座畸形城市。它流行个说法，赌运只留给外地人。历年中大码也恰巧如此，比宗教更有力抑制了澳门人的赌欲。赌王何鸿燊多次公开说：家人禁赌。

葡萄牙人统治时，这儿成了遗忘的角落，赌牌垄断，经营规模小。澳门回归，国内开放自由行，诱发商机，美国拉斯维加斯伸来金手指。新葡京、威尼斯人、金沙、银河，粉墨登场，极尽奢华。室内蓝天飘白云，贡多拉船划过威尼斯水道，意大利咏叹调环绕古城堡，水晶灯闪烁，七彩的喷泉，榕树展绿荫，蝴蝶兰翩飞。中国人富裕了，没地儿消磨，女人奔香港购物天堂，名牌贴身，男人们呢？来这儿吧，享受金钱带来的刺激快乐。老虎机、轮盘、二十一点、加勒比海盗、百家乐……大娱乐场，有国人一掷千金的资助，巨蘑般生长。官员频频来澳，送钱没门，送筹码没事，东莞扫黄，流莺飞澳，路灯下抛媚眼，贪腐滋肥沃。

这次过关，边检询问俩年轻女子，一个染着黄发，颇有几分姿色，误了时间。身边大妈眼一斜，撇嘴说：去做生意的。边检领她俩去屋里。漂亮美眉微笑着，肩耸几分忐忑。

葡京赌场换筹码处，中年人掏出一大摞港币，随手甩那儿。赌桌上，一个个小圆片扒进洞，赌客“咦”声四起，也听到一群人赢钱后的吼声：哦！哦！聚大家的目光。我打打老虎机，新葡京好些，输得慢，只当玩游戏机，不耽误看俄罗斯姑娘轻歌曼舞。我出门见四个陕西人，一人掏出干瘪的钱包，展示一张张刷卡单，要顿饭钱。我厌恶，也心酸，救急、救穷行，谁资赌？势在必赢的一夜暴富，牛气冲天的豪爽，千金散去还复来？

小赌娱情，玩玩无妨，大赌红眼，后果严重，有人栽了，离了，跳了。我去吸烟室，见个二十啷当岁的北方小伙儿，闷闷吸烟，一聊说输了十万，不知他钱从哪儿来？电梯见个胖年轻人，说好容易博平，一脊梁汗，背心湿透了。路遇人说先赢十三万，又输五十万，后悔没收手，那双热辣辣的手，收得回吗？不过跟今年股市比，也算小钱，那大赌场，谁都做轻松赚钱的发财梦。前一段，谁不买股谁跟傻瓜似的，现在股民傻了眼，局外人偷着乐。一个底牌都让人看清的赌局，叫喊振兴中华，鼓噪英勇的正义，点燃你欲望之火，想灭不容易，想轻松赚钱，你有本事拽住运气的尾巴？IF1507 股指期货，股票大跌时巨量交易，让人明白啥叫明火打劫，对不起，坑你没商量，人生迷雾，谜悟人生。

欲望变得贪婪，理智只能傻笑。这宝地，你输光了，也没关系，大耳窿撑豪客，机票、住宿免单，筹码赊你玩，你的身家，他知底。我熟悉的广州杨老板，儿子嗜赌，欠大耳窿五千万，只得弄垮自家生意，还债了事。俗话说，欠债可以，赌债不能。高利贷驴打滚，还卸胳膊卸腿，这叫冲动付出的代价。看看满街当铺，橱柜金灿灿的劳力士、钻饰，真卖后悔药，澳门准销量第一。

好赌，藏中国人骨子里，不小心就溜出来。见好就收，难，进场心有底，不管赢多少，只算输多少，保持理智，也难。有狼性的，咬下不松口，想成胖子，准剩骨头，老葡京张开老虎嘴，狼也是嘴中肉，要记住，久赌必输。我遇位的士司机说：人多挣十万，改变不了生活，可少了十万，那生活真的变了。凡赌赢的钱，像捡来的，花如流水，可输掉的，刀刀见肉，常听人说赢了，满脸笑，输多少，瞒着。世界几大坏生意，毒品，军火，赌，黄，烟草。赌排老三，轻松玩得人倾家荡产。

在澳，人成了酒店动物，吃饭、睡觉、购物、娱乐一体化，大热天身上凉飕飕的，出外眼镜蒙层雾，过会儿才看清。娱乐城猩红百家乐台，空荡荡的，光见发牌女招手，不见人坐下。大陆反腐，挤窄赌业空间，说商人好赌，追求感官刺激，不如说以小搏大，用筹码拉关系。现在，官员不敢玩，商人不愿玩，没钱的没法玩，扔钱时代，一去不复返了。

其实，人生何处不逢赌？赌嘛，就是选择。赌场选大小点、庄闲家，人生选学科、对象、工作。学什么，好挣钱，还是爱好？对象选智商高的、脾气好的，还是漂亮帅气的？工作，干平稳的公务员，还是冒险创业？十字路口的选择，往往令人头疼。乔布斯建苹果，比尔·盖茨创微软，是赌，也是博，是兴趣使然和不停追求，成功者头上的金色光环，前边不知多少灰头土脸。马云与王健林亿元之赌，赌行业未来，有广告，也有自信。

人的未知叫梦想，赌性里，有一种元素叫征服，能激发人的创造力。

写于 2015 年 8 月 6 日

冈山·神户·东京

上海飞冈山俩小时，莽莽青山下，小城星点灯火，跟中国县城差不多。下飞机汉字扑面，冈山二字熟悉亲切。出海关，小姐微笑拿张纸，上写：这些行李是你的吗？我拉行李箱，问：这些什么意思？说半天她不明白，女婿回身用英文跟她交流，开箱检查后放行。“这些”译得不准嘛，应为“这件”或“这两件”。中国人常念叨的主义、经济译自日文，汉字在不同国家显差异。

后乐园

第二天，我去冈山后乐园，脚下黑石子沙拉、沙拉，踏回软软少年时光，六十年代国内这路大把，透水透气的。日本三大名园之一，就这么一地朴素。

后乐园 1678 年动工，藩王池田纲政十三年后建成。拐过大松树，眼前陡然一阔，绿茵茵大草坪拓开去，又青灵灵扑来，九层松参差，一边光秃，一边茂盛，斜身迎客，风吹的？茅庐亭角挑和风，一簇绣球花，女子抚粉紫拍照，优雅花间笑。门前木牌写：1945 年毁于大空袭。美机轰炸东京，顺道炸了这古园林，平安时代的池中岛，室町时代的树石，安土桃山时代的苏铁园林化一缕青烟，战争无法选择，历史厚重挡不住火焰摧毁。话说回来，日机又毁多少中国园林？丽景慢生成，人赏乐忘归，有权拒战火荼毒。

中心突兀石台，号“唯心山”，四周朗朗风光，唯有心去观照体验。粼粼碧池中，粉荷绿中艳，小河蛇曲潋滟，河拱木栈桥，青绿掩茅舍，无袅袅炊烟，似流水人家，王羲之九觞醉兰亭，悄移东瀛。南侧盘桓巨石，当年从濑户内海岛切29块，运来按原样衔接，平淡奇伟。中国苏州园林曲径通幽，一拐一惊艳，雅在奇巧，妙显空灵。日本冈山疏朗明丽，一树一石夺俊秀，欧亚风光奇巧融合，视角幻美感。

不远处，冈山城天守阁，巍峨踞石山。1346年藩王兴建的金乌城，黑瓦描金梁，内展出德川家康颁发朱印手书，毛笔书写流畅，一幅兰花图，笔墨娟秀，一幅白鹭画，湖山芦苇飞鹭，静谧灵动。著名画家林风眠的白鹭，寥寥几笔勾画生动，该借鉴了日本画技。一杆老套筒步枪，我端着照张相，当年清军八旗败于武备心智。

“后乐园”来自范仲淹的诗句：先天下之忧而忧，后天下之乐而乐。传来中国先贤高洁，东瀛藩王有此想法，难能可贵。文化踏波而来，名人哲言落园中，草木生忧患，人生滋感悟。

最上稻荷神社

葱郁山脚下，一座神庙。进门水池，龙嘴喷流，拿长柄勺龙嘴接水洗手，干净拜祭。旁边站石雕送子观音，不那么精致，怀抱婴儿，刻汉字观音慈母，神社与佛教共存？

殿门匾“妙教寺”，殿无佛像，吊灯金灿。厅中摆许多圆坐垫，修行场所干净，仨年轻和尚忙着收拾。我投功德箱几个硬币，和尚站立，双手合十回拜，我也合十回意，没有语言，只有眼神交汇的愉悦。国内庙里捐款，一捐款簿，钱多签个名，少对施主致谢，算命解签和尚堆笑，逢凶化吉一串吉利话，就等你掏银子。这儿没佛像，回归佛教本源，佛无相，或多相，轻相貌，重教义，释迦牟尼在世，不塑像。

最上稻荷神社正殿没开，铜制门窗光耀。下山台阶上，一群日本老人慢悠悠的，脚下无声，交谈轻声细语，对神敬畏恪守清静。国内寺庙，菜市场般嘈杂，卖香啦，买炷香敬敬吧。兜售者口气大过神佛。顺山道上，一个个鸟居，两根横木红牌坊，是人与神的界线。我跨入神界，没什么不同，山水依旧，清风徐来，信仰脆弱也深邃，守静摧杂念，幻思索。路边各色神幡，写八大龙王，我登上龙王处，崖悬龙嘴喷清流，哗啦啦溅石上，注入小潭，龙造型如我国明代，清秀俊朗，不知中国龙图腾，日本神教占何地位？不会只中国九龙，日本八龙的数量差吧？路边，大石上刻南天妙法莲华经，后多石刻排列，12 番最正位德昭天王，智慧；13 番照光天王，知识向上；14 番塔守天王，建筑。前后许多天王，各司其职，与中国托塔李天王之间，不知有何关系，难道一个分工细致，一个神功威猛？许多佛龛前蹲两只石狐，一个爱狐的民族，我看过日本拍的《红狐》电影，那火焰般的长尾逗人爱。中国人不喜欢，狐仙狡猾，比作妖艳女子，专勾搭男人。

711 年，稻荷教起源于京都稻荷山麓，信奉宇迦之御魂的诸位稻荷神，信奉万物有灵，主对农商，现在日本各地有 4 万家分支，影响广泛。中国也是农业国，百姓多信佛。神社与中国道教应有渊源，道教传入日本，又添佛教元素，不断本土化，演绎新宗教意识。

出门见个铜像，孝子背母，虽西装革履，依稀中国二十四孝背影。文化踏万顷海波，无声无息，身影悠悠。

神　户

今抵海滨神户，先去北野异人馆街。顺坡而上，小街绿荫里，藏座座西洋楼，刮欧式风，风见鸡之馆尖塔。鸡可辨方向、辟邪，砖瓦凝史册，尘封明治维新的开放记忆，这里多外国领事馆，聚各国使节，也有外国富商，萌黄之馆为美国领事馆，明治时代遗存，日本最早开放的物证。店中喝杯浓香摩卡，闻日本明治维新国力崛起的气息，海外扩张刀枪血光中，飘浮女子阿崎卖身南洋的酸涩。

第二天，出门赶上下雨，酒店给打把伞。火车站买好去东京的新干线车票，雨停了，导游说：伞扔了吧。

得还酒店吧？

不用。

我们放门外伞架上，白色透明伞寻新主。这招好，去累赘，又便民，政府出钱，这是为环保的代价。我们走去布引香草园，乘梦风船上山，淡淡的香，草香，花香，75000株植物，袅袅飘逸海风。鸟瞰神户港，跟大阪一桥之隔，海浪荡漾，国内会不会缩为神户区，统一管理，官会少吗？

下午去神户博物馆，浮世绘特展。日本绘画沿袭中国，后受西方影响，浮世绘优雅不失立体，光影有了着落，树自我风格，对广东岭南画派颇多影响。梵高家中挂日本浮世绘，引发灵感，捕捉光影瞬间变幻，创印象派，肆意挥洒画家的主观情绪。展出画中，《水浒传》的李逵，少蛮横粗野，卡通可爱，笔触质朴。磁盘先生的山水，不敢恭维，短缺人魂渗透，少笔锋挥洒的豪气，难抵空灵缥缈境界。

来神户，少不了牛肉的诱惑。晚餐尝尝顶尖的牛肉料理，价也高，以美元计。对面九位广东人啤酒碰杯，谈笑吃着，品舌尖滋味。导游说，广东人来日本，不买东西，就图吃了。出门旅游，名吃得尝，酥软牛肉化嘴里，算不白来，一小碟生牛肉，红红的汁，够鲜。俗话说，吃在广东。去国外仍嘴馋，中国吃货，非广东人莫属。

晚上住新港町“莲”酒店，建于码头。我在楼顶泡完温泉，坐阳台藤椅上，对面迷你小蛮腰霓虹变幻，潋滟波荡清风。消身汗，无蚊虫骚扰，饮口云南封老爷红茶，吸支烟，安享眼福。静夜缥缈，无思无虑，一束白光射空中，似朵莲花飘逝。

东京寻宝

上午，乘日本新干线到东京，车厢坐七八个人，空荡幽静，这样运营不会亏损？座位前提示，不能打电话。保持安静，尊重他人，是文明，也是风度。吸烟到7号车厢，就旁边，人道情怀安抚我烟囱情绪。

前几年，日本旅游热，国人蜂拥抢电饭煲、马桶盖，古玩行也来淘宝。三年前，我巧遇奈良一次小拍，国人包场，福建人多，一件件古董像模特走T台，两边人看完顺过去，拍卖师中文喊价落槌，让人惊讶，我选中四个古珠、清代竹笔筒、沉香三件，怕误行程，忍痛放弃了。收藏中国古文化，讲眼力，为传承。三十年河东，三十年河西，解放前、开放初流出的古董，悄然回归本土，瞥见我国国力。中国古玩行，也是门生意，几百万人扎里头，活出人味儿，用不着找工作求人。北京古玩城金生，来此拍得康熙青花碗，回去翻书查，造型、胎、画工直追溯到明成化，4万元一跟斗翻到900万元，那漏捡的，啧啧。

这次来东京逛古玩店，零散街头，难寻。好不容易找到古玩铺，一家没货，拿去展览。一家名美术馆，橱窗标明代古瓷一溜贼光，满屋大假活，见黄釉明万历官窑小碟，釉亮晃眼，快速流通的世界村，景德镇忙着忽悠世界。后遇沈导游，西安人，他当过7年大学讲师，爱收藏，熟门熟路。他领我们去东京古董大跳蚤市场，一月一到两次。广场上百铺子，琳琅热辣情绪。瓷器、玉器、漆器、铁壶，老东西多，不入眼，多为日本货，见一老砚盒，称紫檀，掂掂没分量，一问价挺高，放下了。寻颗贸易珠，套色琉璃，17世纪至19世纪欧洲对非洲贸易产品，感觉不错买下。贸易珠中国少见，近年才进，清朝闭关锁国，哪有？日本明治维新，对外开放，各国贸易频繁，国力大发展，一颗小珠子不起眼，折射社会步态。见老麻将，皮盒带锁，连赌局骨条都在，挺完整，前骨后竹，幺鸡雕鹤，梅兰竹菊也不同，民国时期日本货，才一万日元，当即买下，留作纪念。淘宝就淘个味道。

第二天上午，看完浅草寺，溜旁边俩古美术铺，几件日本老装货，不入眼，瓷器绘画烧造远不如中国，打的去宝石一条街，寻阿富汗人开的古珠铺，真藏有宝贝？

钻小巷，干净清爽。玻璃窗亮晃各色珠串，粉水晶、绿天河石、黄琥珀，还有浅蓝石，带白纹，我不认识，问老沈：这是什么？他说：日本人喜欢的海纹石。我细看，粼粼海波跃石上，有味道，不由问：什么价？他说：多米尼加的国石，贵的要200多美元一克呢。我感叹幸好中国人不喜欢，一顿热炒，价又得翻番。日本岛国有海洋情结，国人守大陆，喜红，火热；喜黄，土地；喜绿，山水田野，蓝用作祭祀，种族地域造就审美色彩。

好不容易找到阿富汗人店铺，古珠黯淡，扑来陈旧，引我眼亮。细选一串琉璃珠项链，一颗黑珠几十个小蓝眼睛，叫蜻蜓眼，有的带浅黄土沁，坑洼斑驳古拙，不规则的圆，流淌追求完美心迹，琉璃歪扭的曲线，表皮粗糙呼吸，手上轻飘又厚重。这史前的古希腊、罗马珠，考究的手工工艺，绵延两千多年岁月，琉璃眼易碎易脱，能较完美保留，难。古珠如人，单纯、溢彩流光后，坠入土中丑陋挣扎，酸哪、碱哪，岁月沧桑围裹美，待人发现曾经的玲珑剔透。这次巧遇，算得上一次精美阅读，一次与爱美古人的神会。

两千多年前，湖北曾侯乙墓中的蜻蜓眼珠，大而漂亮，中国曾有制作琉璃珠的高峰，楚国为优，随即没落。据说，蜻蜓眼纹饰起源于古埃及的霍路斯神，大地女神依希丝的儿子，他是法老化身、天空和太阳的象征、胜利和勇气的源泉，他的眼睛是太阳和月亮，有光便法力无穷。琉璃让西方走进亮晶艳丽，陶瓷让中国走入青幽俊美，琉璃装饰性强，陶瓷实用性好，智慧分道扬镳。18世纪，欧洲皇室、贵族以拥有中国瓷器为荣，清宫用块玻璃得雍正皇上批，玻璃显皇家身份。古珠朴素靓丽，闪耀古罗马史前光辉，我忍不住下了手。

这时，推门进来位文雅的日本女人，30来岁，静静挑选。她买颗珠子，红色白点，像化石，喜马拉雅山脉从海洋隆起，遗留丰富的海洋生物化石，古人做成珠子佩戴，古老打扮装饰美。她是珠宝鉴定师，常来这儿，天生喜欢，胸口挂颗蓝珠，白皙荡海波。老沈跟她聊聊，得知些信息，她谈吐大方，鞠躬告辞，亭秀留余香。

一堆老珠子，我挑颗两眼天珠，象牙白，风化纹密，够老，有毛病，女儿喜欢，买颗佩戴，国内天价玩不动了。天珠为人工蚀刻玛瑙珠，源于印度，过去认为，西藏天珠为唐代之物，2014年，西藏考古发掘1800年前古象雄国墓，出土颗精美蚀刻天珠，故年份推至汉代，曾风靡西藏、印度、尼泊尔、不丹、锡金等佛教区。天珠说到底，沿袭远古眼崇拜，伴随人类童年幻想，迫切探知神秘世界，起源，走向，生存。天眼看得深远，又带佛教意味，保佑人，俗话说，佛眼通天嘛。近年来，藏族对佛的虔诚，引发人们追随，西藏老珠子水涨船高，信仰落入天珠，具神奇超然力量，避灾祛祸，佩戴一颗，图吉祥安康。

一串老蜜蜡项链，桶珠大是大，橘黄色，形差点儿，表面冰裂纹。蜜蜡越老越红，这虽不红，年份够清代，藏区特色，也能镇静安神，砍价至5000日元一克，合人民币330元，国内1500元一克，当即拿下。这几年，老蜜蜡如日中天，国内假货泛滥，油炸，微波炉烤，蜜蜡粉压制，防不胜防，得万分小心。上亿年的树胶化石，得看自然流淌纹，日久冰裂纹、光从内向外泛出，不能发闷，要仔细鉴别。我又选中褐色发晶手串，有皮壳老劲，放大镜下看，有的表面带点儿绿，不知上了色还是沁？水晶也是藏传佛教的佛家七宝之一，象征晶莹透亮的心。我问老沈：日本人信佛，对这些不感兴趣？他说：日本女的喜欢漂亮的，新的。

噢。我应一声。中国与日本文化近亲，满街汉字亲切，甲午、侵华两次战争割裂了情感，中国历史悠久，华人骨子里系古文化，不定啥时，说冒就冒了。来日寻宝，古物不起眼，藏史来痕迹，华贵不张扬，润泽久远。

东京艺伎

晚饭就餐歌舞伎厅。门口女子双手交叠下腹，和服裹日本味儿，哈腰谦和着尊重。菜一道道上，服务细致，清酒、啤酒、威士忌随你喝，席间艺伎与我们相互斟酒，表示礼貌，不像国内卡拉 OK 小姐，逮贵酒死命灌。她们行酒令，猜剪刀石头布，拖腔带细长女音，很好听，玩游戏般，不像斗酒。

小舞台上，老女人弹三味线（三弦琴），主唱，东瀛古韵清新绕梁。艺伎名字很奇妙，有个叫三四五的，像中国元代，跟朱重八名儿有一拼。七妙跳舞，表达喝酒思念爱人，越思越喝越醉，李清照曾有此感触：昨夜风疏雨骤，浓睡不消残酒。我看明白了，醉态远不如梅兰芳的《贵妃醉酒》，那含泪柔情勾魂摄魄的。杏奈跳划舟游春，划桨动作流畅，船的晃动，与赏春兴奋地叠加，慢悠悠的肢体语言，身段婀娜优雅，却少了情绪的表达。心月浓妆，前半段仿古代男歌伎，胳膊挥动铿锵有力，她满脸抹白，似京剧脸谱，眼角绘红线，突出眼神妩媚，心窗开启，心声难寻，业余范儿戏剧化表演，不能过于苛求。出台、退台她们都跪对客人，向琴师伏拜，轻柔体态含女人味儿。

其实，17 世纪初的歌伎全是男人，1750 年才有女子，1850 年女人占据舞台，主要陪男人喝酒、听曲、看舞解闷。我记得二战日本海军大将山本五十六的情人就是歌伎，她们了解体抚男人。现在日本仅剩 2000 人，集中在东京、京都，说 21 岁以上女歌伎嫌老，我瞧瞧，身边个个年长。这日本古老文化最多时 8 万人，时沦惨淡，如中国国粹京剧，年轻人不喜欢慢节奏，嗯嗯啊啊的腔调，有啥法子？

艺伎在中国唐宋就有，卖艺不卖身，吃饭喝酒助兴。白居易的

《琵琶行》，怀抱琵琶半遮面，苏轼赴宴，自己填词，曲是词牌定的，喝酒时让艺伎演唱，给朋友撑面子。我不知道这些历史与日本艺伎间有何渊源？文化消长随社会需求，中国许多传统文化正步入衰亡，拯救？终老？

艺术要人赏识，恰如人的才情，谁也无法强求。

写于2016年7月28日

美国尔湾纪实

2016年10月，我飞洛杉矶，车行百公里，抵橙县尔湾一个幽静社区。黄褐色三层楼长一模样，我住两室一厅，当回居民，体验一下美国生活，进屋锁门，女儿说：用不着。几天来没人打扰，法律严格私人住宅保护，对闯入者可枪击。昨天，上街买点儿东西，回来见车库门大开，它与室内相通，跑进屋查，没丢东西。一楼纱窗离地一米高，国内防盗门、防盗网的，还得学防身术，美国富人区就这么样，有点儿任性。后来，我路过洛杉矶穷人区，铁门、防盗网，一样不缺，那儿老墨、老黑多，治安不咋地。

我们租台车，美国是汽车上的民族，没车不方便。租车时，遇俩山东小伙儿，老乡跑美国赚钱，边读书边做生意，两不耽误，算有胆。公司股份，出钱不出力，出力赚辛苦钱，搭配合理。过去，老家规矩不出远门，这下好，一下跨国界，倒省国内资源。高速路宽，去洛杉矶五号公路单边七条道，水泥路陈旧，也堵，但不收费。遇路边 STOP 红色警戒标志停 3 秒，商场、超市附近多，行人优先，车先来先走守次序。遇黄灯得冲，比国内时间长，急刹易追尾。探头不计罚单，只监视路面，曾打过场官司，警方输，因为监控不精确，司法不信任，外加系统运营贵，不划算。中国每年靠探头弄上千亿罚款，不知费用多高，又用哪儿了，主人穷大方，公仆爱咋花咋花。

白天阳光耀眼，早晚凉，天气干燥，洗完衣挂衣柜，半天就干了。门口草地绿茵茵，每天早上自动喷灌，地面干净。商店不远，高尔夫商店几千平方米，四个服务员，东西随你挑，练习球自己打着玩。买双鞋、手套、球帽、球，千把块人民币，不贵。

屋里清静，听不到楼上脚步，也无大声喧哗。我语言不通，有留英女儿当拐棍，啥事都是她张罗。室内不让吸烟，老跑马路上抽，灯火管制严，要不会请出小区。世界进入网络时代，国内电视台都收得到，没事看看书，写写字，日子也能打发。来时赶上希拉里与特朗普竞选美国总统，没标语，没喇叭，没口号，满世界关注的事跟小区没关系，白人该遛狗遛狗，该跑步跑步，对狗的热情比对总统高，独国人胸怀世界，说话往往没屁响。

刚开头，倒时差，头昏昏。傍晚散步，房边一座山，秃秃几点绿草，沟壑绿树成荫，不由感悟：高处不胜旱哪。

拉古纳海滩

从尔湾开车 20 分钟，抵拉古纳海滩。我和女儿走上沙滩，脚下一软一软，风爽，目光直达边际线，海阔心宽，逃离忧郁。岸边一排斜礁，抵御海涛销蚀，突兀的礁零乱雕塑，海乜眼瞧自己的杰作。礁石上，风裹白纱裙，金发飘余晖，落日晃亮一汪海，托凸凹修长媚影，无情播撒着多情。海波粼粼，抛无数冷眼、媚眼，来自太平洋彼岸？大礁石上一群海鸟，飞时飘，落时滑翔，站时挺，它们看我，我看它们，相望两相悦。大雁掠空中，惊起一方鸥雀，叽叫没完，鸥雀鸥雀，岂知鸿雁归宿？

小镇环形山峦的层叠建筑，间间朝海。推窗扑来哗哗海浪，海风荡尘霾，捉弄亮闪空间，豪宅小屋看海都一模样，谁不眼醉？我俩行走路边，一辆保时捷滑过，甲壳虫车吼着，贫富马路上幽默对话。草地三只海鸥边，半躺俩流浪汉，吸烟说笑。我想去拍摄小鸟，女儿拉住我说：别去，他们吸毒。他俩胡发凌乱裹苍白，褐色上衣脏兮兮，邋遢的自由，追求海洛因幻觉，超脱地坠落，人生哪！他俩抬头望海，海浪哗哗依旧。

小街走走，艺术商店多。白肤红唇女人，哒哒高跟鞋音，衣裙盈香地无欲游逛，眼扫画呀，宝石呀，工艺品呀，反添了心气，溜达进店，挑选凝结目光。女儿挑个枫木首饰盒，樱木纹吐秋色斑斓，将异域秋光揽怀中。

饭后，我们登上半坡，望浩瀚蔚蓝。天挂残月，碎一汪皎洁，月弄潮汐，也牵女人。女人似水，男人希望所爱女人心如海般宽广，更愿她眼中只有自己。

保罗·盖蒂博物馆

到一地，我爱看博物馆，寻一座城市的历史、文化积淀，长点见识。坐有轨电车上盖蒂中心，这由美国石油大亨盖蒂兴建。山顶俯瞰比弗利山庄，一栋栋豪华别墅，好莱坞明星居住地。私家博物馆，一溜小白楼，大玻璃亮晃，进门不收门票，嗨，够大方，美国国立博物馆历来收费。

二楼展出欧洲油画。展品从11世纪到现代，宗教、神话、人物、静物、风景，顺时代走来，眼触时代审美变迁。别小瞧，这收藏够档次，达·芬奇的素描，鲁本斯、伦勃朗、德加、米勒的人物，印象派马奈的《春》，梵高的《鸢尾花》，塞尚的《静物》，粗犷笔触捕捉光影瞬间的美，一反学院派写实主义的细腻。艺术变革者，生活穷困潦倒，精神追求富足，大师魂落画布上，任后人去领略、欣赏，现在，随便一幅就上千万美元，当时，能混饱肚子都奢侈，探寻漫长路，大师多瘦骨，没资金帮衬，沉沦艺术。我佩服盖蒂先生的眼光和胸怀，他学术图书馆藏书，供研究者翻阅参考。孩子大人都可在写生画廊，面对名画描绘，与大师对话，寻找心灵颤悸与超越。他1976年去世前，将个人财产捐给博物馆，维系它的公益经营。

一楼的罗马雕塑，白大理石的人体肌肉动感，女人穿凉鞋的脚趾都鲜活着。我去过洛杉矶艺术博物馆，低头吹黑管的女孩石雕，一双脚胖胖的，活活的，古罗马雕塑对女人脚挺注重。不像我们过去，把女人脚裹成粽子，欣赏病态的婀娜。一位贵族女子半身像，一头卷发，俩酒窝那么甜，乳房高挺，冷石附了体温。日本一幅水墨达摩，坐那斜着眼，淡胡须浓袈裟，简略几笔淌心态。那儿有10万件藏品，号称百科全书。光毕加索立体画十来幅，岳飞书诸葛亮出师表拓本，一长卷，字铿锵有力，不负一代名将，卫国者名，死不足惜。这儿的室内装饰艺术，波兰古典吊顶豪华大床，法式古绘画家具，中国陶瓷，散发十八世纪贵族气息。艺术就这么默默熏染，拓展人眼光，点滴渗入心灵。

好莱坞，美国文化名片，盖蒂博物馆，洛杉矶的名片。好莱坞璀璨星光，掩不住龟裂画面、残缺的白石人体、幽蓝青花释出的历史儒雅之光。

打高尔夫

尔湾离橡树球场不远，开车十分钟。我办张年卡，396美元，下场打6折，比国内几十万的会员卡，实惠多了。130元一场变70元，挺优惠，租杆70美元一场，贵点儿，耐克杆质量还好。我几个月没摸杆，又跟外国人同组，心犯怵，凭三句半英语无法交流。

第一洞遇小野兔，见人不躲，直丁丁看你，竖俩耳乖乖的。水面一群野鸭，自在水中游。球场绿荫一片，薄薄秋意挂树梢，车辗黄叶嚓啦响。同组的美国胖夫妻，居加州西部，来这儿看父母，打场球锻炼。男人身板像堵墙，腿粗肉颤，走路一歪一歪，有260斤吧？我手套掉果岭边，他冲我微笑指指，我赶紧捡。第二洞，我两杆上果岭，挺高兴，蹲下看线。胖男人气喘走上来，慢慢蹲下，拿修复器修平我的球落点的凹坑，而他推进的球，用推杆后的捡球器捡，不弯腰。我没带工具，挺不好意思。后来，他把修复器放我手心，厚手掌的温热，传我心里。我打出好球，他们为我叫好，或伸大拇指鼓励，这第一场球我收获 7 个帕，85 杆，来源老夫妻的友谊，收获一份异国好心情。人的美不在外表，而在心灵相通。

美国球车带 GPS，每洞标出球场形状，球车顺两根小白方木门进场，开到球边，GPS 显出距离，遇小黑牌带箭头离场，果岭附近不让开。国内依赖球童惯了，这儿啥都得靠自己，自己看球落点，我有时逆光真看不清，美国球友会告诉你。沙坑救球，拿耙子耙平脚印。果岭球痕得自己修复，拔旗、插旗要主动。推杆自己看线，反而轻松，没依赖。他们打球守规矩。打不好绝不会重打，找不着到球遗失处抛球，虽不计分争胜负，也不瞎玩，保护球场。国内，悄悄打俩球也说不定，反正没人管。他们流淌血液中的遵守，已蔚然习惯，美国人的独立自觉，我生动学习了。

一次打球时，见工人贴地铲去枯草，将一块块卷起的草坪铺上，省事，不知国内怎样修复？当天跟韩国人打，我抓两鸟，遮去他的傲慢。他出来对我女儿说：你父亲是优秀的高尔夫运动员。承蒙夸奖，韩国人爱在最远的黑梯开球，对每个球都认真处理，没见赌球，高尔夫的普及与刻苦，让韩国跻身世界前列。这儿亚洲人打球的百分之七十五是韩国人，百分之十五是中国人，日本人占百分之五，剩下是东南亚的。我见不少韩国小姑娘训练，晒得黑黑的，挥杆柔韧矫健，以后世界冠军就藏她们中间。

运动具国际性，一颦一笑，一个手势都是交流。这里的人平常冷，遇事热，善良不经意流露，关爱他人的点滴，心生灿烂，我感受到——这儿杜绝冷漠。有时，也靠能力，自己扁，怎么也看不出圆来。想当年毛泽东乒乓外交，中国崛起东方，才有小球推动地球，打开中美关系，双边友好来往至今。球场里蓝天、白云、秋叶，满鼻子青草香，尽情挥杆，还图什么呢？

看 NBA

昨晚，我坐在六七层座位，几十米高的大球场，居然满座。中心顶六个角落有大视频，音乐震撼，湖人主场对勇士，常规赛第二场。开场前，中心落下白色大幕，显出湖人队员巨大身姿，一一介绍，造星，美国特征，粉丝、票房是要素，两者不可或缺。我啃汉堡，球员练球，篮球宝贝场边舞，球赛演进成娱乐。去年常规赛湖人垫底，紫金王朝颜面无存，勇士第一，82 场 73 胜，破公牛王朝 72 胜纪录，今如何？

开场湖人发力，黑人球员空中飞越数米，单手暴扣，唰，洞穿球网，激越飞扬。观众站起，掌声、呼声震耳，球场沸腾烤人。紧逼防守，气氛压制。勇士库里、汤普森水花兄弟哑火，远投球高高蹦起，看不见篮网高飘的水花，库里 10 投不中，气得猛咬牙套，全场无 3 分，终结他 157 场有 3 分球纪录。我前面身穿 30 号蓝球衣男孩，咦、咦惋惜。

中场杂技表演，篮球宝贝坐场边鼓掌加油。大屏幕出现的心形拍观众，夫妻两口笑着热吻，也有拍的不是两口子，扭头跟镜头外的人亲吻，笑得更热烈。球场热腾腾的，情绪饱满，没凉场的时候。把体育竞技娱乐化、商业化，吸引世界顶尖人才，NBA 开条道。我国大量优质体育设施闲置，广州为办亚运会，按NBA规模建篮球馆，开一天得 5 万人民币，只能闭馆，投多少钱，市民也不知晓。软实力不到位，庞大的体委，得动动脑筋，怎么吸引观众？别就知道花花花，投投投，弄一堆亏本的钢筋水泥，摆那儿当样子。

最后，湖人截球，拍着玩不打了，混满 24 秒，比分定格 117 比 97 胜勇士，屏幕早显示勇士不过百分，观众凭票领汉堡一个。主场观众巴掌都拍红了，嗨，挡不住的 NBA 诱惑，掌声爆棚，就这劲儿！

玩玩美式枪

射击俱乐部离尔湾不远，当地小梁带我们去，拿护照填张表。俱乐部的墙挂满枪，光左轮十几种，白色锃亮大左轮，响声震耳不说，单手掂不掂得起？大口径枪要持枪证，不能选。我先选手枪，美国警察配的那种，方头方脑的。工作人员教你压弹，上膛，黄澄澄子弹，我手上凉凉的，咔，子弹上膛，手握枪的沉重，令人抽口气。他轻松玩真枪，像摆弄玩具，让人身感枪的王国。枪是美国男人的一部分，恍见美国西部片中的彪悍牛仔，吸着雪茄，掏枪快捷，随手打落树上的苹果，左轮手上转几圈，装回枪套。他要求枪口不能对人，跟国内一样，子弹不长眼，走火了不得。学会了，给你配50发子弹，靶子、耳机、眼镜。

我们在13号靶位，将半身靶挂好，按电钮推向远处。子弹跟五四手枪的差不多，弹夹压弹费劲，弹簧太强。举枪瞄准、击发，扳机死，砰砰砰砰，连打5发后手抖，扣扳机费劲儿，不如五四活。白眼镜戴久有雾气，眼模糊，又不敢摘，怕破美国规矩，好在有基础，九、十环不少。

来复枪挑杆带瞄准镜的，端枪不见十字，不知怎么瞄。换杆带准星的，缺口改成小圆洞，减少阳光对瞄准的影响，准星放中间就行。我拉下眼镜，透过上面瞄准，避开雾气，靶十分清晰，有依托枪枪十环，随便打，枪准，枪管长，后坐力、噪声震动都小，好玩。子弹为手枪弹，穿透力赶不上国内半自动步枪、五六式冲锋枪的7.6毫米弹，跟自动步枪相像。

旁边美国人打枪，靶放10米远，还不枪枪靶心？感觉他们练防身。我们的靶推最远，估计50米左右，照打不误，白人也打远靶，都自带枪械。男人爱枪，实属天性，胆量豪气。我年轻时玩气枪、小口径，练到气枪十几米打拉线开关的小把，比中华牙膏盖还小，啪，一枪击碎。晚上拿气枪打麻雀，三节电筒照着白花花小肚皮，枪响白毛飞，落地嘭声沉闷，捡鸟吧，最高纪录，一晚 320 只，枪法就这样练的。还见识过汉阳造、三八大盖、苏式步骑枪，子弹大，枪口一团火，肩窝顶不紧青一大块，玩要勇气。抗日有首歌：我们都是神枪手，每一颗子弹消灭一个敌人。那时弹药缺乏，靠缴获，枪法得准，八路军耗不起呀。真正枪法靠子弹喂出来的，要找准击发瞬间的感觉。缅甸远征军战斗力提升，美国大量供子弹，天天打，没耗弹量，就没弹着点密集度。我 20 年没摸枪，手痒痒，到美国打打，过把枪瘾，也不贵，三杆枪，100 发子弹 100 美元，算件遂心事吧。

掂去还枪，沉甸甸的，恰如我们沉甸甸的人生。一团火的激情，洞穿靶纸一片空白，落入丑陋荒芜，枪管热度消逝，只能面对黑黝黝铁面的冰冷。枪防身也杀人，掌握为自卫，美国枪支法保护了弱者权益，枪壮怂人胆，有权有势的想作威作福，得掂量掂量自己的脑袋，持枪权属人权的一部分，禁枪有违民意。同时，也为别离，愿枪口永对靶心，而不去吞噬我们自身，海明威有本书叫《永别了，武器》，这美国硬汉对人类发出沉甸甸地呐喊。

奇幻环球影城

周末去洛杉矶环球影城，人多，似中国假日，我买张一百多美元的优先票，不用排长队，可以多玩点儿。来这儿带孩子的白人多，还有黑人夫妻，也见银发飘，吸烟区，几个小伙儿说好听的京腔，我耳朵眼儿舒服。

哈利·波特园今年九月开园，最热闹。一个英国单亲母亲的魔幻创作，美国好莱坞添柴加油，煮世界一锅沸粥，吃过忘不了。我们走进幽暗甬道，墙上油画人物相互飘眼神说话，尖顶帽喋喋不休，一只浴火重生的凤凰，中国火凤凰异国涅槃。一本厚书露白森森的牙，不一会儿嘎嘎嘎怪叫，不停地咬，书育人也吃人。抬头见屏幕中哈利·波特、赫敏与马尔福，同学少年正风华，影片走向娱乐延伸，小演员融入永恒空间。今天，赫敏依然靓丽，拍电影不误她成剑桥学霸。我们坐过山车戴立体眼镜，追赶哈利·波特骑扫帚红袍身影飞翔，一会儿腾上屋顶，又反身坠下悬崖，掠过峭壁、河水，在仰俯颠簸中寻觅，也飘逸视觉盛宴中，黝黑古树，灰色城堡，日出霞光，拥有和失去着自我重量。最后脚踏地上，小时候打百圈旋梯的我，头也有点儿晕眩，只对徐越说：刺激！太刺激了！

我女儿、同去的徐越，都属哈利·波特的铁杆粉丝，买纪念品血拼。少年时注入的文化基因，如此强大，好像买的不是怪味豆糖，海瑟微小白鹰、魔棒、T恤，是儿时的灵魂伴侣。女儿买套《哈利·波特》英文纪念版，嘴咧得，美元只当人民币花了，大多商品中国制造，略有安慰。文化魅力渗入童心，作家想象透纯粹，多年后依然有滋味儿地回味咀嚼。

三层电梯下的变形金刚园，将你带进汽车世界。汽车飞翔落地，急刹车变金刚，钢缆拉你爬上坡顶，又狠狠甩向摩天大楼，撞碎墙壁、玻璃，急停一堆桶前，瞬间离去，腾跃山峦。崖间与对手拳击，钢铁碰撞，火花四溅，硬汉就藏你心中了。维护正义需铁骨侠肠，不屈不挠生无畏，驱离胆怯。水世界，孩子穿泳衣哗哗浇一身水，嘻嘻哈哈嬉戏。路边踩高跷的靓女，蹲下跟游人拍照。侏罗纪公园、小黄人、绿巨人、功夫熊猫，史前的、动漫的，好莱坞创造诸多生动形象，血肉灵气，还原人的真性情，吸引天真孩子们，让他们拒冷漠，珍友谊，滋养一颗柔软同情心。

我们来到拍摄现场。大晴天，铁网挂闪电，轰隆隆雷鸣，水从大淋雨头哗哗喷向空中，路边屋檐挂水帘，轰，山路洪水奔涌，冲车哗哗扑来，白浪滔滔，我们只等着淹没，再现今年武汉、深圳等城市看海激流。转眼雨住，大水随隧道淌去。我们走过道上，天地摇晃，道路咔咔起伏龟裂，房屋倒塌，汽车抛上山岩，熊熊烈火燃烧，身临一场大地震，十分震撼，是洛杉矶、日本东京，还是汶川？再造毁灭，触摸人性的孱弱刚毅，我曾看过庞贝古城展览，那森森白骨的死亡气息中，考古挖掘出家庭的富庶温馨。

我们坐观众席上，漂亮女主持讲：过去拍电影靠模型、绘画，现在用电脑制作。男演员的服装上一溜灯，肢体移动，与屏幕呆笨小熊同步，动漫片就这样产生了。主持请位金发女郎上台，让她撸起袖子，演员将一把刀放白皙小臂上，拉动凛凛寒光，转眼一半刀下去，鲜血淋漓，观众尖叫，过一会儿，演员拿起刀，刀上一半圆豁口，血从刀把挤出，嘘声起了。舞台上，穿防火服演员浇上汽油，点燃，轰，一个火人不断扭动身体，头外伸，最后趴倒地上，旁人拿灭火器喷灭火焰，过一会儿，他甩头跃起，大家拼命鼓掌，17秒7，一般点火后不超10秒。端演员这碗饭得玩命，逼真现场感，靠导演不凡创意，演员勇于担当。想当年，冯小刚导演就干过这事，找不着人干，自己硬头皮上，是敬业，也是冒险，演员这行当，要征服观众，先得征服自个儿。

手机已显示16000步，我并不觉得累，坐快餐店啃汉堡，喝着啤酒，望一轮弯月，城堡星星灯火，昏黄英式街灯，黯淡人影迷离。环球影城，一座造梦工厂，如翻腾的啤酒沫，微苦夹甜丝，游娱其中，那感觉，啧啧，不是滋味，胜似滋味。

生活琐事

尔湾小区旁的秃山，晚上黑黝黝映湛蓝，拉一条人体优美弧线，黄绒绒的坡，透夜的凉爽。这里家居，与国内略有差异。房子木头搭，防震，加州属地震带，厅房铺地毯，减少地板噪声。折叠塑料窗帘，透光通风，挂衣间大，省柜子。洗衣机烘干机一体，放壁柜里，有专门进出水管，烘干潮气直排室外。洗菜盆排水管安搅拌机，防下水管堵。

这儿小区几千户，只租不卖，老板够威，中国老板能顶住？光利息就压死了，要不，税局也查晕了。各肤色人住这儿，安静，男女下班回家，过得简单。周末山边演唱会，美国歌星摇滚声响。散步见仨白人端几把椅，喝啤酒坐路边，免费欣赏音乐，算得上终极爱好者。散步遛狗人多，一只黄狗拉了屎，主人从路边黑箱上抽个蓝塑料袋，包狗屎扔进黑箱。我们易驼背，遛弯老眼盯地，怕踩一脚臭。

我早上听窗外轰轰，老墨推剪草机来回转，另一位用长把带轮的剪边，怪不得草边齐。上午又听轰轰响，清洁工拿个风筒照路上吹，杂物树叶回草地上，听不到唰唰扫地声，也不起尘，草地边铺层碎木屑。这两天下大雨，马路牙下开个两米大豁口，方形竖井，雨水顺路哗哗往里排，不见积水。国内该学学，靠下水井盖排水行吗？城里来场雨就看海。

抽空去趟棕榈泉奥特莱斯，号称大漠血拼圣地。南加州最大的豪华商店，120 家世界顶级品牌，优惠游客，古驰等名牌六七折，阿玛尼 5 折，CK 更便宜，国人拿 62 开头的卡，先办个手续，享受折上 8.5 折，美国人没这待遇。我买几件 T 恤衫、裤子，算没白忙乎，陪女儿转一天，大包小包的，还没逛完。这儿折打得狠，百分之八的税没得退，低价招徕游客。铺子大都有中国服务员，满街说国语的，买家一半儿是中国人吧，营业额还不止，跟不花钱似的。同去的成都小两口，女的妊娠糖尿病，时差没倒过来，俩手拎一堆袋子，说还要来。国内名牌税高价硬，赶出来给美国政府交税，税务该反思，这不为人民服务的地方，怎么老为人民腰包考虑？

今天女儿出门，车让女司机追尾，车主报警备案后，女司机留个手机号，说她赔，不走保险，便各自散去。诚信成习惯，背后有法律监督支撑。一个社会，能压着人守法诚信，那就好，别一个劲儿瞎吹乎，“文革”狠斗私字一闪念，弄出一堆骨子最自私、最没规矩的人。

陪我们的小梁说：国内捣蛋的来这儿都乖了。为什么？违法成本太高，顶不顺。前俩月来年轻小两口，屋里抽烟，弄得乱糟糟，让物业请出去了，不让住。男孩喝酒开车听歌，朋友立马劝他俩回国，美国警察查到，按蓄意谋杀定罪。那“90后”还牛烘烘：拿钱不就摆平了！嗨，拿豆包不当干粮，有种气魄叫无知，坚挺美金能撬动法律？真蹲狱里，咋捞人？赶紧送他俩上飞机，大家才放心。

其实，国与国之间差别不大，就一条，严格执法。别一人弄一规矩，这不需创新，只要恪守。制定法就一条，可执行，别老用挂嘴边的优越去忽悠世界。

写于2016年11月17日

外国月亮

去日本、加拿大玩，东京、多伦多的高楼，似曾相识，跟北上广差不多，刘姥姥进大观园的稀罕劲儿，一去不返了。晚上，月亮悬楼顶，几丝云浮，够透亮。

国人在海外，生活如何？跟导游、老同学聊天，无论你入不入籍，都能享受国民待遇。孩子奶粉钱，自动打卡里，看病有医保，啥事不求人，一切照规矩办。

一天，我去冈山后乐园。老乡开车不熟路，进小街，呜呜呜后面警笛响，他靠边停车，三秒停车线没停，扣两分，罚6000日元，这还没完，驾照污点进入诚信记录，续保加价。违法成本高昂，让他紧张兮兮。

东京宝石街。阿富汗店里挑几颗古珠，我出门站街边透气抽烟，老沈说：这儿能抽吗？我躲巷口，说：管他的，反正没人看见。抽完，老沈将烟头塞大白垃圾袋。噔噔噔，店里跑出个日本娘儿们，指指点点，意思这儿分类垃圾，烟头不能放。老沈哈依一声，掏张废纸叠小盒装烟头。买你家东西，管挺宽，懂不懂做生意？我望着清洁明亮的小街，心渐平复，当规矩沉入民族意识，监督无所不在。

加拿大孙导手腕骨裂，去医院，医生捏着问他疼痛指数，一共十级，他说：五六级吧。上午来等七小时，肚子饿，出去吃顿快餐，20分钟赶回。医生说号作废了，明天再来。他患感冒发高烧39度，医生给一粒退烧药，消炎药免谈，就多喝水，以后轻易不上医院。加拿大医生一天看几个病人，压根不着急，中国医闹，该去领教领教。

我大学同学廖静为，瘦小的她胖了，眼角皱纹露艰辛。她来蒙特利尔17年，富人区开个咖啡士多店，10年没回国，对面是大公司写字楼，街上见不着华人。这两年油价低，加拿大经济不好，不少公司搬走，生意淡。我端把椅子坐走廊，静为“哈罗”打招呼，煮咖啡，拿饮料，她说：来的都是熟客。这教授的女儿，曾任武大科长，弯腰热情早抛了头衔，生存决定态度。在国内，她该退休享清福，没事出国转转，国外不行，铺面租金，三套住房每年地税，养车，都得花钱，不挣不行。温哥华的台湾导游，常说自己36，63岁倒着说，仍微笑带团，端菜倒茶忙不停。日本常见银发族开的士，高福利国家的高税收，逼着人干干干，停不下来。

无论国内外，想活得潇洒，不易。同团一位广州80岁老太太国外行走，欧美都去过，并非富有，她腿不利索，去俄罗斯下车时台阶高蹾的，稍好，又奔加拿大了。她说自己爱旅游，一把年纪挺乐呵。人生路自己走，世界转悠一下，好坏自有评价。哪儿的水土都养人，哪儿的月亮都阴晴圆缺。

写于2016年9月20日

澳洲的基督

来澳洲墨尔本，天气如深秋，细雨凉寒，其实恰逢早春。公园里，红茶花已谢，俄罗斯矮杏花粉粉的，无叶根根站立，仨人抱不过来的树一棵接一棵，他们珍爱环境，老树、老屋留着养眼。深处三间小屋，红砖风化掉渣，不如国内农民屋，别小瞧，它来自英国，每块砖瓦都漂洋过海。1934 年，著名实业家拉塞尔爵士花 800 英镑买下它，英女王说：库克房必须建英国领土上。那时，日不落帝国牛气着呢，正巧墨尔本建市一百周年，于是安居于此。库克船长是第一个发现、登陆澳洲的外国人，并宣称澳洲归属英国。现在日头照哪儿，帝国没影儿，弄得老心酸的。

基督教随库克远征，来此安家。城中尖顶教堂，安抚欲望街市，高高穹顶，容纳多少忏悔，彩色玻璃的光束，关照伤感的心灵。我女儿留学英国，来这儿特兴奋，街道、店名都熟悉，伦敦的影子飘忽着。

巴拉瑞特市

上午，我们抵巴拉瑞特市，住街心欧式老酒店，英式铜台灯座闪温馨，去大阳台过两扇玻璃门，可吸烟望街。楼下七八台老虎机，几个白人坐着玩，闪灯叫唤着。

我们去黄金博物馆，橱柜里大块天然黄金，有的夹带白石，不少金疙瘩、金坨坨，一块重2000多盎司。人做黄金梦，多黄粱美梦，狗头金带你圆梦。1849年，牧羊人查普曼在疏芬山放羊，一脚踢出块金子，掂着死沉，牙咬咬，嘿，真家伙，抱手上多少只羊啊。下山一路脚拌蒜，发财啦！22盎司黄金，随粗哑声吼过大洋。让穷光蛋美梦成真，黄灿灿照亮世界。

遥看敞亮金桥，广东、福建人搭船来了，挽袖子大干一场。没钱办牌照，咬长辫想法子，白人废弃矿坑，咱继续挖，不舍昼夜。一出金子，旧主来了，说：这是我的。弯胳膊亮膘，满脸横肉。国人摇头，玩不过，消瘦国人小矿坑挥镐，寻找金灿。贫困的巴拉瑞特小镇火了，警察跟着来了，收牌照税5英镑，一半揣兜里，遇拿枪的主，国人只能叹气。基督徒也见钱眼开？1850年，主持正义的白人呼吁，当地政府建华人村，专人管理，免受欧美矿工歧视欺负。华人村中简陋帐篷，杂货铺、中药铺、关公庙与教堂共存，见证黄溜溜的财富。1851年希斯考克挖5英尺，坑底厚厚铺层黄金，神话般闪烁，赶上海盗藏宝洞了。继美国旧金山，澳洲又出座新金山，

我乘矿车下井，伸手不见五指，耳边女人嗷嗷尖叫。井下，巷道几盏昏灯，壁上石英与石墨相交处，便是金矿矿脉，强光下，见几片黄金附壁。当年，吸引上万华人背井离乡，漂洋过海，不挣钱回不去。挣了钱，得防偷抢，难保安全，弄黄金得拿命赌。广东亲兄弟下井，轰，炸药爆炸，哥哥透过粉尘，矿灯照耀金黄，木柱咯吱叫唤，弟弟逃了，哥哥扑向黄金，哗啦啦塌方，掩埋他和手中的黄金。后来弟弟发了财，娶个白人媳妇，安居在此。

我们升井后，蹲红山溪边，跟群白人孩子一块儿用铁盆淘金。一盆碎石、沙子，水中转悠，哗啦啦响，嘴上叫：来金子呀来金子。晃半个钟头，盆底空空没个影儿。当年淘到金沙的华人，悄悄塞衣袖里，满脸木讷，不敢张扬。

过去了，曾经的繁荣；忘却了，华人的屈辱；兴盛了，巴拉瑞特小镇。路边精致的英伦建筑，街道中心的英女王塑像，湖中的黑天

鹅，安详雍容，湖边几枝光枝丫，像宋代的画，孤傲悠然。路边老教堂，砌石黑黝，树枝缀浓密白黄花，托起尖顶。淘金华人大都返乡，少有第一代移民，我依稀见教堂华人的身影。

我回屋躺下，一夜无梦。早上细雨沐寒风，枯木鸥鸦凛苍凉。

吉 隆

今天达吉隆小镇，明天看十二门徒岩，一个宗教路途。车沿弯曲大洋路，摇摆阴云天，路边绿松矮丛，可见海风肆虐。下车踏沙望海，山崖下，滑板者涛峰陡立，顺波滑行，倏地落入白茫，待一会儿，才冒出头来。我裹毛衣里，冷风欺凌，基督徒不怕冷？

午饭，两只葵花凤头鹦鹉站桌边，抖抖白羽毛，黄冠高竖，挺神气，主人般看着我。女儿说：爸爸，它好漂亮。我说：它胸脯有四两肉，红烧味道不错。女儿说：爸呀，你就知道吃。它生在这儿，是福分，要一月半斤肉票的时代，它美丽伴哀愁，人喜欢它的熟香。“文革”时，我一晚上打上百只麻雀，退完毛把肚子塞满肉馅，炖出那个鲜美，啧啧。我抛根薯条，它爪子夹着，一口口吃，挺儒雅。印度服务员指着告示，不让喂，怕它得病，导游说：海鸥吃多薯条，眼会瞎。我挥手赶，它们不断飞来，1、2、3、4、5只，列队步步紧逼，黝黑服务员一摆手，轰然飞去。它不怕我，看我像基督徒？

女儿发微信，朋友赞：这鹦鹉一万多一只呢，贵的五万，满街跑的都是钱呐！鹦鹉从肉到宠物，是国人一大进步，拒凌头一刀，让它待笼子扑腾，它愿意吗？一个囚徒，从受死罪到活受罪，有点儿基督徒味道，人有原罪，波及鸟类。两天前，我去企鹅岛。太阳落山，天擦黑，海风呼呼，我穿羽绒服坐水泥观望台上。隐隐见小企鹅跳出海浪，排队上岸，吧嗒小翅膀，摇晃着可爱，不时张翅膀跌一跟斗，蹒跚走向它们的窝，它们黑夜登陆为避天敌。我好奇问导游：这儿没黄鼠狼？

没有。他说。

野猫呢?

也没有。

家里跑出来的呢?

流浪猫狗，政府专门派人养。

啊哦，怪不得，保障企鹅安全，费用多大呀，不会悄悄被人杀掉?

他说：这儿尊重生命，不会的。

酒店海滩边，我遇红胸脯鹦鹉，像一岁多外孙女胖瑶瑶，身子摇晃着走。森林公园，野鸭水中嬉戏，一只葵花凤头鹦鹉，吃着草根，人走近，竖起一排凤冠，牛烘烘扎架。我顿悟了，基督徒地界，它们的地盘，自己说了算，不会说也算，不怕我。我想，澳洲人饿成瘦基督，也不伤它们，尊重每个生命，就是尊重自己。这信仰的善意，是爱，不会生出与鸟奋斗，其乐无穷的肚皮邪念。

基督受难图

带大洋路的海风，我游览十二使徒岩，回墨尔本寻古玩。其实没啥购买欲，瞧瞧舒服，也许碰运气捡个漏?

富人区街，推门进铺子，见墙上挂风景油画，暗淡色彩，冰裂陈年的笔韵，陈设的欧式橡木桌，雕百合花，驳落金粉洒着贵族的高傲。四十来岁白人静坐屋角桌前，女儿走近询问，他搞装潢设计，原来进错了门。路遇店里一尊东南亚佛像，老是老，不卖，信基督的白人，会敬佛，不至于吧，行情看涨?一大店，橱柜摆个烟缸，旁边墨彩山水画得不错，署名邹国钧，他民国跟汪野亭学画，号珠山小八友，要 1200 澳元，价高，国内拍他四幅瓷板画才 11 万。货架橱柜满满的瓷器、杂项，细看新仿多，潘家园摊档咋搬这儿了?

继续溜达吧，不认字认货，信心消磨着。一家门口涌老家具，搁块残缺白大理石，余方形一斜角，人物缺身子，古罗马建筑下来的？看标签，18500澳元，差不多10万元人民币，刀够利。店幽深，柜上几个铜铸西洋人物，扭身见一黑柜里斜放张油画，边框已失，边角粗帆布，赤裸躺那儿，画中人物在哪儿见过。我拿手上看，星点剥落的油彩，一张苍白俊秀的脸，额头、脖子淌血迹，两眼凝望天，流露生命的绝望和信仰的希望，黑荆棘缠发间，烦恼丝与暗背光交织，人神合一了，基督受难图。

我拿阳光下细看，寻不着画家签名。黯淡厚重的画面龟裂，四周帆布锈钉，标价2000澳元，看老，什么时期？女儿跟白人店主交流得知，装潢设计公司屋里的油画、家具，都买他的。他说：这幅十七世纪绘画，我欣赏这张脸和眼神，刚从欧洲买回来，有签名就不这价了。我没打算买油画，不好带，淘老珠子、老怀表什么的，装兜就行，耶稣悲悯眼光射中了我，还价1500，老板咬死1680澳元，砍不动，只好掏钱。他说：附近三四个华人买我东西。怪不得一路发，广东人喜欢，图个好彩头。他仔细用泡沫塑料包好，递给我，手掂轻飘，也深沉。

基督教认为，人有原罪，人生受难，讲博爱，宽恕，绵延西方精神主流。博爱、宽恕与佛的慈悲宽容、儒的仁爱，有共同指向。基督宽恕敌人，我们多讲饶恕，还有量、地位差别，你没事了和饶你一命，终不一样。过去有句话：对敌人的宽恕，就是对革命的犯罪。不也主动跟日本建交了？还不要一分钱赔偿，时间抹平仇恨。罗马文艺复兴，基督教绘画占很大比例，共和体制的诞生与基督教有内在关联。耶稣死后，叛徒犹大自杀，十二使徒到世界各地传教，与其他宗教冲突，彼得、菲力倒钉十字架，小雅各、马提亚被斩首，多马被长矛刺死，西门被腰斩，够悲怆，雅各笑呵呵迎死，说教感动刽子手放下屠刀，陪他一块儿被砍头。为信仰献身，血溅崇高，小人物生命撬动地球，才有基督文化的波澜壮阔。马太写《马太福音》，后传教遇害。约翰写启示录，关押后写福音，他布道口头禅：小子们哪，你们要彼此相爱！说完死去，独一个善终。基督教与政权的刀光血影，十字军东征的惨烈，有违教义本身，信仰应具包容的智慧。

基督教曾为科学的反动，哥白尼日心说首当其冲，颠覆上帝中心论，达尔文进化论也一样，仍难掩其人道光芒，普照人世。现代世俗化，快节奏，宗教步入淡化，要不，就极端化，打杀平民，请问何故？基督教曾经东渐。相传拿但业曾来中国传天国福音，635年，叙利亚传教士阿罗本将基督教引入中国，唐太宗开胸襟纳异教，景教传播。后受其他教派攻击，200年后灭佛运动，景教随之消亡。当今，人进寺庙佛前跪拜，细瞧那虔诚，念的是教义，说的是主义，心里是利益，拿如来当财神、大夫、中纪委了。基督教堂的礼拜，不会心中盘算一笔生意，又去忏悔吧？

我眼前出现十二使徒岩。悬崖峭壁边，南极季候风雕琢，灰白石灰岩柱立海中，坎贝尔湾风冽，海浪涌来，柱上绽白花，这恶劣环境，倒像十二使徒际遇。这些年，四根石柱禁不住海浪摧残，轰然倒塌，海滩抛块块碎石，十分可惜，余下能撑多久？

这次来澳，巧了，墨尔本被评为最宜居住的城市，它有什么新奇？

蓝天、白云、阳光，哪儿没有？河水也没那么清澈。这儿缺水，家家屋顶雨水接入储存罐，用于冲厕所、洗地，自来水可直接饮用，政府对水着实下了番功夫。今年河北水灾，那缺水大漏斗，任宝贵的水哗哗流，冲房淹屋的，可惜了的。

今天，路遇建筑工人游行，长队伍横街穿过，车都停下来等。尾随三辆警车，嫌队伍走得慢，啵、啵按喇叭，游行人冲警察瞪眼睛，那叫一个胆大，我替他捏把汗。其实，我咸吃萝卜淡操心，游行表达诉求，也是人的自由选择。这阻塞交通的行为，并不影响宜居城市评选。

那幅油画我带回国，搁客厅长条几上，耶稣忧郁的眼神，关注着纷扰不定的世界。

写于2016年9月19日

小小说 >>>>>>>

猫耳洞壁上的雕刻

他握着柄开罐头的刀，在石壁上刻。粗壮的身子在窄小的猫耳洞里扭曲着，屈腿，弓腰，头顶着洞顶，宽厚的脊背上泛着一层油光，分不清是汗还是水，鼓鼓的双眼直盯着刀尖。

随着刀子的移动，石灰岩的洞壁上，渐渐呈现出一个肥胖的小男孩。脑门大得出奇，活像个老寿星，脸上挂着一丝顽皮的微笑。他掏出一支皱巴巴的“大重九”，悠悠地抽起来，凝神望着自己的力作。大脑门不太好看，但能装东西，聪明。妈妈成天唠叨，要添个孙子，图个续香火。这奢望太低，俺孩儿长大了，要当农艺师，当生物学家，就是修地球也得有两下子，搞科研，培育优良品种，进行无性繁殖。闲了，坐波音到美国转悠一圈，开开眼界，长长见识，横向交流嘛。可千万别找个洋媳妇，难伺候。干工商也行，当总工程师，总经理，经营个宾馆酒店。弄个博士也行，学学华罗庚、钱学森，研究点先进玩意儿，红外线、激光、电子计算机、雷达、导弹、航天飞机，那时打仗也许就不会让人待在这又潮又闷又小又窄又生疮又烂裆的破洞里，坐在带地毯、空调的操纵室里，摁摁电钮，唰唰唰，那才叫威风呢。这身子雕得也不赖，挺敦实，炎黄子孙，龙的传人，得灵巧，不能傻大黑粗。要学海灯法师、李连杰，来两套中国功夫，叫谁也欺负不了咱。当球星也中，打篮球、踢足球，搞个五连冠，台上一站，金牌往脖子上一挂，国歌一奏，国旗往上一升，那痛快劲没说的……

烟头燎了他的手，他猛地一惊，把烟蒂用力摔在地上。是啊，万一是个女孩呢？谁能看透肚皮，保这个险？指导员说，生个女孩好，他的小女孩长得俊俊的，小嘴甜甜的，连里人都喜爱。我也得跟他一样，要生就生个漂亮的花骨朵。

他在男孩旁边又刻起来，一刀，一刀，石壁上又凸现出一个漂亮的小丫头，圆圆的胖脸，弯弯的细眉，一张小嘴似语非语。这小妞嗓子准甜，“爹”“娘”，一声接一声地叫，逗人疼。她还会唱歌：“一座座青山紧相连，一朵朵白云绕山间……”歌声悠悠的，直往心里去，那滋味比喝了山泉水还美。腰要细，腿要长点，长大了跳芭蕾，进中央芭蕾舞团，跳天鹅湖、白毛女、睡美人，美得人们合不拢嘴。女孩也得撑起半拉天，好好拼搏拼搏，要有点铁榔头劲，当女工程师、女飞行员、女教授，嗨，叫大家瞧瞧，咱军人的女儿！

他慢慢扭过有些麻木的身子，展开紧攥在左手里已被汗水浸湿的一封电报，上面显露出五个字：妻临产速归。

外面，炮声又响了。

（原载1987年10月1日《解放军报》）

平生的杰作

黄昏，暮色沉沉。他弓着背，右手拿瓦刀费力地敲掉三级平台上一块块干裂的水泥。没干多久，他就感到胸闷气喘，手也微微发颤，一缕白发被汗水紧贴在额头上，晶莹闪亮。难道自己老了？他往砖上洒层水，待水慢慢浸进去。自己一屁股坐在平台的台阶上，用手捶着腰，“真不中用了，一个废物。”他恨自己，暗骂道。

眼前，一座座三级平台齿轮般碾轧在绿茵茵的草坪上。它们一个个从坦荡的操场上耸起，直愣愣地挺着，宽阔的额，敦实的底座显得雄赳赳的，表层深褐色的水泥袒露着壮健的肌肤。暗红色砖垛上的半圆洞凝着一条柔美而刚毅的线条，暮色中几十座平台浑然一体，如古老的长城，极有气势。一股甜甜的滋味从心中润开去，这是他平生的杰作。这九百九十九块砖和拱型洞蕴含着一种古老建筑艺术的美，吉祥、雅致、坚实，一百年也不会塌的。从设计到建造，他熬了无数个夜，费了不少脑筋，一张张废弃的草图，一根根磨秃的铅笔，画了改，涂了画，汗水和心血浸润在图纸上。咳，一个十足的笨脑袋瓜。他左手用力拍了一下自己的后脑勺，食指又在隐隐作痛，这畸形的食指就是建平台时被砖砸的，殷红的血溅落在红砖上，砌进平台里，他感到一种莫名的骄傲和满足。

他用手轻轻地抚摸着平台的棱角，感到舒心、快慰。他仿佛看见列队的新伞兵喊着口号唱着歌，流水般注入这操场，给这里带来军人的雄风和豪气。他们一排排面对平台站定，一个个有序地登上高高的台阶，两腿半屈，双臂高举，身子前倾，轻轻一跳，砰然落下，然后双臂前伸，胸部一挺，钢铸般站立，极有节奏，极有韵味。他曾骂过、恨过，又心疼过他们，三肿三消上云霄，谁都要过这一关。伞训教练真是训练场上的骨头，自有一股子硬劲，任你腿肿得脱不下裤子，任你泪水在眼里直打转，也得给我练，没有这股子劲，谁也甭想上天。每当一朵朵伞花在碧空中怒放，新伞兵们的双脚又踏上坚实的土地，着陆场上他们笑呀，跳呀，欢呼呀，那喜庆的场面总让人一辈子难忘。前些日子，他的几位得意门生创出四人跳伞世界纪录，专程给他捎回两瓶雀巢咖啡，他冲了一大茶缸，咖啡苦苦的，可越品越有滋味。严师出高徒，严师遭人骂，严师让人爱，不是吗。他笑了，他笑得很开心。

他起身缓慢地用瓦刀把水泥拌匀。这水泥是师里发给他修鸡窝的，他全把它用在了心爱的平台上，他觉得这才值。当他拌好水泥转过身去，蓦然看见操场边上的新型模拟跳伞练习器，这是将离机、开伞、操纵、着陆合为一体的综合伞训器材。顶端 10 余米高塔架上银白色的飞机模型熠熠发光。机舱尾部伸出两条 80 多米长的钢架轨道，铺在 9 个高度不同的龙门架上，远望去，如一座斜型的铁桥。他用一双木木的眼睛望着钢铁组合的庞然大物，心中愤愤然，“这行吗？”年初军里在这里召开“伞训改革现场观摩会”，曾邀请他参加，他称病不可出。可开现场会那天，他一个人很早就悄悄来到操场边的一个三级平台上，远远观望。高音喇叭里传出女解说员清脆悦耳的声音，向大家介绍模拟跳伞练习器的训练过程。一个个伞兵攀上高梯，钻进机腹，系好背带，在舱内坐定。教练员在控制台前，启动控制装置和电动设备，舱内信号灯亮了，伞兵们鱼贯从机尾部跃出，团团的身子飞速坠落，倏地，腰身一挺，双臂舒展开来。伞兵们在模拟伞下自如地练习操纵，向左、向右、向后，灵活地变换方向，他们顺着轨道在半空中滑行，潇洒的身姿在半空中划出一条优美的弧线，轻盈盈落下，如凌空的燕。他内心感到有种说不出的味道，不知是酸是辣是甜是涩。他想，这样的伞训有点像娘儿们玩杂技，缺少一种威风凛凛的男子汉的刚劲。教练员只管揿按钮，这能算带兵的人吗？他眼里充溢着困惑和迷惘，脸际掠过一丝不易察觉的苦笑。

他弯下腰，继续把拌好的水泥均匀地抹在平台上，细致地勾勒每一条砖缝，他仿佛是一位艺术大师，在绘制一幅寓意深远的抽象派壁画。

（原载1989年3月22日《解放军报》）

狼与人

深秋黄昏。官员，富商，秀才，和尚，女人，农夫结伴而行，去乘渡船。突然，山边树丛暗处蹿出匹狼，拦住去路。狼灰毛油光，黝黑高大蹲路中，昂首问：你们说，都干什么的？

官员：本官为庶民谋利，克己奉公，谏言上司遭贬。

富商：我聚宝号诚信经营，做点皮绢生意，无奈世道太差，只得散财而去。

秀才：我教书三载，闭守寒窗。

农夫：俺种地，就种地，没少纳粮。

和尚咚咚敲木鱼：善哉，善哉，阿弥陀佛。

女人唇颤颤地：狼、狼、狼心，良心……

狼瞪着眼，幽幽绿光冒寒气，说：你们都讲良心，为什么杀了吾妻？

官员：人与动物，和睦相处，杀汝何故？

商人：狼皮卖不了俩钱，犯不着嘛！

秀才：爱屋及乌，吾手无缚鸡之力，谈何杀戮？

农夫：俺家养的羊，给狼叼走了，证明俺家的羊肥，俺高兴还来不及呢。

和尚：菩萨慈悲万物，拒杀生，不敢踩死一只蚂蚁，何况狼？咚、咚，木鱼声响。

女人：我杀只鸡都怕，怕……

狼绿眼滴溜溜转，问：说实话，一定有人出过打狼的坏主意。

官员：爱护动物，是本官的职守。对和尚耳语：别假慈悲了，来点儿毒咒吧。只见和尚嘴动，没声出。

富商：狼身上有钱赚吗，谁会干傻事？悄悄对农夫说：去，捡根棍子打死它，我给一百两。农夫四下瞅，握紧青筋暴起的拳头，大腿却颤了。

秀才：仁者爱人，况动物乎？

农夫：俺家还养了只狼狗呢，跟人可亲了，舔得俺手心直痒痒。

咚，和尚敲一下木鱼：佛家慈悲为怀，惠及众生。

女人：我，我好像见过，官衙出过打狼的告示，华云庙墙上贴过，打狼奖十两银呢。

狼翘起毛茸茸的尾巴，张开大嘴，伸出长长的红舌，前腿微蹲，对准官员。

官员指着富商：奖是他、他出的。

富商手指秀才、农夫：他俩都拿死狼领过赏。

秀才：生员家贫，母病重，拿只死狗换钱请郎中。

农夫：俺、俺通条捅死只野狗，只图换钱花，喝两口小酒。商人心里嘀咕，一群死狗，早禁枪了，难怪个个有枪眼。害我花了上千两冤枉钱。

和尚低头念：罪孽啊，罪孽，告示污了庙门，愿佛爷宽恕。

女子：狼皮贵，我连夜织的绢，从来卖不上价。

嗷。狼长嚎一声，右爪挠挠耳朵，张嘴打个哈欠，牙磕得嘎嘎响：我妻子死得冤，俗话说，冤有头，债有主。可我肚子饿，得逮个恶人填饱肚子吧？

官员：这女人曾上衙告乡邻偷牛的刁状，不守妇道。

富商：女人一路偷吃本人的食物，实属刁民。

秀才：夫子曰，唯小人女子难养也。她大字不识，偏来借吾笔墨，居心何在？

农夫：她一路挤我，说穿得少，冷得慌，弄得我浑身痒痒……

和尚：观音也是女子，大慈大悲，与她同性不同道，她说去庙中求子，其实嘛……愿菩萨保佑。咚、咚、咚，木鱼声响。

女人泪在眼中打转：你们胡说，秀才说了，官员简从赴京高就，商人为当地首富，去帮他打点，他俩是儿女亲家，秀才给他们儿子教书，农夫耕官家的地，和尚常去官、商家化缘，哪敢说坏话？农夫一路想占奴家便宜，欺负奴个弱女子，今天死，也算干净了。嗯、嗯、嗯，女人伤心地哭，手指捏把鼻涕甩地上。

狼来回转悠，瞪起绿眼，问：看来你们是一伙的，那我吃谁呢？

官员：商家肉多。

富商：秀才肉细。

秀才：农人肉筋道。

农夫：和尚毛少，不磨牙。

和尚：豆腐女子，水嫩水滑的。

哼，女人抽了下鼻子：大官，大官，他有三尺膘。

狼伸出前爪，向前猛一蹿，扑倒女人。官员腆着肚子跑，气喘不上，八字脚成了一字。富商一路撒肉干，摇肥鸭屁股颠。农夫跟富商屁股后捡肉，几步蹿进玉米地。秀才一身白，像块布被风刮走了。和尚一路敲着秃瓢，咚咚咚，发出密集鼓点声。

狼猩红长舌快舔到女人惨白脸上，嘟囔：你呀，真他妈孤独。

砰，一声枪响，血溅女人脸上，狼重重趴她身上，她昏过去。猎人吹去枪口的一缕蓝烟，持枪走上前，踢了踢狼屁股，说：骚狐狼，没了你，老子更孤独。

风中隐隐传来官员地声音：反了！谁他妈有枪？

无头案

上午，县衙鼓响，太爷升堂，农夫与秀才扭打上前。县官问：何事？

农夫：小人不小心，丢了十两银子，他捡去不还。

秀才怀里掏出银锭，咚，搁案上，脖子硬梗，说：君子爱财，取之有道，你的，哼，凭据何在？

县官掂银端详，是锭本县铸的官银，啪，惊堂木一拍，吼道：大胆刁民，从实招来！

农夫双膝一软跪地，磕头不止，说：老爷，冤枉，是小人卖马所得呀！县太爷：为何卖马？

农夫：地加一分税，养不起，只能卖了，价钱也好。

县太爷：买马何人？

农夫一一道来。县太爷依农人描述，派捕快缉拿买马者。

县官问：秀才，这银子是你路上捡的？

秀才：道与路相通。

县官：屁话！

秀才：路就是道，道就是路，叫道路。

县太爷捻着胡须，慢悠悠地说：说得差不多，可总差那么点儿。

秀才：那儿……

县太爷眯缝眼，望着天花板，胡须快捻断了，嘴上念：道亦道，非常道。

秀才憋不住：怎么个——

不一样它就是不一样！师爷解围道，你个书呆子，啃书啃得满脑糨糊，弄墨弄得睁眼瞎，别在这儿丢人现眼了。

县太爷：哦，对了，你要得了道，就不是这副穷酸相了。秀才唯唯诺诺，腰哈着，点头称是，心里嘀咕，咋半天没弄明白？

嗒嗒，嗒嗒，马蹄声响，不一会儿，一匹健硕的枣红马牵进院子。农人奔去，搂马颈大哭道：俺的肝呀，过去，俺没少喂你精料，去年穷，光喂草，你可别抱怨，得替俺做主啊！顷刻，农夫押回堂，身边多个郎中。县官帽耳微颤，问：郎中，你可买马？

郎中指指农人，说：今晨购他马一匹。

县官问：你的银两从何而来？郎中瞥师爷一眼，沉默不语。师爷附县官耳边：要不要回避一下。

县官：本官上任，清明廉洁，有啥见不得人？哼！你从实招来，免受皮肉之苦。四周棍举，威声震天，郎中筛糠，低声缓缓招来，县官帽耳摇不停。原来本官小妾求子心切，与他私通，并赠银五十两，郎中心怯逃逸，出得此案，害得县官面子掉地上。难怪她上床唧唧歪歪，要这要那，败我兴头，原来心已他许，红杏出墙，正好借机除去这红颜祸水：来人！

小妾躲屏风后偷听，见瞒不住，亭亭走出来。她小腹微鼓，眉目传情，秀才脸先红了。小妾手叉腰，说：奴家进门五年了，无奈肚皮不争气，大夫人天天给脸子，逼得奴家没法子，才借种生子，奴做的一切，都是为大人您哪！

县官：哼！借别人的种，传本官的代，你个淫妇孽子，说，钱从何来！

小妾嗑瓜子，呸，吐个瓜子皮，说：义父员外给的，怎么的？

县官：真有此事？

小妾：大夫人那么抠门儿，奴哪儿见过大锭银子？县官面喜帽耳摇，呼声：传员外。

不久，员外来庭，已知所问，便滔滔讲起：半年前，民女遭劫，几天后，女儿归，挟带一百两纹银。小女得利为小，失身为大，至今案未破，吾嫌银脏，陆续送人，义女要，当然给得，何罪之有？

县官细思量，觉案子棘手，追来追去，牵起旧案，治安模范县告吹，况本县府银从未遗失被盗，前任一定出了差错，揭发他，势必带来更多麻烦，这不污了本官一世英明？他起身踱步搓手，焦急冷汗流。师爷拦他耳语：找个替罪羊，如何？

对，郎中，本官待他不薄，他竟太岁头上动土。县官与师爷对了对眼，点点头。师爷一挥手，顷刻，郎中掀翻在地，啪、啪、啪，一阵棍风，郎中挪挪血淋淋的屁股，认罪签名画押。

师爷起草完本庭裁决，县官阅，瞟眼郎中，讥笑几声，眼珠子转三圈，仰望空中，沉寂片刻，嚓嚓将供词裁决撕碎，空中飘一片片纸花，说：本官慈悲为怀，众人开释！

郎中泪倾，呜呜作语：英——明——众人喊：英明！大人英明！

员外走院里，大声嚷：熊官，有本事，先抓住那禽兽，替吾女申冤！

这时，鼓声中闯进壮士，挺胸叉腰道：那事是爷干的！

县官大喝一声：好！有种，是条汉子！

壮汉讲：去年税高，逼得俺家活不下去，冤有头，债有主，为报复才偷了司库、税吏两家。

县官想，本官正打算清门户，又赶上朝廷清廉反腐，这下挖俩蛀虫，肥缺来了，盗也自投，慈悲真管用。喊一声：拿人。不时，两官擒来，磕头诉冤。

司库辩：今年库银大增，本不想铸这么多官银，您非要铸。税吏说：您下乡触景生情，说，连天黄花分外香，引来蜂蝶当间舞。县官：不错，是本官雅兴。

司库：哦，对了，您来库检查，满怀诗意说，人比黄花瘦，银胜绿叶肥呀！县官丈二和尚了，说：是你们摆功的时候吗？这哪儿跟哪儿呀，说银两。

税吏：去年油菜大丰收，不加了油税了吗？

县官：好事嘛！

司库：除了扩建县衙，其余全铸了官银。

县官：那更是大好事！明年办菜花节，让骚人墨客前来助兴，多开几间客栈，发点游客财。

俩官员同声道：青天大老爷，您赏罚分明，赏每人一百两。县官：难道被盗了？怎么不作声？司库：都是官银啊，一百张嘴讲不清，弄不好要砍头的。

这时，门卫快步来报：钦差大臣驾到，专查油税。县官想，手头刚宽裕点，又盯上了，当机立断，宣：马归农人，秀才闭读百日，小妾逐出门户，强盗羁押，十两银充公。在场每人赏银二两，念郎中治病救人，体恤民生，赏三两疗伤，只要求一点，不许提油税。

司库问：钱怎么出？

师爷：你傻呀，有平安费呀。

众人皆喜，独壮汉不服，愤愤对员外说：你女儿我没动她一指头，她爱我，我更爱她，爱她一生一世！

县官帽耳一抖，问：真乃案无头，情有缘哪！果有此事？

员外低头，气呼呼吹着胡须，说：咳，恨小女有眼无珠。

县官帽耳转，面对壮汉，捻胡须道：念你侠义之人，望你改邪归正，既往不咎，今日，本官与你俩做主，这十两银子，作为聘礼。

壮汉抱拳作揖致谢：谢了！在下愿听县太爷教诲。

员外惊愕道：嗨！本想嫁个秀才，没料招个强盗。

采访世界杯

初春的一天，河南省电视台女记者下乡，拐进破败的农家小院，大妈弯腰捡块木板，咣，扔一堆木头上。实习女记者走上前，问：大妈，世界杯预选赛马上开始，您高兴吧？

大妈拍拍手上的灰，说：高兴啥？俺可悲，鸡丢了。

女记者说：这可是风靡全球的大事。

大妈：噢，全球都刮大风呢，难怪，呼呼地，带着卷，拔高拔高，成烟囱，瓦掀了，鸡窝也刮跑了。

女记者问：您不知道世界杯？

大妈抹把额头的汗，显三道黑，歪过身子，眼往四处瞅，说：俺满世界找鸡。

女记者比划着，说：我问您足球，脚踢的。

大妈弯腰，拍了拍大腿，说：俺腿脚酸得够呛。

女记者问：您踢过球？

大妈愣了一下，说：踢过，你咋知道？

女记者：您是老运动员？

大妈低头：嗯，老运动，老运动，没完没了。

女记者：您踢什么球？

大妈：太欺负人了，俺飞起一脚，队长恨俺一辈子，孬，恁可别瞎踢。

女记者犯疑：足球就是踢的呀？

大妈右手食指对太阳穴，说：你漂亮小姑娘家，脑瓜咋怎不开窍哇？

女记者不解：我说足球，你说什么地方去了？我们要给中国足球募捐，让他们早日走向世界。

大妈：那敢情好。

女记者问：您打算捐多少？

大妈略停顿了一下，嗓音压低了：俺知道，男人要猛，得吃斗鸡呀。

女记者夸道：大妈，您真不简单，还懂食疗呢。

大妈低下头，嘿嘿一笑，说：天天无聊天天聊呗。

女记者问：您捐——

大妈指了指北边，说：老鸦庄赵家养得可多，上回斗鸡赛夺了冠呢。

女记者有点儿不耐烦：我问您呢。

大妈：帮俺找找鸡，好不？

女记者问：您丢了几只？

大妈见一只公鸡扑打翅膀飞进院子，说：咦，你咋跑回来了？

女记者见状：嗯？这不就是只斗鸡呀！电视台工作人员围堵，眼看抓住……

大妈：假斗鸡，真公鸡，恁就知道围大姑娘屁股转，没出息货。她从口袋掏出哨子放嘴上，嘟嘟嘟！鸡受惊，拍翅膀飞走。

女记者：大妈，捐，只是一点儿心意，您怎么吹起黑哨来了？

大妈：俺心肠好，哪来啥黑心哨？上次斗鸡赛，俺的鸡一蹦三尺，眼看抓瞎那斗鸡眼，裁判哨响了，判俺家鸡输，你说，这算不算黑哨？

女记者：怎么会？

大妈做个压钱的手势：台下赌呢，不按斗跑了，按拳击规矩，蹬多少爪，谁算得清？嗨，俺自认倒霉。

女记者：赢又怎么样？

大妈：压个蛋五十，那可是金鸡，全家供。

女记者：太好了，你捐这鸡，是个好兆头，肯定赢。

大妈：恁不怕裁判换规矩？

女记者：国际比赛，不可能。

大妈：不定又赌？

女记者：您老放心，不会的啦。

大妈拍拍脑袋：哎哟，咳，这公鸡太骚性，俺担心队员们吃了犯错。

女记者：啊哦？

大妈见扫她的兴，建议道：蛋，咋样？

女记者喜出望外：我说嘛，大妈觉悟就是高。

大妈问：你要白蛋，还是种蛋？

女记者不解：土鸡蛋最好，白蛋？也行吧。

大妈：俺家公鸡压得勤，白蛋恐怕不好找。

女记者有点儿无奈：那就种蛋吧。

大妈：好是好，只是俺家母鸡快趴窝了。

女记者：那……

大妈：没事，找几个算几个吧。女记者跟大妈走一堆乱草边，大妈伸手摸，拿出个烂糟糟的棕球，在手上来回掂，又说，窝都没了，哪儿来的蛋？

对了，倾巢之下，岂有完卵？女记者说着好奇，指着她手上，问，大妈，这是什么？

大妈：坑里刨出来的，村里人说啥糖、糖，俺舔了舔，可苦。

女记者：唐代的？

大妈：恁年纪轻轻，咋知道？

女记者接过来，仔细看了看，问：是墓里的吧？

大妈：恁考过古？

女记者：大妈，足球发源于我国唐代，叫蹴鞠，为练兵锻炼身体用的，至今未发现实物，那墓在……

大妈：村东头太平岗上，说个啥？大将军墓哩。

女记者欣喜，问：那你就把它捐了吧？放中国足球博物馆，多有意义啊。

大妈：俺想拿来擦鞋上的泥，可太糟了，恁喜欢就拿去吧，那蛋？

女记者兴奋地说：不用了不用了，太谢谢您啦！

大妈直起腰，抚摸胸前，说：谢啥呀，俺一下松快多了。

女记者掂了掂棕球：不过现在造假多，还得请专家鉴定鉴定。

大妈：咳，砖头硬，它打不赢。咦，恁咋踩溏鸡屎上了？这瘟鸡，恁脚后跟太高，千万别滑摔了，那可臭一身。

银行招聘

一天上午，穿阿玛尼黑西装的男青年，走进农行招聘室，向两位考官鞠躬，坐下。女主任：你学什么专业？

男青年：金融。

女主任翻学历：读过研？

男青年：当然。

女主任：工作经历呢？

男青年：干好几年了，收进来，发出去。

女主任：哦，窗口。

男青年：不，服务家家户户。

女主任：你服务意识蛮好的，干得好好的，为什么要来我们行？

男青年兜里掏一沓纸，指头翻卷，说：我喜欢数钱。

女主任：你业务挺熟，这儿天天加班，你愿意？

男青年：没黑没白地干我都愿意。

女主任：噢，能吃苦。

男青年：我爹说过，钱是挣不完的，力气是花不完的。

女主任：家教倒不错，但天天跟钱打交道，想法会多。

男青年：你放心，前几天，我多收人十块，追到别人家，要不，睡不着。

女主任：是的，做人要讲诚信，干银行更得守法守信。

男青年：对对，我听说过，有个啥劳动法？

女主任：咦——

男考官耳语：这几天上级派人来考察。

女主任：他，像咱行里人吗？

男考官：兴许他装傻，或司机什么人扮的，他一定有录音。

女主任对男青年：行里从来都守法经营，偶然加班加点，也是自愿的。

男青年：别人信不信，反正我信就是了。我爹说，要想腰杆硬，必须行得正。要别人守法，自己得先守法，对不？

男考官耳语：你看，上路了吧？

女主任：那你谈谈对我们行的看法吧？

男青年：银行好，人家ATM机多取钱，那是犯罪，人从机上取假钞，那活该倒霉。

女主任：咦？

男考官耳语：会不会是记者，来找碴？

女主任：那，你再说说。

男青年：银行牛，客户腿再粗、腕儿再大，也只能憋得尿泡胀。昨天一位老大爷排队等不急，尿了一裤裆。

女主任：这——

男考官耳语：忍吧。

男青年：银行坑爹，拼命让我爹办卡，钱存了，指望吃点儿利息，前几天去拿，还倒欠银行钱。只当把母鸡放银行养，鸡精瘦不说，蛋也吃光了。

女主任：你会不会记错了？

男青年：也许吧？我爹干过队里会计呢。银行肥，听人讲，银行放贷款，搞理财，客户赚小头，自己拿大头，所以奖金多，福利好。

女主任：别听人胡说八道，干这行责任重，压力山大。

男青年：听说银行的口号改了，叫为人民币服务。我爹脑瓜不开窍，坚决反对，可银行就是倒腾人民币的，挪兜里算本事，有啥错？

女主任一拍桌子：这完全是造谣！你到底干什么的？

男青年：搞服务，服务的。

女主任：你干的活？

男青年：走家串户。

女主任：什么买卖？

男青年：低价进，高价出。

女主任：你的数钱技巧？

男青年：从来只收现金。

女主任：你的西服？

男青年：王总给的。

女主任：你的研究生？

男青年：天天研究。

女主任：你学金融？

男青年：金属外皮熔了，好卖。

女主任：你到底干什么的？

男青年：你别见笑，糊糊口，收破烂的。

女主任，男考官：啊！

写于2013年7月6日

意　思

夏天晚上，一对年轻恋人聚华侨新村昏暗酒吧里。

男：瞧你这《缘》唱的，有意思，星范儿，来，敬一杯。

女：砰。不会喝，意思一下呗。

男送礼物：这，一点儿小意思。

女：哇！钻，这么亮，怎么好意思？

男：哪儿有你的歌有意思呢。说完眼瞟向一边。

女：哟。

男：噢？

女：瞧你，什么意思呀？

男：威士忌喝的，没啥别的意思吧？

女：你真没意思？

男：嗯。

女：骗谁哪，你刚才，什么意思？

男：本想跟你那个意思的。

女：你眼一斜我就知道什么意思。

男：啥意思？

女：对穿红裙子不要脸的有意思，还不好意思说。

男：哟，醋劲还挺大。

女：咦，无聊，呸！你这人真没意思。

男：嗨，没意思算了，那个？

女：那点儿小意思，还好意思要？

男：那算小意思？

女：你不是富二代嘛，开奔驰，喝拉菲，那点儿意思还不够你塞牙缝呢。

男：啥？一点儿小意思，好几年都进去了。

女：啊？

男：星妹，你扭扭屁股动动嘴，票子满天飞，总不会在乎这么点儿吧？

女：嘿，嘿，追星有你这样不够意思的？

男自扇耳光：啪！我他妈没意思，行吧？

女：啊，哈哈。

男：咈，嘿嘿。

女：啊哦，不然，不然我跟你意思一下，扯平了，好吧？

男：你，你好意思？

女：嘻嘻，看你人有意思，才给你意思的。

男：我的意思……

女：瞧你吞吞吐吐的，你这人太没意思，没劲。

男：我意思，你……懂的。

女：要，就意思一下，不要拉倒。

男拍桌：咚！嗬，胆敢对哥儿不够意思！

男身后冒壮汉，拧他胳膊：你想怎么个意思？

男：哎哟，不要了，痛，痛。埋单。我意思意思就是了。

女：乖肉肉，现在你挺有意思的，哈哈。他俩走后。

男：让你显摆去吧，咳，活什么日子，一点儿意思也没了。

女回寻：咦，真有意思，我的金手链呢？

图书在版编目（CIP）数据

山水人 / 王江著 .—北京：作家出版社，2017.7
ISBN 978-7-5063-9575-5

Ⅰ . ①山…　Ⅱ . ①王…　Ⅲ . ①散文集－中国－当代
Ⅳ . ① I267

中国版本图书馆 CIP 数据核字（2017）第 174508 号

山水人

作　　者：王　江
责任编辑：田小爽
装帧设计：百丰艺术
出版发行：作家出版社
社　　址：北京农展馆南里 10 号　　　邮　　编：100125
电话传真：86-10-65930756（出版发行部）
86-10-65004079（总编室）
86-10-65015116（邮购部）
E-mail:zuojia @ zuojia.net.cn
http://www.haozuojia.com（作家在线）
印　　刷：三河市华业印务有限公司
成品尺寸：152 × 230
字　　数：220 千
印　　张：17
版　　次：2017 年 10 月第 1 版
印　　次：2017 年 10 月第 1 次印刷
ISBN　978-7-5063-9575-5
定　　价：36.00 元